Maarten 't Hart

De vlieger

Roman

Uitgeverij De Arbeiderspers
Amsterdam · Antwerpen

Eerste druk (geb.) oktober 1998
Tweede druk (ing.) oktober 1998

Omslagontwerp: Nico Richter
Omslagillustratie: Cornelis Springer en Kaspar Karsen,
Gezicht op Den Haag vanaf de Delftse Vaart in de zeventiende eeuw,
Rijksmuseum Amsterdam (detail)

ISBN 90 295 2144 9 / NUGI 300

I

Mijn vader was grafdelver. Om half acht begon zijn werkdag. Van half een tot half twee mocht hij pauzeren. Hij eindigde 'als de torenklok de eerste slag van vijf uur laat horen. Dan nok ik meteen af. Alsof ik me dan nog niet lang genoeg uitgesloofd heb!'

Vijf minuten later smeet hij zijn fiets tegen onze regenpijp. Hij zong: 'Ach vadertje, ach vadertje kom je weer thuis.' Na de slotnoot weerklonken zijn klossende klompen op onze granieten gangvloer.

Meestal had ik op dat tijdstip mijn huiswerk af en zat ik op mijn zolderkamertje te lezen. Zodra ik het gerinkel van de regenpijp hoorde, rees de vraag: 'Blijf ik hier of ga ik naar beneden?'

Tot aan het tijdstip waarop mijn moeder de tafel dekte voor de avondboterham, vertelde mijn vader over zijn belevenissen tussen de doden. Vooral 's winters, als het al schemerde en de huiskamer verlicht werd door het waxinelichtje van de theestoof en de zachte rode gloed van antraciet, was de keus niet moeilijk. In die dagen las ik weliswaar gretig Antoon Coolen, Herman de Man, Felix Timmermans, Maurits Sabbe, Stijn Streuvels, Theodor Storm, maar hun boeken kon ik neerleggen en op elk gewenst tijdstip weer oppakken. Voor wat mijn vader vertelde, gold dat uiteraard niet.

Overigens leek het bijna elke avond alsof mijn vader, had hij zich eenmaal in zijn leunstoel naast de kachel genesteld, allerminst geneigd was om ons ook maar iets te verhalen. Verongelijkt, nors voor zich uitkijkend, trommelde hij met zijn knokkels op de leuning van zijn stoel. Mijn moeder riep: 'Je koffie komt eraan.'

Mijn vader tastte naar zijn pakje zware Van Nelle. Traag begon hij aan de vervaardiging van een sjekkie. Op de leuning drapeerde hij een Mascotte-vloeitje dat zorgvuldig werd gladgestreken. Vervolgens deponeerde hij daarop een pluk donkerbruine shag. Hij trok de tabak uit elkaar en duwde de sliertjes in de scherpe, lijnrechte vouw van het vloeitje. Daarna werd de shag aangedrukt. Het vloeitje werd met de grootst mogelijke zorg dichtgevouwen. Vervolgens werd het net zo lang rondgedraaid totdat alleen nog twee kleine plukjes tabak uitstaken. Ruim voor mijn vader de gomrand bevochtigde, verscheen reeds zijn verbijsterend lange tong. Het puntje ervan verdween steevast even in een neusgat. Het was alsof het zich daar voorzag van een vleugje lijm.

Meestal draaide mijn vader zijn vloeitje driemaal rond voor hij ertoe overging het te bevochtigen. Was het sjekkie uiteindelijk dichtgeplakt, dan bekeek mijn vader zijn rokertje aandachtig. Vervolgens werd de tabak die links en rechts nog uitstak met twee subtiele draaibewegingen van duim en wijsvinger verwijderd en teruggedaan in het donkerblauwe pakje shag. Pas dan was het grote ogenblik aangebroken waarop de Säkerhets Tändstickor te voorschijn konden komen. Ondertussen had mijn moeder de dampende koffie op de tafelrand neergezet. Elke dag moest mijn vader de afweging maken of hij eerst een trekje dan wel een slok zou nemen. Greep hij eerst zijn mok, dan wist ik dat ik mij weer kon terugtrekken op mijn zolderkamertje. Dan had hij zelden iets bijzonders te vertellen. Nam hij eerst een trekje, dan was het zaak geen woord te missen.

Niettemin moesten wij hem zelfs als hij eerst een trekje nam uit zijn tent lokken. Gewoonlijk hoefden wij na de eerste rookwolk maar één vraag te stellen: 'Is meneer Rampenne vandaag nog langs geweest?'

'Rampenne? Als 't niet waar is! Komt elke dag wel even langs. Alsof hij alvast een beetje wil wennen aan 't feit dat hij binnenkort hele dagen bij me komt liggen. Vanmorgen kwam hij warempel zelfs al voor achten het graf op! Waarom? Wat doet zo'n stokoude man zo vroeg? Heeft de rusthuisvader hem natuurlijk, omdat ze hem dan al spuugzat zijn, gewoon de deur uitgeflikkerd. Moet zo'n man maar zien hoe die nog een beetje christelijk de dag doorkomt. Denkt hij: eerst maar eens naar het kerkhof, daar kan ik om deze tijd wel terecht. Krijg ik hem al voor achten op m'n dak! Wat moet ik zo vroeg beginnen met een doofstomme vent die d'r toch met z'n hele hebben en houden naar hunkert om een praatje te maken? Klaar ben je!'

Heftig trok mijn vader aan zijn sjekkie.

'Het is zo verrekte lastig praten met iemand die doofstom is. Elke keer krijg je weer dat verrot kleine notitieblokje onder je neus gedrukt. En komt ie weer met een vettig, stomp potloodje aan, dat bij het eerste woord dat je ermee probeert op te schrijven uit je handen glijdt. Valt 't in een perkje. Kun je je een halfuur rot zoeken tussen die verrekt puntige rozen om het terug te vinden. Heb je 't eindelijk weer in handen, dan zit er overal bloed aan je vingers. Soms schrijft hij waarachtig eerst zelf wat. Eén, twee woorden. Mag je raden wat hij bedoelt. Als je niet snel genoeg reageert, scheurt hij het blaadje uit het blokje en smijt het zo in je gezicht. Heb je een poosje met 'm staan oreren, dan dwarrelen d'r overal van die witte velletjes rond. Soms kun je niet eens meer lezen wat er op een liggende steen staat, zoveel van die pokkeblaadjes kleven er dan al aan vast. En ergens heb je 't ook weer vreselijk met 'm te doen, en toch spring ik mettertijd een gat in de lucht als ik hem netjes in een huurgraf mag laten zakken, want wat een narigheid, zo'n klein, driftig kereltje dat met z'n armen gaat staan wieken als je niet snel genoeg reageert als hij je zo'n tweewoordenblaadje onder je neus heeft gewreven. Bovendien moet je elke keer als hij eindelijk weer is opgerot het hele gesprek dat je met 'm gevoerd hebt, van een liggende steen af boenen, of tussen de keitjes vandaan rapen. En altijd als je met 'm aan de praat bent, en denkt, ik geloof al z'n leven dat ik vandaag begrijp waar ie heen wil, schrijft hij opeens een paar woorden op zo'n iel blaadje waar je dan geen touw aan vast kunt knopen. Vanmorgen ook weer. Komt hij aanlopen, grijpt z'n blokje, pakt z'n stompje potlood, likt eraan, en schrijft op: "Vandaag begrafenis?" Dus ik pak dat blokje van 'm over en schrijf: "Ja, vrouw Kraaijenvanger." Hij schrijft: "Is rooms, waarom hier?" Ik schud m'n hoofd en maak er een gebaar bij van ik weet het niet en ik roep – want al is hij stom, je praat toch, tenslotte praat je ook honderduit tegen een paard al weet je donders goed dat zo'n beest er geen stom woord van verstaat – "Ik weet het niet, ik heb geen idee." Je kijkt naar 'm en je denkt: dat begrijpt hij en hij pakt z'n blokje en hij schrijft: "Daar soms grond te heet onder de voeten?" Nou, daar had ik absoluut geen antwoord op. Waarom zou er iets aan de hand zijn met het roomse kerkhof? Grond te heet onder de voeten? Zover ik weet zijn ze bepaald niet van plan om daar een crematorium te bouwen. Ben je paaps, mag je na je dood niet eens verbrand worden. Maar als je protestants bent, mag je zelfs al voor je dood verbrand worden. Wat aardig van ze om ons al voor onze dood te gunnen wat ze hun eigen mensen zelfs na hun dood ontzeggen.'

2

Mijn vader nam een trekje van zijn sjekkie en zei: 'Komt vanmorgen, net na de schaft, Ai van Leeuwen het graf op. "Jonkie," zei hij, "gooi het grote hek eens open, ik heb een lief vrachtje voor je."

"Een zerk?" vroeg ik.

"Nee, zover ik weet is het geen zerk."

"Wat is het dan?"

"Weet ik niet. Het is heel wat beter ingepakt dan m'n geld, maar het is niet erg looiig. Het is bestemd voor het graf van vrouw Kraaijenvanger, da's eigenlijk het enigste wat ik ervan weet."

Dus ik loop met 'm mee terug langs de graven van de eerste klas, ik smijt het grote hek voor hem open en daar kwam hij al aanzetten met z'n slee en z'n aanhangwagentje. D'r lag een heel groot gevaarte in. Het was mooi ingepakt. Lichtbruin papier eromheen. Toen we dat voorzichtig eraf hadden gewikkeld – het was erg fijn, licht papier, mooi dun en soepel ook, net een velletje van een vers geslacht Hollandertje – kwam er een heel staketsel van essen latten en latjes te voorschijn. En daarin, pasklaar opgebaard tussen witte houtwolkrullen, lag een reusachtig kruis.

"Mot dat op 't graf van vrouw Kraaijenvanger komen?" vroeg ik.

"Blijkbaar. Ik snap niet dat ze mij daarvoor hebben ingeschakeld. Het is één en al hout, ben ik daar nou steenhouwer voor geworden?"

We tilden dat kruis uit de krullen. Het was toch nog zwaarder dan we dachten: tropisch hardhout, denk ik. Ai zei tegen me: "Nou nou, wat een ding, je kan er wel een opgeschoten jongen aan vastspijkeren", maar ik zei niks terug, want ik had al gezien...'

Mijn vader trommelde op de leuning van zijn stoel, nam zo gulzig een trekje dat zijn sjekkie vuurrood opgloeide en siste tussen zijn tanden en de in zijn mondhoek bungelende sigaret door: 'D'r zat... d'r zat... raad eens wat d'r op dat kruis zat.'

'Een naamplaatje met de jaartallen van vrouw Kraaijenvanger,' zei m'n zus.

'Niks hoor,' zei mijn vader, 'nee, dan was 't wel overkomelijk geweest, nee, dat plaatje moet nog komen, heeft Ai me gezegd, nee, d'r zat... d'r zat potdomme een Jezusje op.'

'Het is niet waar,' zei mijn moeder.

'"Ai," zei ik tegen Van Leeuwen, "weet je zeker dat dat kruis hier moeten komen staan? Had je daar niet mee naar de roomse begraafplaats gemoeten?"

"Nee, het is echt bestemd voor 't graf van vrouw Kraaijenvanger, ik kan het je laten zien, ik heb de papieren."

"Ai," zei ik tegen hem, "moet je nou eens goed luisteren. Het is hier een nette, fatsoenlijke begraafplaats, je kunt hier alle klassen aflopen, de eigen graven van de eerste klas, en de eigen graven en de huurgraven van de tweede klas, en de huurgraven van de derde klas, en desnoods de armengraven van de vierde klas, en nergens, maar dan ook helemaal nergens zul je een kruis zien staan met zo'n miezerig Jezusje eraan. Hebben onze vaderen daar nou tachtig jaar voor gevochten? Zo'n misbaksel hoort hier niet, dat is al met al nog paapser dan de paus zelf, dat wil ik hier niet hebben."

"Maak er nou niet meteen een halszaak van," zei hij, "laten we nou eerst eens besnavelen hoe dat Jezusje vastzit."

Dus hij keek eens goed en hij zei: "Spijkers of schroeven zie ik nergens, tien tegen één is d'r goedkope houtlijm aan te pas gekomen om 't wurm te kruisigen, dus als je er per ongeluk tegenaan rijdt met een grasmaaimachine of er met een harkje langs strijkt..."

Nou ja, toen heb ik maar geholpen om dat kruis neer te zetten. Het was nog een hele klus. Het moest flink diep met z'n voet de grond in, wilde het overeind blijven staan. Hoe zouden ze dat nou indertijd op Golgotha hebben gedaan? Dit kruis kwam al tot m'n kin, dus een echt kruis is nog veel groter en zwaarder, hoe zet je dat in vredesnaam op? Wat je niet snapt is dat ze aan zo'n knettergroot grafkruis zo'n piepklein Jezusje vastmaken... een beetje kikvors is groter. Wie zet er nou zo'n schriel mannetje op zo'n groot kruis? En zoals hij erbij hangt! Alsof hij z'n laatste kamizooltje naar de lommerd heeft gebracht! Maar wel met een houten doek om z'n onderlijf die vijfmaal zo groot is als dat hele Jezusje. En op z'n hoofdje een kolossale doornenkroon met van die opengewerkte, opstaande randen! Ai van Leeuwen zei: "Je zal zien dat er in no time een pimpelmeesje een nest bouwt in dat kroontje."

Wat hij gelijk heeft. Daar ben je dan ook mooi mee aangehaald! Moet je elke dag dat kroontje even nalopen om te zien of er al wat strootjes in neergevlijd zijn. En die kun je er dan wel uit blazen, maar ja, kom je maandag, dan zul je zien dat die bouwvakkertjes de zondag over al een nest kant-en-klaar hebben, en als 't een beetje meezit liggen d'r ook al twee van die hemelsblauwe eitjes in. Wat doe je dan? Nee, dat Jezusje moet er zo snel mogelijk af, ik lok Rampenne er wel heen, als die dan weer kwaad met z'n armen gaat staan wieken, ligt het er zo naast.'

'Krijg je 't wel aan de stok met de familie Kraaijenvanger,' zei mijn moeder.

'Zover ik weet, zijn d'r enige nabestaanden een lapjespoes en een rooie kater.'

'Wie heeft dat kruis dan laten neerzetten?'

'Daar had ze zelf geld voor nagelaten.'

Mijn vader trommelde even op zijn stoelleuning, mompelde nijdig: 'Toen Ai wegging zei ik tegen hem: "Je zal zien dat dat Jezusje als ik tussen de middag naar huis ga om te eten, direct wordt ondergescheten." En ja hoor, toen ik er vlak voor vijven nog even langs kuierde, stond m'n tamme grafreigertje er niet alleen op twee pas afstand doodstil naar te gluren, maar dropen er al flinke klodders duivenpoep van af. Die beesten denken ook: wat krijgen we nou? Ik snap die papen niet. Wat je je toch aanhaalt met zo'n Jezusje... zo'n wurm... zo'n kikvors... het is waarachtig Godgeklaagd.'

Hij zat een poosje met stijf op elkaar geknepen lippen voor zich uit te staren. Opeens echter verdween zijn grimmige gelaatsuitdrukking. Al zijn rimpels kwamen in beweging. Monter glimlachend keek hij me aan en zei: 'Dat mooie, dunne, zachte, soepele pakpapier en al die essenhouten latjes, weet je wat we daarmee gaan doen?'

'Heb je dat dan allemaal nog?'vroeg mijn moeder.

'Nou en of! Die hele boel heb ik netjes opgeborgen in 't lijkenhuisje, ik zag meteen... We zullen hem eens vanachter z'n boeken vandaan sleuren, ik weet in het magazijn van de gemeente een heel mooie rol dun touw te liggen waar niemand emplooi voor heeft, daar zeg ik gewoon tegen: ga je weg of ik haal je weg... Ja, morgen gaan we meteen aan de slag, daar heb ik nou echt zin in.'

Vergenoegd wreef hij in zijn handen. 'Morgen aan de dag gaan we een vlieger maken.'

'Een vlieger?' vroeg mijn zus.

'Precies, een vlieger! Voor je broertje! Kan die eindelijk z'n leesboeken aan de kant slingeren. Kan die als 't een beetje weer is, gaan vliegeren.'

3

'Denk niet,' zei mijn vader, 'dat je zo maar even in een vloek en een zucht een vlieger in elkaar zet. Het luistert allemachtig nauw.'

Hij keek mij aan alsof ik de essenhouten latten al verzaagd en het soepele pakpapier al verknipt had.

'Op je voorhoofd zag ik al staan wat je dacht: je maakt een kruis van twee latten, je spant vier touwtjes tussen de hoekpunten, je knipt het papier in vorm, vouwt het om die touwtjes heen en lijmt het vast met behangersstijfsel.'

'Dat dacht ik helemaal niet,' zei ik.

'Toch komt het daar wel op neer,' zei hij, 'maar dat kruis...'

Hij wreef over het litteken dat hij bij een val op het ijs had opgelopen.

'Je kunt de latten aan elkaar binden,' zei hij, 'of met een paar spijkertjes vastzetten, maar 't mooiste is om met een steekbeiteltje een halfhouts kruisverbinding te hakken zodat je de staander en de ligger in elkaar kunt laten verzinken. Als je 't echt goed doet, heb je geen touw of spijkertjes nodig, maar klem je ze op die manier aan elkaar vast... eventueel nog een beetje houtlijm... misschien een klein bladschroefje... nou, je hebt essen latten genoeg, dus je kunt vooruit...'

Hij zweeg, streek met zijn wijsvinger over het litteken, mompelde: 'Hoe zouen ze nou op Golgotha dat kruis gemaakt hebben? Hebben ze gewoon blind die dwarsbalk op de staande balk gespijkerd? Of zouen ze van tevoren ook een halfhouts kruisverbinding gemaakt hebben? Dan werk je toch een stuk netter.'

Er werd krachtig op de deur van het baarhuisje geklopt.

'Wie haalt 't nou weer in z'n botte hersens om ons hier te storen,' riep mijn vader verontwaardigd. Hij liep naar de deur, duwde hem voorzichtig open en zei: 'Welja, jij weer, wat wil je nou? Wat is de bedoeling?'

Op het witte grind stond bewegingloos een grote blauwgrijze vogel.

'Als ik af en toe,' zei mijn vader, 'op een verjaardag vertel dat ik hier op 't graf een tamme reiger heb rondlopen die met z'n snavel op de deur van het baarhuisje komt kloppen als hij naar een beetje aanspraak snakt omdat hij in de lappenmand zit, zie je ze denken: zwager, jij bent ook niet in je eerste leugen gestikt. Maar ja, je weet hoe het is, lieg dat de stukken eraf vliegen en de mensen geloven je niet alleen, maar hebben het ook nog met je te doen, vertel de waarheid en ze sissen achter je rug: jokkebrok.'

Hij wendde zich tot de reiger en zei goedmoedig: 'Zoek toch een potig wijffie... d'r zijn d'r zat... je kunt hier een nest bouwen waar je maar wilt, bomen in overvloed, je hebt van niemand last want op mij na is iedereen hier al dood, nou, wat wil je nog meer... ja, ja, goed, ik weet het... Rampenne... kan jou niet uitstaan... erft echt 't eeuwige leven niet, heeft vandaag of morgen z'n laatste zegje gedaan... wordt binnenkort tot heerlijkheid bevorderd.'

De reiger hief zijn rechterpoot en zette hem weer neer, hief vervolgens zijn linkerpoot en zette ook die weer neer.

'Ik ga zo meteen aan de slag,' zei mijn vader, 'heb nou nog even geduld, ik wou nog even met m'n zoon confereren over zijn vlieger... ik moet hem toch bitwijs maken hoe je zo'n ding in elkaar zet, 't is ook in jouw belang... straks staat hier voor jou een makkertje aan de hemel.'

De reiger schudde zijn kop, mijn vader zei: 'Kom d'r anders gezellig bij zitten... nee, hè, dat wil je niet... nou goed, ik laat de deuren van 't baarhuisje wel openstaan, dan kun je horen wat er gezegd wordt. We gaan 't eerst eens even hebben over de bespanning.'

Hij gaf de reiger een vriendschappelijk klopje op zijn linkerschouder en wendde zich toen weer tot mij.

'Denk niet dat je voor die bespanning al dat mooie pakpapier zomaar even op maat kunt knippen. Vliegpapier... 't beste wat je doen kan is 't verfrommelen en dan weer gladstrijken. Maar 't gaat me aan m'n hart om zulk mooi papier te verkreukelen. Nou ja, wat ook niet slecht uitpakt, is om het een nachtje over tussen twee vochtige handdoeken te leggen. Het enige is: ik heb hier geen vochtige handdoeken.'

Hij streek voorzichtig met zijn vinger over zijn litteken.

'Ik geloof dat we slecht weer krijgen, m'n sierstreep speelt lelijk op... Handdoeken... wacht, ik heb nog wel een groot oud baarkleed liggen. Als ik dat nou eens even in de grafsloot dompel en weer uitwring, kunnen we 't netjes in tweeën vouwen en 't papier erin laten overnachten.'

Hij opende een lichtblauwe kast en pakte van de onderste plank een zwart kleed. Terwijl hij het voorzichtig naar buiten trok, warrelde zoveel stof op dat hij hevig begon te hoesten. De reiger richtte zich op, opende zijn snavel, sloot hem weer en trappelde een paar maal met beide poten op het grind. Mijn vader liep langs de vogel naar de spoorsloot. Hij dompelde het kleed erin, wrong het weer uit en kwam ermee terug naar het baarhuisje. Zijn ogen traanden nog van de hoestbui.

'Terwijl ik dat kleed doopte,' zei mijn vader, 'moest ik opeens aan koning Benhadad denken.'

'Koning Benhadad?' vroeg ik verbaasd.

'Ja, uit 2 Koningen 8. Die krijgt door Elisa aangezegd dat hij koning van Aram zal worden. En wat staat er dan? "De volgende dag nam hij een deken, doopte die in water en spreidde die over zijn gelaat zodat hij stierf." Krijg je te horen dat je koning zult worden, maak je jezelf van kant! Snap jij dat nou? En wat een rare manier om jezelf van kant te maken. Zou je echt doodgaan als je een natte deken over je gezicht trekt? En hoe zat dat met de profeet Elisa? Voorspelde iets wat de dag daarop al niet meer kon uitkomen. Wat een dwaas verhaal!'

Tijdens zijn monoloog hield ik de helft van het kleed omhoog. Mijn vader drapeerde het papier op de andere helft, die op de vloer van het baarhuisje lag. Ik vlijde mijn helft erbovenop en mijn vader zei: 'Zo, da's gepiept, en nou maar eerst die twee latten. Hoe groot had je ze gedacht? Eén meter twintig voor de staander, negentig centimeter voor de ligger? Lijkt je dat wat?'

'Ja, prachtig,' zei ik lukraak.

'Nou nou, wel een beetje groot, maar vooruit, 't wordt jouw vlieger, dus als je hem zo groot wilt...'

'Hij mag wel kleiner.'

'Nee, nee, we hebben in ieder geval één puntgave lat van één meter twintig, 't zou zonde zijn om er een stukje van af te zagen.'

Hij pakte een van de latten op. Voorzichtig boog hij het hout.

'Moet je zien,' zei hij, 'we praten hier over heel best Frans essen, dus 't is bijna net zo plooibaar als een grafkranslint. Zullen we dan de ligger met een pittig spanlijntje een beetje kromtrekken? Dan staat zo'n vlieger meteen een stuk stabieler.'

'Mij goed,' zei ik.

'Als ik nou alvast eens even met m'n schietbeitel een beginnetje voor je maak van die halfhouts kruisverbinding, kun jij ondertussen naar 't grote hek lopen om te kijken of Rampenne soms aan komt stiefelen. Ik zou niet graag zien dat hij ons hier opeens op 't dak viel. Dan weet morgen, zelfs al kan hij met z'n eigen ogen zien dat jij met een steekbeiteltje in de weer bent, de hele stad dat de grafmaker in de baas z'n tijd in z'n baarhuisje bezig is een vlieger te bouwen.'

Toen ik terugkwam van mijn tocht naar het hek, en kon rapporteren dat ik Rampenne nergens ontwaard had, bleek mijn vader al tamelijk ver gevorderd met de kruisverbinding.

'Goh,' zei ik, 'het is al haast klaar.'

'Ja, ja, 't lijkt al heel wat, maar waar het op aankomt is dat links en rechts precies met elkaar in evenwicht zijn. Als de staander aan één kant ook maar ietsje zwaarder is dan aan de andere kant, wil je vlieger niet goed staan. Hoe komen we er nou achter dat links even zwaar is als rechts...'t beste is om 't kruis ergens op te leggen zodat 't helemaal vrij hangt en dan te kijken of 't eventueel naar één kant overhelt... hoe doen we dat nou... wacht, als ik nou eens 't luik afhaal van dat tweedeklas huurgraf en daar twee touwtjes overheen span... ja, dat is een moordidee.'

Over de doodstille begraafplaats kuierden we met het kruis naar de graven van de tweede klas. Samen tilden we het luik van het halfvolle huurgraf. Mijn vader spande met behulp van vier stokjes twee dunne touwtjes over de diepe kuil. Terwijl hij daarmee bezig was, kwam de tamme reiger aanvliegen. Hij streek neer op een zwart marmeren steen. Heel langzaam kwam hij, telkens kleine pasjes makend, naderbij totdat hij het open graf bereikte. Aandachtig keek hij in de diepte.

'Da's nou z'n lust en z'n leven,' zei mijn vader, 'als een standbeeld op de rand van een graf staan en omlaagturen. Dat kan hij urenlang volhouden. Staat hij te denken: ach, zo'n mooi mensengraf, dat is voor mij later niet weggelegd.'

Mijn vader knikte de vogel toe.

'Nou reigertje, als jij doodgaat, zorg ik er wel voor dat je ergens onder in een graf komt te liggen. Als 't een beetje meezit, smokkel ik je wel onder in een eersteklas eigen graf, dat beloof ik je.'

Mijn vader legde het kruis zodanig op de strakgespannen touwtjes dat de dwarslat vrij kwam te hangen. Nadat het kruis enige tijd vredig heen en weer had gewiegd op de touwtjes, kwam het tot stilstand.

'Zie je wel,' zei mijn vader, 'aan de rechterkant helt 't iets over. Beide helften zijn niet even zwaar, al scheelt 't warempel niet veel. Je moet rechts een beetje bijwerken. Soms hoef je er maar een frutje van af te schuren. Ik zou alleen graag zien dat jij ondertussen nog weer eens even naar 't hek drentelt, want ik knijp 'm voor Rampenne... het is kwart voor negen... hij is nog steeds niet geweest... 't kan natuurlijk zijn dat hij een dagje overslaat, maar dan is hij zwaar ziek, nee, die komt vast nog wel.'

Tussen de graven van de derde klas liep ik naar het hek. Ik keek uit over de lanen en laantjes die naar de begraafplaats voerden. Er was geen zuchtje wind. Doodstil stonden de bomen onder de beweginglozе wolken. Er was geen sterveling te zien en het leek net of er nooit meer iemand over die lanen en laantjes zou lopen. Niets wees erop dat achter die lanen de rest van de wereld lag.

Toen ik terugkwam, zat mijn vader te schuren. Even later hing het kruis in volmaakt evenwicht op de twee touwtjes.

'Denk erom,' zei mijn vader, 'als je de bespanning erop gezet hebt, moet je nogmaals nagaan of beide helften precies even zwaar zijn. Je hebt nou gezien hoe je dat aanpakt. Twee touwtjes en...'

'Als hij dan naar één kant overhelt, wat moet je dan doen? Je kunt toch niet zomaar wat van 't papier afknippen?'

'Nee, wat je gelijk hebt, nee, dan moet je 'm aan een kant een tikje verzwaren, bijvoorbeeld met een piepklein beetje stopverf. Of je smeert gewoon aan één kant een frutje lijm op 't papier. Het gaat er maar om dat links en rechts wat gewicht betreft geen milligram van elkaar verschillen. Reken maar dat het een stuk eenvoudiger is om een kruis te maken waar je iemand op vastspijkert. Enfin, we krijgen

’t wel voor mekaar... Wel allemachtig, als daar Rampenne niet komt aanlopen, hier, sluip met ’t kruis achter de rododendrons om, dan hou ik ’m zolang op de vierde klas bij ’t graf van vrouw Poot wel aan de praat.’

4

Een week lang begaf ik mij elke dag na schooltijd naar de begraafplaats om aan de vlieger te werken. Zodra ik verscheen haalde mijn vader het bouwpakket uit het lijkenhuisje. Hij vertelde mij wat er nog gebeuren moest en stuurde mij er dan op uit 'om te kijken of er geen pottenkijkers aankomen'. Ondertussen knutselde hij in het baarhuisje alvast geduldig verder. Soms strekte ik mijn hand uit naar papier of spantouw, maar dan zei hij bezorgd: 'Wat wou je gaan doen? D'r hoeft echt niet zoveel meer te gebeuren, laat de rest nou maar over aan je oude vadertje, je hebt al genoeg gedaan.'

Op een vrijdagmiddag zette hij de grote bruine vlieger keurend tegen de kinderbaar en zei: 'Het begint er een beetje op te lijken, ik geloof waarachtig dat je 'm af hebt, d'r zitten zelfs een kieltoom en een verschuifbare toomring op. Nou alleen de staart nog. Want een flinke staart moet hij hebben, anders zal hij er, al heb je met dat spantouwtje die ligger erg mooi gebogen, nog een hele dobber aan hebben om te staan.'

Hij keek rond in het baarhuisje.

'Als je nou eens van dat oude baarkleed waarmee we het papier bevochtigd hebben de franjes afknipt en die netjes aan elkaar knoopt...'

Hij pakte het oude kleed, monsterde de franjes, zei toen: 'Nee, dat wordt niks.'

Hij keek me aan.

'Wat zouden we daar nou eens voor kunnen gebruiken?'

'We hebben thuis nog van die lange staarten liggen... van vroeger... van het klosje breien...' zei ik.

'Van 't punniken bedoel je, ja, dat... dat is nog niet eens zo'n gekke gedachte. Misschien moet je er dan om de twintig centimeter een knoop in leggen, of moet je, om 'm te verzwaren, aan 't uiteinde een paar overgeschoten schakeltjes hangen van een grafsteenketting. Het valt licht te proberen.'

Nog diezelfde avond zei hij dadelijk na de avondboterham: 'En? Zou 't niet aardig zijn om eens te kijken of hij wel omhoog wil?'

'Ik heb zo'n mooi boek, *Scheepswerf de Kroonprinses*,' zei ik.

'Mooi boek,' zei hij schamper, 'nou, dat loopt niet weg, waarom zou je niet eens proberen of je 'm op kunt laten. Ik slenter wel achter je aan om je, mocht dat nodig zijn, een handje te helpen.'

Toen we de sluispolder inliepen, zei hij: 'Ik heb er een hard hoofd in of er genoeg wind staat om hem op te laten.'

Dankzij het feit dat de polder teneinde hem bouwrijp te maken, zelfs tot ver voorbij de uithoek waar mijn vader ooit een volkstuintje had bezeten met een laag asgrijs zand was bedekt, konden wij overal heen lopen. Wekenlang hadden reusachtige zandauto's door de nauwe straatjes gedaverd. De polder was herschapen in een miniwoestijn met fijn, lichtgrijs, als het ware opgebleekt zand. Her en der staken kleine, leigrijze schelpjes uit. Soms hoorde je hoe zo'n schelpje onder een schoenzool vergruizeld werd, en dan zei mijn vader verontschuldigend: 'En het verwoeste land zal bebouwd worden, en zij zullen zeggen, dit land dat verwoest was is geworden als een Hof van Eden.'

Hij stond telkens even stil, snuffelde als een windhond en zei: 'Je bent wel aangewezen op een flinke bries, ik knijp 'm of we het met dit zoetsappige avondkoeltje zullen redden... nou ja, 't valt licht te proberen, misschien dat er hogerop nog wat trek staat.'

We sjokten voort over het lijkbleke zand. We bereikten de achterkant van de roomse enclave, die vanaf de Zuidvliet met een kerkje, een pastorie, een ommuurde tuin en een begraafplaats diep de polder in stak. In de zeventiende eeuw was dat stukje grond, zo ver mogelijk bij het centrum vandaan, met tegenzin aan de roomsen toegewezen.

'Als ze hier nou gaan bouwen,' zei mijn vader, 'kunnen ze die hele bliksemse paapse teringzooi in éne moeite door helemaal opruimen. Het is geen gezicht als hier een hele nieuwe woonwijk uit de grond wordt gestampt en d'r staat nog zo'n aftands rooms afbraakkerkje tussen. Dat moest niet maggen.'

Pal achter de roomse begraafplaats deden wij onze eerste poging de vlieger op te laten. Met het bruine gevaarte liep ik een eindje bij mijn vader vandaan. Hij riep: 'Los', en begon te hollen. De vlieger steeg aanvankelijk statig omhoog, duikelde toen tweemaal om zijn as en klapte vervolgens ondersteboven tegen het leigrijze zand. Ik liep erheen, trok hem los, kantelde hem en weer schreeuwde mijn vader: 'Los.' Hij rende achteruit over het glinsterende zand in de richting van de roomse begraafplaats.

Spoedig bleek dat het ons die avond niet zou lukken de vlieger op te laten.

'Ik was er al bang voor,' zei mijn vader, 'een flinke bries is wel 't minste wat je nodig hebt. We gaan maar weer eens op huis aan.'

Hij keek naar de roomse begraafplaats. In de lage avondzon leek het door een brede sloot omzoomde, hooggelegen kerkhof eerder een ontoegankelijke tuin dan een dodenakker. Populieren die zo dicht naast elkaar aan de slootrand stonden dat hun takken in elkaar grepen, onttrokken de grafmonumenten vrijwel volledig aan het zicht. Mijn vader staarde naar al dat groen en zei: 'Wat let me eigenlijk om daar eens even m'n licht te gaan opsteken. Ik maak me sterk dat ze daar tientallen van die hardhouten kruisen hebben staan met van die schrielpieperige Jezusjes eraan. Hoe houden ze die daar netjes? Dat zou ik wel eens willen weten. Of zitten ze daar ook onder de duivendrek? Het enige is: hoe kom ik die sloot over? Wacht, zag ik zonet, toen we hierheen liepen, niet een knappe vonder uit het zand steken? Als we die nou eens effetjes...'

En hij liep al, en ik zei: 'Maar mag je dan zomaar dat kerkhof op?'

'Dat vragen we niet,' antwoordde hij, 'dat doen we gewoon. Je kunt daar hoogstens meneer pastoor tegen 't lijf lopen, nou, die ken ik wel, die is pas geleden nog met een wijwaterkwast bij me wezen urbiën en orbiën toen vrouw Kraaijenvanger werd begraven... ja, waarom die nou hier niet wou liggen of mocht liggen of kon liggen...?'

Hij trok de deel uit het zand. We liepen er samen mee terug en hij legde de plank over de brede sloot.

'Ik ga eventjes alleen,' zei hij, 'blijf jij hier twee tellen wachten met onze vlieger.'

Mijn vader liep over de plank, die net niet lang genoeg was om de hele sloot te overbruggen zodat hij een sprong moest maken. Hij klom omhoog in het wufte trilgras dat tegen de hoge, schuine walkant opgroeide. Doodgemoedereerd slenterde hij vervolgens, terwijl zijn klompen luidruchtig over de kiezelsteentjes knarsten, over het kerkhof, de handen nonchalant in de zakken van zijn manchesterwerkbroek. Af en toe zag ik hem tussen twee populieren door even opduiken, maar het grootste deel van de tijd kon ik hem nauwelijks ontwaren. Regelmatig viel het geluid van knarsend grind weg in de koele avondlucht als hij stil bleef staan om de grafmonumenten goed te bekijken. Na een minuut of twintig stak hij de sloot weer over en zei plechtig: 'Ja ja, de Heere zette mij neder in het midden ener vallei; dezelve nu was vol beenderen. En hij deed mij bij dezelve voorbijgaan geheel rondom; en ziet, er waren zeer vele op de grond der vallei, en ziet, zij waren zeer dor.'

Toen we een poosje later dwars tegen de laagstaande zon in naar huis liepen, zei hij: 'Wat een beestenbende. D'r staat overal onkruid. Brandnetels waar je niet eens overheen kunt kijken. En genoeg glaskruid om een paardenfokkerij mee te beginnen. Het is zelfs tussen het grind op de paden opgekomen. Ze laten alles maar uit de grond komen zoals 't God belieft om 't te laten opschieten. En dan die stenen! Van onderhoud hebben ze daar blijkbaar nog nooit gehoord. En net wat ik dacht: al die Jezusjes aan die houten en stenen kruisen zien er vreselijk smoezelig uit. Het is nog tot daaraan toe dat er overal duivendrek op zit, één flinke regenbui en de stront spoelt er wel weer van af, maar die vogelschijt is zo zuur als bedorven melk, die vreet alles weg. Dus die Jezusjes... ach, zoals die er stuk voor stuk uitzien. Soms zijn ze tot op het bot weggevreten, het is echt verschrikkelijk, je kan de ribbetjes tellen.'

5

Zodra er in dat voorjaar een flinke bries stond, zei mijn vader dadelijk na het dankgebed waarmee hij de avondmaaltijd afsloot: 'Kom op, we gaan het weer even proberen.'

Dan liepen we over dat maagdelijke zand dat de kleur aannam van de lucht erboven. Nu eens was het loodgrijs, dan weer lichtte het helderwit op alsof het de wolken wilde weerspiegelen die erboven dreven. Vorderde de avond en daalde de zon, dan leek het of de leigrijze hemel met de aarde versmolt. Als het zand niet zo rul was geweest, zou je, huiswaarts kerend, hebben kunnen denken dat je over ijs liep.

We wandelden altijd tot aan de roomse begraafplaats. Ik hield de vlieger omhoog, mijn vader ontrolde een tiental meters gemeentetouw, riep 'los' en holde achteruit over het kameleontische zand. Hoe veel of hoe weinig wind er ook stond, je kon nooit van tevoren voorspellen of de vlieger zou stijgen. Soms werd hij, zo'n tien meter hoog, getroffen door verraderlijke valwinden die hem, duizelingwekkend pirouetterend, naar het zand terugjoegen.

Meestal leek het echter alsof er nauwelijks wind stond. Als de vlieger zich eenmaal boven de ratelpopulieren van het roomse kerkhof had verheven kon hij statig, zonder ook maar eenmaal om zijn as te wentelen, oprijzen naar de hogere luchtlagen waar, voorzover het gemeentetouw het toeliet, bestendiger winden hem opstuwden. Ten slotte versmolt hij, nagenoeg onbeweeglijk, met die alsmaar donker wordende avondhemel. Dan hielden mijn vader en ik hem om de beurt vast, en voelde je hoe hij telkens kleine, plagerige rukjes aan het touw gaf. Om je aan het schrikken te maken wilde hij wel eens speels om zijn as wentelen, of eventjes zwierig naar links of naar rechts zwenken. Maar hoe hoger hij steeg, hoe minder grillig zijn gedrag bleek. Stond hij vrijwel doodstil afgetekend tegen de diepblauwe lucht, dan kwam het moment waarop mijn vader boodschappen langs zijn lijn naar hem toe wilde sturen.

Voor het zover was werd ik altijd, als we de vlieger een minuut of twintig om beurten hadden vastgehouden, overvallen door een gevoel van mismoedigheid. Wat nu verder? Daar maar blijven staan en opkijken naar die vlieger, die allengs moeilijker te ontwaren viel? De tocht over het verraderlijke zand was beklemmend, het oplaten van de vlieger was enerverend, maar stond hij eenmaal hoog aan de hemel, ja, dan stond hij, dan gebeurde er eigenlijk niets meer, je kon hoogstens blijven vliegeren tot het zo donker was dat je hem totaal niet meer kon zien. Daardoor werd het weer spannend of hij te voorschijn zou komen als wij het touw inhaalden.

Mijn vader leed blijkbaar niet aan die verwonderlijke mismoedigheid. Hij had, geloof ik, wel tot het ochtendgloren door kunnen vliegeren. Of bestreed hij misschien die gevoelens met zijn boodschappen? Het leek haast alsof hij echt geloofde dat je daarmee iets kon bewerkstelligen, of zelfs iemand – God? – kon vermurwen. Op de achterkanten van gebruikte enveloppen schreef hij zijn draadgebeden. Vervolgens drapeerde hij zo'n envelop om het touw, gaf er een duw tegen, en zag, meestal pas na een paar mislukte pogingen, vergenoegd toe hoe de envelop langs de lijn hortend en stotend omhoogknisperde. 'Geef dat ik eindelijk eens van mijn broer Klaas win met dammen,' schreef hij. 'Maak toch dat Rampenne mij voorgoed met rust laat, desnoods door ervoor te zorgen dat ik hem fatsoenlijk begraven mag,' krabbelde hij op een andere achterkant. 'Laat meneer Alers, hoofd plantsoenendienst, en als zodanig ook mijn directe chef, alstublieft zo diep in de stront zakken dat hij er tot zijn nekharen in zit.' 'Zorg dat mijn tamme reiger een vrouwtje opdoet.' Zijn kortste verzoek kon op de achterkant van een kalenderblaadje: 'Geef mij honderdduizend gulden.'

Had hij een vijftal boodschappen verstuurd, dan drong hij er bij mij op aan dat ook ik wat omhoog zou zenden. Ik schrok er echter voor terug om mijn verlangens prijs te geven aan de achterkant van een envelop, laat staan dat ik ze via een draad naar de hemel wilde sturen. Om mijn vader tegemoet te komen schreef ik af en toe een onschuldig verzoek. 'Maak dat ik *De vrouw met de zes slapers* van Antoon Coolen in handen krijg.' Zelfs dan riep ik, als mijn vader aanstalten maakte om het verzoek omhoog te sturen, 'niet lezen wat ik geschreven heb'. Maar hij las het toch en dan zei hij: 'Weet je nou niks anders? Moet het altijd alleen maar over boeken gaan!'

'Ik doe er niemand kwaad mee.'

'Nee, en ik vind het ook helemaal niet erg dat je graag leest, maar je doet nooit wat anders, je verleest je hele leven, en je leest van die rare boeken. Lees toch *Moeder Geerte* of *Huis van licht en schaduw* van Nijnatten-Doffegnies. Of *Lydia en de erven Neuteboom* van Ooms, dat zijn prachtige boeken. Maar die Coolen en die Timmermans, dat zijn vreselijke papen, begrijp dat nou toch.'

Haalde je de vlieger in, dan bleken de boodschappen vaak onderweg gestrand te zijn. Halverwege zaten ze op een kluitje aan het touw vast. Soms waren ze helemaal verdwenen of vond je alleen nog een stukje envelop terug. Zelden hadden ze het kieltoom van de vlieger bereikt. Was dat wel het geval dan maakte mijn vader een rondedansje, dan had hij blijkbaar het gevoel dat zijn verzoek gehonoreerd zou worden.

Elke avond legde hij, als het bijna donker was geworden, de vonder over de sloot bij het roomse kerkhof en maakte hij een inspectieronde langs de graven. Steevast kwam hij vergenoegd mopperend terug en zei hij: 'Nou, als ze eerst hier zijn geweest en dan bij mij komen, weten ze niet wat ze overkomt. Je zal hier toch rooms begraven worden, d'r begint me nou zo zoetjes aan een licht op te gaan waarom vrouw Kraaijenvanger bij mij wilde liggen.'

6

In die dagen fietste ik wekelijks twaalf kilometer om mijn leesboeken te ruilen in de openbare bibliotheek aan de Lange Haven. Onderweg was ik, omdat het heette dat daar altijd zulke wonderschone meisjes wandelden, een enkele keer via de nabij die haven gelegen Hoogstraat omgefietst. Bijzondere meisjes had ik nooit gezien, maar verbaasd had ik geconstateerd dat er in de Hoogstraat, nota bene vlak bij de openbare leeszaal, nog een bibliotheek gevestigd was. Telkens als ik er langsfietste dacht ik: het zou wel handig zijn als ik daar ook lid werd. Dan hoef ik maar één lange fietstocht te maken voor een bezoek aan twee bibliotheken. En ongetwijfeld hebben ze in die roomse bibliotheek werk van allerlei schrijvers dat je nergens anders kunt vinden. Niettemin had ik het nooit aangedurfd om bij die roomse leeszaal naar binnen te stappen, deels omdat ik van kindsbeen af gewaarschuwd was voor de 'hoer van Babylon' alias de roomse kerk, deels omdat ik toen al zo veel had gelezen over de inquisitie, over heksenverbrandingen, over de meedogenloze jacht op Waldenzen, Albigenzen, hussieten, hugenoten en niet in de laatste plaats joden, dat ik al begon te huiveren als mij ook maar iets onder ogen kwam wat aan het katholicisme herinnerde. Anderzijds fascineerde die geheimzinnige wereld van wierook en priesters mij. En hoe onvoorstelbaar misdadig het rooms-katholicisme ook was: het had wel de dichter voortgebracht van 'Als de ziele luistert' en 'Ego Flos'. Niettemin leek het onmogelijk dat ik ooit een kijkje zou kunnen nemen in de roomse leeszaal in de Hoogstraat.

Toen echter op de begraafplaats waar mijn vader werkte een kruis verscheen met zo'n smakeloos Jezusje eraan en hij dat, ondanks grootspraak over een ongelukje met een hark of een grasmaaimachine, vooralsnog ongemoeid liet en hij bovendien elke keer als wij gingen vliegeren doodgemoedereerd de sloot overstak om even een inspectieronde te maken over het roomse kerkhof, leek het minder ondenkbaar om de drempel van de katholieke leeszaal te overschrijden.

Op een warme, lichte zomeravond in augustus fietste ik naar de bibliotheek aan de Lange Haven. Vervolgens liep ik, reeds voorzien van een vijftal boeken, met mijn fiets aan de hand over de brug naar de dijkopgang. Langs de koopmansbeurs klom ik naar de Hoogstraat. Voorzichtig zette ik mijn fiets tegen de pui van de roomse leeszaal. Ik slikte een paar maal en vermande mij. Zo behoedzaam mogelijk duwde ik de deur open. Daarachter bleek een portaaltje te zijn dat ondanks de warme zomeravond door dikke tochtgordijnen van de eigenlijke leeszaal gescheiden was. Voorzichtig probeerde ik of ik een van die gordijnen zodanig opzij kon bewegen dat er een doorgang ontstond. Maar waar ik ook duwde, steeds belemmerden reusachtige plooien mij. Het was alsof ik nooit verder zou komen, of ik daar voor altijd in een vagevuur van weerbarstige plooien vergeefs zou proberen tot het heiligdom door te dringen waar de boeken bewaard werden. Tastend, schuivend, duwend bleef ik proberen of ik een doorgang kon creëren. Ten slotte zag ik vanuit een ooghoek dat ik kennelijk vanaf de ingang pal rechtsaf had moeten slaan. Daar gloorde een vage lichtspleet. Inderdaad kon ik daar het gordijn opzijschuiven en was het mij vergund door een smalle opening het heiligdom te betreden. Ik schrok van de duisternis. Al het licht leek te komen van een flakkerende kaars die voor een Mariabeeld brandde. Een meisjesstem riep: 'Gordijn dicht, anders waait de kaars uit.'

Haastig schoof ik het gordijn achter mij terug op zijn plaats. De kaarsvlam werd geraakt door een tochtvlaag die hem bijna doofde. In het licht ervan, alsmede in het blauwe licht dat door hoge raampjes binnenviel, ontwaarde ik bij een balie de verschijning die tot mij gesproken had. Verder leek er op het eerste gezicht niemand aanwezig, geen lezer, geen ruiler, geen snuffelaar. Ik hoopte maar dat er bezoekers op hun hurken achter de schappen zaten.

Ik stapte op de verschijning af, wilde de zin uitbrengen die ik, klimmend naar de Hoogstraat, had gerepeteerd – 'Mag ik rondkijken om te zien of er hier genoeg te lezen is om het voor mij de moeite waard te maken om lid te worden' – maar de aanblik van die verschijning achter de balie ontnam mij de adem.

Het was een meisje van mijn leeftijd. Misschien iets ouder. Ze had een geweldige massa donkerblond, griezelig hoog opgestoken haar waar iets glinsterends doorheen schemerde dat veel weg had van een stukje kippengaas. Onder het haar, dat blijkbaar dankzij het gaas de zwaartekracht wist te trotseren, loerden twee zwart omlijnde ogen naar me. Zowel boven als onder de brede zwarte rand die beide ogen geheel omgaf was kwistig paarsblauwe oogschaduw aangebracht. Daaronder glansden vochtige, vuurrood geschilderde, welhaast negroïde lippen. Toch zou die hele verschijning mij eerder verbaasd dan onthutst hebben als de forse handen ervan niet getooid waren geweest met de langste nagels die ik ooit had gezien. Ook die nagels waren vuurrood.

'Volgens mij ben jij hier nog nooit eerder geweest,' lispelde de verschijning.

'Nee,' zei ik.

'Wil je lid worden?'

'Als er genoeg is dat ik nog niet gelezen heb. Mag ik even rondkijken?'

'Ga je gang,' zei ze.

'Er is hier niemand,' zei ik hees.

'Jij bent er toch,' zei ze, 'wij zijn er toch.'

Met bonzend hart liep ik tussen de schappen door. Overal zag ik boeken die ik nooit eerder had aanschouwd. En bij het rijtje Antoon Coolen stond dan eindelijk – mijn vliegergebed werd verhoord – *De vrouw met de zes slapers.*

Ik liep terug naar de balie. Daarachter zag ik slechts de rug van iemand die zich bukte. Ik haalde diep adem, zei: 'Ik wil graag lid worden.'

De rug rechtte zich. Langzaam verrees een gestalte die wat de haarbos betrof weliswaar sprekend leek op het meisje dat mij eerder te woord had gestaan, maar alle kleuren bleken opeens gewijzigd. Gifgroene oogschaduw, donkerrode lippen, donkerrode nagels – het was alsof het meisje van zo-even bliksemsnel haar oorlogskleuren had ververst. Ik stamelde nogmaals: 'Ik wil graag lid worden.'

'Kan,' zei de verschijning nors, 'naam, adres.'

Ze schreef mij in, nam mijn contributie aan, en al die tijd stond ik, niet-begrijpend en nog altijd in de veronderstelling dat ik met hetzelfde meisje te maken had, verbouwereerd naar haar te staren totdat, opzij van het Mariabeeld, een deur openging en het eerste meisje opdook.

'Het is niet druk,' zei ik om maar iets te zeggen.

'Nee,' giechelde het eerste meisje, 'nee, het is niet druk, het is nooit druk, er komt hier haast nooit iemand.'

'Gelukkig niet,' zei het tweede meisje.

'Maar jij komt nu,' zei het eerste meisje, 'voortaan kom jij nu. Blij toe hoor, eindelijk eens een lezer, kom maar vaak ruilen. Je mag hier twee romans en drie studieboeken meenemen. Wil je een stenciltje met de openingstijden?'

Voor ik kon antwoorden, duwde ze al een groezelig papiertje in mijn handen. Haar nagels streken vluchtig over mijn knokkels.

Ik begaf mij weer tussen de schappen. De beide meisjes posteerden zich ieder bij een uiteinde van het schap waar ik tussen liep. Het leek of ze mij insloten. Ze pakten nonchalant boeken uit de kast, bliezen er stof af en zetten ze weer terug. Telkens loerden ze even in mijn richting en glimlachten vervolgens naar elkaar.

Nadat ik een minuut of twintig gezocht had, vervoegde ik mij met vijf boeken bij de uitleenbalie. Voor het eerste meisje ze zelfs maar opgepakt of ernaar gekeken had, zei ze: 'Dat boek van Antoon Coolen mag je niet meenemen.'

'Hoe weet jij... waarom niet?'

'Zit een rode stip op. Heb je dat niet gezien? Zit een rode stip op. Mag je alleen meenemen met toestemming van meneer pastoor.'

7

Op een zonnige, maar winderige zomerdag las ik een roman die mij zo hevig aangreep dat ik er, toen ik hem halverwege de middag uit had, niet toe kon komen in een ander boek te beginnen. Ik hoorde het ruisen van de wind en zocht in de Prismapocket naar de passage waarbij ik een dun potloodstreepje had gezet: 'Hij zei dat de prettigste manier om een hete julidag door te brengen deze was, van 's morgens tot 's avonds midden op de hei op een heuveltje liggen, terwijl de bijen tussen de bloemen zoemen, de leeuweriken hoog boven je aan het zingen zijn, de lucht wolkenloos blauw is en de zon maar helder blijft schijnen. Dat was zijn volmaakte idee van hemelse zaligheid. De mijne was om in een ruisende groene boom heen en weer te wiegen terwijl de westenwind waait en er helderwitte wolken snel overdrijven.'

'De mijne ook,' mompelde ik en ik keek naar buiten en zag hoe de helderwitte wolken, voortgestuwd door een straffe oostenwind, op die warme julidag achter de daken verdwenen. Wat nu? dacht ik.

Een poosje later trok ik mij, terwijl mijn ogen telkens weer vochtig werden, met de vlieger terug in de steppen van de opgehoogde Sluispolder. De ratelpopulieren op het roomse kerkhof ruisten hartverscheurend. Langs de hemel joegen spierwitte wolken achter elkaar aan. Daartussen glansde de helderblauwe lucht. Het zand onder mijn voeten zag eruit alsof het was overgoten met het blauwsel dat mijn moeder altijd gebruikte om de was te spoelen.

Het bleek een waar kunststuk te zijn om moederziel alleen de vlieger op te laten. Herhaaldelijk probeerde ik, nadat ik de lijn een stukje had afgewikkeld, of de wind hem, terwijl ik begon te hollen, zo vanuit mijn hand omhoog wilde stuwen. Helaas dook hij telkens dadelijk tegen de grond. Een betere methode bleek hem in het zand te planten en dan de lijn af te wikkelen. Onverhoeds trok ik hem los, terwijl ik tegelijkertijd vaart zette. Steevast verhief hij zich veelbelovend, maar klapte dan voorover. Toch bleek dat de enige methode om hem in ieder geval van de grond te krijgen. Hij kwam echter telkens weer tollend, wentelend, zwenkend omlaag.

Na elk echec knoopte ik, puttend uit de voorraad strengen – rijke oogst van het punniken uit het bewaarschoolverleden van mijn zus – weer een stukje staart erbij. Bijna mijn hele voorraad kleurige strengen moest ik aanspreken voor ik de vlieger het wentelen en tollen kon afleren. Uiteindelijk kwam warempel het moment waarop hij zich, vanuit het blauwwitte zand, opeens zo statig verhief dat het wel leek alsof alle mislukte pogingen eensklaps werden uitgewist. Met zijn formidabele, bonte staart steeg hij uit boven de ratelpopulieren en zeilde hij, opgestuwd door de bestendige, strakke bries uit het oosten, naar verre, hoge luchtlagen in het westen.

Toch bleef de vlieger, ondanks het feit dat de staart de juiste lengte leek te hebben, iets nukkigs houden. Vierde ik het touw een beetje, dan duikelde hij soms een- of tweemaal omlaag om vervolgens weer snel te stijgen. Toen al het touw ten slotte van de haspel was gerold en een luisterrijke parabool mij met de vlieger verbond, bleef hij rukken, hield hij mij bij de les door af en toe vervaarlijk naar links of rechts uit te wijken. Soms leek het of hij aanstalten maakte om te gaan duikelen en dan deed ik snel een paar passen naar achteren om hem daarvan te weerhouden.

Het was of de vlieger op die middag wilde voorkomen dat de mismoedigheid zou toeslaan. Ik moest alert blijven, ik kon niet verslappen. Op elk klein rukje van de vlieger moest ik acht slaan. Aan het opzenden van boodschappen viel niet te denken. Evenmin was het mij vergund om te dagdromen over de twee bibliothecaressen uit de roomse leeszaal. Of kwam dat door het ongelofelijke boek waarvan ik een uitgave in de Prisma-pockets had gekocht omdat ik het daar niet had mogen lenen.

Uit een gangetje tussen de troosteloze, scheefgezakte schuren die de grens markeerden van de Konijnenbuurt en de met vers zand bedekte Sluispolder, maakten zich twee figuurtjes los. Aanvankelijk leek het of ze doelloos over de zandvlakte slenterden. Toch werd het allengs waarschijnlijker dat ze mijn richting uitkwamen. Aangezien ik tegen de zon in keek, en de vlieger bovendien al mijn aandacht opeiste, had ik nauwelijks tijd om mij druk te maken over de vraag wie mij daar naderden. Gruwelijk bedaard voortstappend kwamen de twee figuurtjes naderbij. Op het rulle zand, waarin hun schoenen diep wegzakten, had hun gang iets onzekers. Het leek of ze waggelden. Hoe eigenaardig dat die waggelende, onzekere, bedaarde gang desondanks zo angstaanjagend was. Lange tijd veroorloofde ik mij te denken dat ze mij op een flinke afstand zouden passeren. Naarmate ze dichterbij kwamen werd echter steeds duidelijker dat ze, hoe bedaard ze ook liepen, doelbewust koers hadden gezet naar de ruisende ratelpopulieren.

Toen bleken ze, toch nog vrij onverwacht, zo dichtbij dat ik hun fris blozende, roodverbrande koppen kon zien en het gemurmel van hun stemmen kon horen.

'Z'n vader isser vandaag nie' bij,' zei de vlezigste van het tweetal.

'Nee, hij staat altemet in z'n uppie te vliegeren,' zei zijn tengere metgezel.

Traag voortstappend waren ze nu zo dichtbij gekomen dat ze, als ze mij niet wilden passeren, moesten blijven stilstaan.

'Zo? Hebbie je vader thuisgelaten?'

'Nee,' zei ik, 'die is hier vlakbij. Werkt op 't roomse graf.'

'O ja? D'r is daar anders geen sterveling te zien.'

'Vlieger van jou?' vroeg de vlezige jongen.

'Van wie anders?' zei ik.

'Kon toch dat je 'm geleend had.'

'Hij staat mooi hoog,' zei de tengere jongen.

'Ja, je ken 'm amper zien. Ken je 'm niet een frutje omlaag laten komen? Ik zou hem graag eens van dichtbij bekijken.'

'Nee,' zei ik, 'want dan begint hij te duikelen.'

'Belneent, kom op, laat 'm een stukkie omlaagkomen.'

'Nee,' zei ik.

'We zalle' je helpen.'

De vlezige jongen legde zijn rechterhand op het touw en liep vervolgens, het touw daarbij omlaagduwend, in de richting van de vlieger. Die kwam duizelingwekkend snel en daarbij al spoedig angstwekkend pirouetterend, in de buurt van de boomkruinen der ratelpopulieren omlaag.

'Niet doen,' schreeuwde ik, 'zo meteen komt hij in de bomen terecht of slaat hij tegen de grond.'

'Belneent,' zei de tengere jongen.

De vlezige jongen liet het touw opeens los. De vlieger verhief zich terstond, schoot omhoog, maar verloor ook dadelijk weer hoogte omdat hij wanhopig duikelend naar een nieuw evenwicht zocht.

Zonder iets te zeggen stonden de beide jongens wijdbeens de vertwijfelde buitelingen van de vlieger gade te slaan. Toen hij tot rust was gekomen en weer trots naar hogere luchtlagen klom, drukte de tengere jongen zijn vlakke rechterhand op het touw en rende toen, zijn hand alsmaar op dezelfde hoogte houdend, langs de omlaagkomende lijn. Weer begon de vlieger wild te duikelen. De jongen bleef desondanks rennen, zodat de vlieger snel hoogte verloor.

'Mijn vader komt eraan,' schreeuwde ik en gaf tegelijkertijd een ruk aan het vliegertouw.

De jongen liet het touw los, keek verschrikt om naar de rooms-katholieke begraafplaats, grijnsde toen breed en wilde het touw weer pakken. De vlieger steeg echter naar de voortjagende witte wolken die boven de golvende boomkruinen uit het zicht verdwenen. De twee jongens kuierden naar de brede sloot langs de roomse begraafplaats en tuurden langdurig tussen al het groen door dat het zicht op de grafzerken, kruisen en Jezusjes zo doeltreffend afschermde.

'Ik geloof d'r geen barst van dat z'n vader daar is,' zei de vlezige jongen ten slotte triomfantelijk.

De tengere jongen zei niets, likte de palm van zijn rechterhand, mompelde toen: 'Ik bloed.'

'Zijn schuld,' zei zijn maat, 'hij trok opeens aan het vliegertouw toen jij je hand er nog op had. Zijn schuld.'

Met afgemeten passen kwamen ze weer naderbij.

'Hij bloedt,' zei de dikzak, 'jouw schuld.'

'Mijn schuld niet,' zei ik, 'had je maar van 't touw moeten afblijven.'

'We wilden alleen maar even de vlieger van dichtbij zien. Wat is daar nou tegen?'

De tengere jongen opende zijn hand. Over de palm liep een vurige, rode streep.

'Jouw schuld,' zei hij, 'en het doet nog verrekt veel pijn ook.'

Zijn vriend diepte uit een broekzak een voorwerp op dat hij vooralsnog verborg in zijn gebalde vuist. Hij kwam naderbij, zei: 'Je heb'

Cor pijn gedaan, vuile tyfuslijer.'

Hij opende zijn vuist. In zijn handpalm lag een verroest zakmesje. Cor schopte speels tegen mijn enkel. Doodgemoedereerd knipte de ander het mesje open en zaagde vervolgens met trage halen van het kennelijk nogal botte snijvlak, het vliegertouw door. Hij had er heel wat tijd voor nodig, en terwijl hij bezig was schopte Cor telkens bedaard tegen mijn enkel. En ik stond daar, met in mijn handen de haspel waaraan het gemeentetouw was vastgemaakt en ik wist niet wat ik doen moest.

Het verbaasde mij dat de vlezige jongen zwoegend en zwetend bleef zagen. Waarom rukte hij mij de haspel niet uit handen? Waarom moest dat touw zo nodig doorgesneden worden? Het leek of het een eeuwigheid duurde. Zoveel werk, om iets te bereiken dat zoveel eenvoudiger gerealiseerd had kunnen worden.

Toen het touw was doorgesneden, leek het alsof de vlieger een geweldige klap kreeg. Voortgestuwd door de straffe oostenwind vloog hij in westelijke richting. Hij daalde, maar niet zo heel snel. Hij buitelde daarbij niet. Toen hij boven de daken van de huizen in de Konijnenbuurt vloog, bleef hij lange tijd op dezelfde hoogte voortijlen. Hij bewoog in een vloeiende, schuin dalende lijn. Ten slotte verdween hij tussen de daken. Vanwege een woud van schoorstenen en tv-antennes was het onmogelijk uit te maken waar hij neerkwam.

De vlezige jongen knipte het roestige zakmesje dicht, borg het weg in zijn broekzak, keek mij nog even laconiek aan, knikte gedecideerd en begon toen, gevolgd door zijn tengere maatje, in de richting van de Konijnenbuurt te waggelen. Met de haspel, waar nog altijd zo'n vijf meter touw aan vastzat, in mijn verkrampte handpalm liet ik mij in het warme zand zakken.

Waar ik mij, daar in het warme zand zittend, grote zorgen over maakte was hoe mijn vader zou reageren. Zonder enige twijfel zou hij uit zijn vel springen als ik waarheidsgetrouw vertelde wat er was gebeurd. 'Twee jongens? Daar kon je toch wel tegenop? Heb je zomaar toegelaten dat ze dat touw doorsneden? Wat ben je d'r toch voor een. Ben je nou een zoon van mij of niet? Je laat je toch niet zomaar afslachten.'

Ik bedacht daar in het zand, dat mijn achterwerk zo troostrijk verwarmde, dat ik het aantal kwelgeesten uit de Konijnenbuurt moest verdrievoudigen. Van het roestige mesje kon ik bovendien een splinternieuw, vlijmscherp zakmes maken. Toch luisterde ik lang naar de ratelpopulieren voor ik opkrabbelde en met mijn haspel de tocht naar huis aanvaardde.

8

In het zwartst van de tijd, omstreeks Kerstmis, liep ik in zo'n miezer die het midden houdt tussen mist en motregen door de steegjes met onbewoonbaar verklaarde woningen achter de Zuidvliet. De gaslantaarns waren al aangestoken. De hobbelige, vochtige straatsteentjes blonken in het zachte schijnsel. Bij de Hoekerdwarsstraat gekomen sloeg ik af naar het Stronikaadje. Daar doodgemoedereerd doorheen te slenteren, tussen die eigenaardige huisjes door die hun achterkanten naar de straat toe hadden gekeerd – de lage keukentjes grensden aan de rooilijn –, was iedere keer weer een uitdaging. Het had iets beklemmends, dat verbazend smalle straatje, en daarom toonde je moed als je er neuriënd doorheen durfde te kuieren. Op elk moment kon uit een van die lage keukentjes zo'n grof gebouwde, besnorde baggeraar of touwslager opdoemen. Of erger nog: twee opgeschoten zonen daarvan! Wat er dan zou gebeuren, durfde ik mij niet eens voor te stellen. Je zou naar binnen gesleurd worden en je lot zou vreselijk zijn.

Ooit had in zo'n laag huisje een klasgenoot gewoond. Hij was ziek geworden, zo ziek dat voor zijn leven werd gevreesd. Om storende geluiden te dempen hadden buurtbewoners het straatje bedekt met een dikke laag stro. Schamper had ik toen tegen mijn klasgenoten gezegd: belachelijk, er rijdt nooit een auto door het straatje, je kunt er amper met een Solex of Mobylette doorheen, nou ja, moet je daarvoor stro leggen? Mijn klasgenoot kreeg herhaaldelijk bezoek van de dominee, en elke zondag werd er voor hem in de kerk gebeden. Al die aandacht had mij jaloers gemaakt. Zelfs zijn dood had mijn afgunst niet kunnen uitwissen.

Om mijn angst voor de touwslagers en hun zonen te bezweren liep ik zo langzaam mogelijk over het Stronikaadje. Ik liep langs de keukentjes, ik keek naar de smalle ramen van de woonkamers die wat verder van de rooilijn af lagen. Ik passeerde het huis waarin mijn klasgenoot was gestorven. Even verderop brandde sputterend een gaslantaarn. Aangekomen in de lichtkring ervan bleef ik staan om naar al die geheimzinnige, vochtige schaduwen te turen die ieder moment van vorm veranderden omdat de lantaarn niet gelijkmatig brandde. Aandachtig luisterde ik naar het eigenaardige, zachte geknetter van het gaskousje in de lantaarn. Nadat ik mij een poosje met halfgesloten ogen door dat spookachtige gesputter had laten verdoven, keek ik weer om mij heen. Ik zag de weerspiegeling van de gaslantaarn in een vensterruit. Daardoor duurde het even voor ik ontwaarde wat pal achter die ruit, omzoomd door wit bloeiende begonia's, tegen het raam aan gedrukt stond. Een vlieger.

Omdat het al zo duister was en de gaslantaarn niet gestadig brandde, soms zelfs even zover dimde dat het aardedonker leek voor hij weer luidruchtig opflakkerde, duurde het enige tijd eer ik de vlieger wat nauwkeuriger kon bekijken. En toch, al bij de eerste aanblik was er de onbetwistbare zekerheid: dat was onze vlieger. Mijn eerste impuls was, naar huis te hollen om mijn vader te halen. Samen zouden we dan teruggaan en onze vlieger opeisen.

De gaslantaarn vlamde even hoog op. Naast de vlieger ontwaarde ik een enaksbegonia. Tussen plant en ruit was een wit stuk karton geklemd. In grote, kennelijk van uitgeknipte krantenkoppen vervaardigde drukletters, stond erop: 'Vlieger neergedaald.'

Dat was alles. Ik stond daar, mijn handen veilig opgeborgen in mijn broekzakken, en overwoog: zal ik aanbellen? Ik durfde niet, nog niet, ik bestudeerde de letters op het witte karton, maar de betekenis van die simpele mededeling kon ik niet ontraadselen. Was 'vlieger neergedaald' bedoeld als een aanmoediging om hem terug te vragen? Waarom stond dat er dan niet? Of was het eerder uitdagend bedoeld? Kijk eens, hier is een vlieger neergekomen en die krijg je nooit meer terug.

Was de vlieger daar op die warme, winderige julidag geland? Had hij al die tijd daar voor het raam gestaan? Het leek ondenkbaar, maar nog veel onwaarschijnlijker was dat de vinder hem kortgeleden had neergezet. Of zou hij er in de hondsdagen en de herfst eerst wekenlang zelf mee hebben gevliegerd?

Toen vermande ik mij. Dat was god betere het onze vlieger. Door mijn vader was hij vervaardigd van soepel pakpapier en buigzame essenhouten latten. De vlieger moest aan ons, aan mij worden teruggegeven. Kwam ik er in triomf mee thuis dan zou ik allicht enig respect terugwinnen bij mijn vader. Toen ik op die julidag zonder vlieger thuiskam was hij niet 'uit zijn vel gesprongen'. Hij had niets gezegd, hij had mij alleen maar even aangekeken. Steevast echter sloeg, als ik onverhoeds terugdacht aan zijn blik, een golf van misselijkheid door mij heen.

De gaslantaarn hield op met sputteren en liet een suizend, lieflijk geluid horen dat heel goed kon worden opgevat als een aanmoediging. Langs het keukentje stapte ik naar de verveloze voordeur. Boven de deur prijkte het bordje dat niets te betekenen had. Ook al was het huisje al jaren terug onbewoonbaar verklaard, het werd nog altijd bewoond.

Op de plaats waar een bel had moeten zitten, bevond zich slechts een naambordje: G. van Diepenburch. Voorzichtig klopte ik op het bovenpaneeltje van de voordeur. Uiteraard werd mijn zachte klopsignaal niet gehoord. Ik klopte harder, hoorde gestommel, een stem, voetstappen, en wachtte. De deur werd op een kier geopend. Blijkbaar klemde hij. Aan de andere kant werd geprobeerd hem wijder te openen, maar dat lukte nauwelijks. Pas toen ik zelf behulpzaam meeduwde ontstond een spleet die groot genoeg was om eromheen te kijken. Heel even verscheen een meisjesgezicht. Het was alweer weg voor ik iets kon zeggen, maar bij de aanblik van de rode wangen, de grote donkere ogen, het zwarte haar, was het alsof ik een klap in mijn gezicht kreeg. Voor ik echter zelfs maar kon nadenken over de vraag waarom de aanblik van dat meisjesgezicht mij zo aangreep, verscheen al weer een ander hoofd in het zachte licht van de gaslantaarn. De gelijkenis met het meisjesgezicht was verbluffend. Toch was dit het hoofd van een man van een jaar of vijfendertig. Hij had hetzelfde gitzwarte haar en diezelfde grote donkere ogen, waaronder de hoge jukbeenderen rood opvlamden. Voorzover die enorme ogen het toelieten, keek hij me vriendelijk aan, maar hij zei niets.

'Mijn vlieger,' stamelde ik.

'Is dat jouw vlieger?'

'Ja,' zei ik.

'Kom even binnen,' zei hij.

Hij probeerde de deur wijder te openen. Het lukte niet.

'De deur klemt nogal,' zei hij, 'ik zal nog eens trekken, maar duwen is beter. Dus als jij nou duwt...'

Ik duwde. De spleet werd iets groter.

'Je kunt er nu wel doorheen,' zei de man.

Het had iets griezeligs om je door zo'n smalle spleet heen te wringen. Het was alsof de deur dadelijk terug zou veren in zijn oorspronkelijke stand. Daarna zou hij nooit meer opengaan. Daarom bleef ik staan, maar de man zei vriendelijk: 'Kom gerust verder, hier wonen christenmensen.'

Hij wist de deur zelfs nog iets verder open te wringen. Ik stapte de duisternis in. Hij ging mij voor naar het woonkamertje. Het meisje was daar niet. Wel hoorde ik voetstappen, het geluid van stemmen, maar ik kon niet vaststellen waar die geruchten vandaan kwamen. Terwijl ik er stond en mijn ogen aan de duisternis wenden, voelde ik opeens – en ik bleef bijna dood van schrik – dat mijn rechterhand werd gelikt.

'Niet schrikken,' zei de man, 'dat is de hond, buk maar even, dan kan hij je een likje geven over je gezicht en is hij voor altijd je vriend.'

Ik bukte, kreeg een lik over mijn wangen, streelde de kop en kwam weer overeind. De man zei: 'Zo, dat is dus jouw vlieger.'

'Ja.'

'Kwam hier op een zomernamiddag zomaar op het plaatsje neerdwarrelen. Staat hier nu al maanden voor het raam.'

Hij keek me diep in de ogen.

'Kun je bewijzen dat het jouw vlieger is?'

'Het is mijn vlieger,' zei ik verontwaardigd.

'Ja ja, dat kun je nu wel zeggen, maar ik heb hier, zolang als die vlieger hier nu al staat... tot groot verdriet van mijn vrouw, want hij neemt al het licht weg... ik heb, zeg ik, al een paar jongens aan de deur gehad die allemaal hun vlieger kwamen opeisen. Het is mijn vlieger, zeiden ze dan, mijn vlieger en dan liepen ze brutaalweg naar het raam om hem weg te pakken.'

Er verscheen een lachje op zijn gezicht dat zijn vrij strenge trekken verzachtte. Daardoor leek hij nog meer op de Jezus zoals die was afgebeeld op de illustraties in de kinderbijbel. Hij haalde een smalle hand met lange, witte vingers door zijn golvende, zwarte haar, wees vervolgens naar een stoel en zei: ‘Ga zitten.’

Gehoorzaam ging ik zitten, en hij deed hetzelfde.

‘Hoe komen we er nou achter of het echt jouw vlieger is,’ zei hij, ‘je begrijpt toch wel dat iedereen hier kan aankloppen en kan zeggen: dat is mijn vlieger, en dat ik nooit zeker kan weten of dat waar is, tenzij...’

De deur van de woonkamer werd geopend. Een vrouw verscheen, zei: ‘Waarom zit je hier in ’t donker... o, ik zie ’t al, je hebt bezoek.’ Ze trok zich terug, sloot de deur.

‘Tenzij...’ herhaalde hij.

‘Mijn vader heeft de vlieger gemaakt van pakpapier,’ zei ik, ‘van bruin pakpapier. Ze hadden daarmee een kruis ingepakt...’

‘Een kruis ingepakt?’

‘Ja, een kruis dat nu bij mijn vader op ’t graf staat.’

‘Och arme... is je vader dood?’

‘Nee, nee, mijn vader werkt op ’t graf.’

‘Je vader werkt op ’t graf?’ vroeg hij verbaasd.

‘Hij werkt op de begraafplaats,’ verduidelijkte ik, ‘maar bij ons thuis noemen wij de begraafplaats altijd het graf.’

‘Bij Boonersluis?’

‘Ja.’

‘O, ik begin ’t te begrijpen. Je vader kreeg een grafmonument aangeleverd dat nogal knappies was ingepakt. Van het pakpapier hebben jullie een vlieger in elkaar gezet.’

‘Ja, en van essenhouten latten.’

‘Van essenhouten latten? Hoe kwamen jullie daaraan?’

‘Die zaten ook bij de verpakking.’

‘Wat een mazzel!’

‘Ziet u nou wel dat ’t onze vlieger is.’

‘Dat zie ik helemaal niet,’ zei hij, ‘je had die andere jongens eens moeten horen. Die wisten nog veel mooiere verhalen te vertellen dan jij. Van de één werkte de vader op scheepstimmerwerf De Haas en daar had hij het papier en de latten en het touw vandaan en van de ander kreeg ik te horen dat zijn vader in de kuiperij van Van Gelderen werkte. Ook daar hebben ze blijkbaar latten en pakpapier in overvloed. En een derde... och, och, wat een prachtige verhalen heb ik de afgelopen maanden gehoord, maar een vader die als doodgraver bij Boonersluis werkt...’

'Mijn vader is grafmaker, mijn vader wil niet dat je hem doodgraver noemt, ik graaf geen mens dood, zegt hij altijd.'

'Goed, goed, grafmaker dan, het maakt mij niet uit, want ik weet nog steeds niet zeker of het echt jouw vlieger is.'

'Zal ik mijn vader gaan halen?' vroeg ik wanhopig.

'Nee, nee, dat is absoluut niet nodig, we komen er zonder je vader wel uit. Hoe komt 't eigenlijk dat je vlieger zomaar opeens hier op ons plaatsje is neergekomen?'

'Ik was aan 't vliegeren bij het roomse graf. D'r kwamen een paar jongens die steeds maar de lijn omlaagtrokken en toen het touw doorsneden.'

'Dat touw is hij dan onderweg blijkbaar kwijtgeraakt. Hij kwam zonder veel touw eraan uit de hemel omlaag.'

Totaal uit het veld geslagen keek ik in het strenge Jezus-gezicht. Rondom de grote, donkere ogen verschenen kleine lachrimpeltjes en hij zei: 'Ik wou dat er hier nog een jongen binnenstapte om z'n vlieger op te eisen. Dan kon ik zeggen: "Ik zal de vlieger in tweeën delen, krijgen jullie ieder de helft." Wat zou jij dan zeggen?'

'Dan zou ik zeggen: "Niet doen, geeft u die vlieger maar in zijn geheel aan die andere jongen." '

'Zo, zo,' zei hij, 'je hebt goed opgelet op de zondagsschool. Wat zijn jullie thuis?'

'Gereformeerd,' zei ik.

'Zijn wij ook,' zei hij, 'maar eigenlijk ben ik christelijk gereformeerd. Maar m'n meisje was gereformeerd en die wilde zo graag dat ik... nou, ach, waarom niet, ze preken toch overal hetzelfde evangelie, men treedt niet door één poort Jeruzalem binnen, alleen... nee, laten we daar nu niet over beginnen, waar het om gaat is: staat daar op het raamkozijn jouw vlieger of lieg jij me wat voor.'

Hij stond op, liep naar de vlieger, pakte hem op, droeg hem het donkere woonkamertje in, hief hem hoog op zodat het licht van de gaslantaarn erop viel, en zei: 'Is hij compleet?'

'Z'n staart is weg.'

'Heb ik eraf gehaald,' zei hij, 'heb ik er expres afgehaald. Om te kunnen vragen: hoe zag die staart eruit. Van die andere jongens kreeg ik daarop zelfs in de verste verte geen antwoord dat ook maar ergens op leek. Kom op, vertel me eens, hoe zag die staart eruit?'

'De staart had ik heel lang gemaakt, want d'r stond veel wind toen ik hem opliet.'

'Ja, lang, dat kan iedereen wel zeggen.'

'Hij was gemaakt van aan elkaar geknoopte strengen die... m'n zus had ze gemaakt... klosje breien... punniken...'

'Kleuren?' vroeg hij streng.

'Eerst grijs dan blauw dan wit,' zei ik, 'en een lang stuk geel, het waren allemaal restjes wol, en dan weer rood, donkerrood en bruin en groen en...'

Hij liep naar een kast, opende de deur, haalde de staart te voorschijn en zei: 'Nee, nee, eerst zwart, eerst een piepklein stukje zwart. Daarna pas grijs en blauw en wit. Maar verder klopt het wel. Alleen... je zult met me eens zijn dat zelfs nu nog niet is bewezen dat jij de eigenaar bent van deze vlieger. Je kunt wel heel goed meegekeken hebben toen een andere jongen hem opliet. Heel goed gekeken. Jij lijkt me wel een jongen die heel goed kan kijken. Waar zit je op school?'

'Ik zit op het lyceum.'

'Zo,' zei hij, en alle lachrimpeltjes verdwenen op slag uit zijn gezicht, 'zo, dus jij mag doorleren. Ik had ook zo graag willen doorleren, zo dolgraag, o, wat had ik dat graag gewild, daar had ik nou alles voor overgehad.'

Zijn mond verstrakte, hij mompelde iets dat ik niet kon verstaan. Hij zuchtte en liep met de vlieger een paar passen door de kamer. De hond lag in zijn mand, richtte zich op, gromde even. Toen duwde de man de vlieger tegen mijn borst en ik moest hem wel grijpen om hem overeind te houden.

'Wonderlijk,' zei hij, 'toen ik je zag staan, daarnet, aan de deur, wist ik onmiddellijk al, zonder dat je nog iets gezegd had, dat ik eindelijk de echte eigenaar van de vlieger voor mij had... Doorleren... doorleren... wat moet je nou met een vlieger als je kunt, als je mag doorleren. Dan heb je toch helemaal geen vlieger nodig? Kun je goed leren?'

'Nogal,' zei ik bedeesd.

'Ik kon ook goed leren, heel goed leren, echt waar, rapporten met enkel vieren en vijven, ja, je ging toen nog niet tot tien, je ging tot vijf, maar ja... toentertijd, voor de oorlog, doorleren was er echt niet bij, echt niet, je moest meteen na school bij een baas gaan werken. De tijden zijn wel veranderd, ach, ach, ik... nou ja, misschien zou je kunnen zeggen dat ik nog best goed terecht ben gekomen, maar doorleren... wat had ik graag doorgeleerd... wij komen uit 't Nieuw Huys ter Lugt, de Diepenburchs komen uit Nieuw Huys ter Lugt... weet je wel dat Nieuw Huys ter Lugt al in 866 in de blafferd vermeld wordt?'

'De blafferd?' vroeg ik.

'Weet je niet wat de blafferd is?' vroeg hij. 'Waarom weet je dat niet, je leert toch door?'

'Dat heb ik nog niet gehad,' zei ik.

'Heeft hij nog niet gehad,' hoonde de man, 'dat leert nou door... weet niet eens wat de blafferd is... enfin, de blafferd is een lijst van geestelijke goederen. Een van die goederen op de lijst van de Sint-Maartenskerk te Utrecht was de heerlijkheid Nieuw Huys ter Lugt. In 1373 kreeg Ghijseken van Diepenburch te Nieuw Huys ter Lugt een hofstede te leen van Albrecht van Beieren. Ze had familie... de ridder Gilkinus van Diepenburch. Daar ben ik naar vernoemd... nou, als je uit zo'n familie komt, als een van je verre voorvaderen nog ridder is geweest, is het waarachtig toch niet zo vreemd dat je ervan droomt om te mogen doorleren.'

De deur van de woonkamer ging open. Even verscheen het hoofd van het meisje dat ik eerder had gezien.

'Ik ga nog even naar Janke,' zei ze.

'We eten om zes uur,' zei Gilkinus van Diepenburch.

'Ben ik heus wel terug.'

Haar hoofd verdween. Ze had me niet eenmaal aangekeken, of zelfs maar een blik in mijn richting geworpen. Gilkinus zei: 'M'n dochter. Kan ook heel goed leren, heel goed. Wou pertinent niet doorleren. Begrijp jij dat nou? Wou 't pertinent niet. Zo'n goed stel hersens en wat wil ze? Geld verdienen, kleren kopen, opengewerkte schoentjes aan, de hort op.'

Somber keek hij me aan, zweeg een poosje en zei toen: 'Het gaat me aan m'n hart om die vlieger hier uit huis te zien gaan. Ik had er komend voorjaar... komende zomer mee willen gaan vissen.'

'Gaan vissen?' vroeg ik stomverbaasd.

'Ja,' zei hij, 'als klein jongetje droomde ik daar al van. Bij een aflandige wind laat je op 't strand je vlieger op. Aan z'n lange staart bevestig je een haak. Die zinkt, ver voorbij de branding, in zee. Omdat zo'n vlieger nooit helemaal stilstaat, beweegt ook de staart met het aas eraan heen en weer in het water. Ik maak me sterk dat je daarmee de grootste kabeljauwen, schelvissen, ponen, roggen lokt en vangt.'

'Maar zo'n vlieger staat toch veel te hoog om...'

'Natuurlijk,' zei hij, mij in de rede vallend, 'maar daar schijnt best iets aan te doen te zijn. Hij moet laag, maar een eind uit de kust boven de zee staan. Hoe verder, hoe beter. Zelfs met de mooiste hengel kun je, als je in zee wilt vissen, nooit ver voorbij de branding komen. Met een laagstaande vlieger zou 't moeiteloos gaan.'

'Een vlieger stijgt toch altijd op?'

'Hangt ervan af,' zei hij, ''t schijnt dat je de bespanning zo kunt aanpassen dat hij laag blijft. Ach, ik had 't dit voorjaar graag eens geprobeerd. Gilkinus van Diepenburch, de uitvinder van de eerste Nederlandse visvlieger.'

De lachrimpeltjes keerden weer terug.

'Neem jij je eigendom maar mee, laat 't maar een mooie droom blijven... een visvlieger.'

9

In triomf droeg ik de vlieger en zijn losse staart door de donkere straten naar huis. Toen ik er de huiskamer mee binnenstapte en mijn verhaal deed, zei mijn vader, terwijl zijn blik goedkeurend over mij heen streek: 'Mattheus 25 vers 21.'

In die wintermaanden kwam het er niet meer van de vlieger op te laten. Hij werd opgeborgen op de vliering. Toen de tijd aanbrak waarin een beloftevolle lentebries dwergwolkjes langs de hemel joeg, werden de steppen achter de roomse kerk definitief bouwrijp gemaakt. In ijltempo werden riolen aangelegd. Van de ene op de andere dag waren overal trottoirbanden geplaatst. Daar zouden blijkbaar straten komen. Voor die definitief werden aangelegd, verschenen er heimachines. Spoedig kwam wij erachter waarvoor gehelmden zo driftig en luidruchtig heiden dat zelfs het regelmatig opklinkende geratel van de ankerkettingen in de buitenhaven werd overstemd: galerijflats. Ofschoon niemand precies wist wat je je bij zulke woningen moest voorstellen, bleek die naam zo bekoorlijk dat vrijwel alle bewoners van onze straat en van de Pieter Schimstraat daarachter zich op het gemeentehuis lieten inschrijven voor een galerijflat. Hoewel ook mijn vader dolgraag wilde verhuizen, klonk het woord 'flat' als hij het in de mond nam als een vloek.

'Een flat! Jouw plafond is hun vloer. Jouw vloer is hun plafond. En verder heb je een stukje lucht tussen brokken muur. Nee, nooit van mijn leven wil ik in een flat wonen.'

'Maar het worden galerijflats,' zei mijn moeder, 'die schijn je heel gemakkelijk schoon te kunnen maken.'

'Schoon,' zei mijn vader, 'schoon, alsof dat 't allerbelangrijkste is! Schrobben, boenen, poetsen, dweilen, heel de boel aan kant, vegen, ragen, zemen, stoffen, met een spons in elke hand, lap die ramen, schuur die stoepen, anders gaan daar hondjes poepen, kuis de goten, schoon de sloten... o, o, o... vrouwen, 't lijkt wel alsof er in het hele leven maar één ding telt: als 't maar blinkend schoon is. Daarom willen vrouwen zo dolgraag naar de hemel. In de hemel is het schoon, daar men zingt op blijde toon.'

'Toch lijkt 't mij wel wat, zo'n galerijflat,' zei mijn moeder onverstoorbaar.

'In de kerk zitten de verschoppelingen altijd op de galerij,' zei mijn vader bits.

'Gaanderij,' zei mijn moeder.

'Alsof er verschil is.'

Zodoende kwamen wij er niet toe ons te laten inschrijven voor een galerijflat. Haast al onze buren kregen echter al spoedig zo'n flat in aanbouw toegewezen, en kort daarop sloeg de opwinding over de aanstaande volksverhuizing ook over naar de kerkenraad. Als er binnenkort een splinternieuwe woonwijk verrees, diende daar ook een nieuwe wijkpredikant aan de slag te gaan. De kerkenraad benoemde een beroepingscommissie. De commissie zwierf op zondag met een bandrecorder door het land, nam overal preken op en kwam ten slotte met de naam van een kandidaat: dominee H. J. Hindervoet uit Vorden.

Al vrij snel nadat er serieus sprake van was dat hij beroepen zou worden, kregen wij te horen: 'Ja, het is natuurlijk wel een goede dominee... z'n preken, niks op aan te merken... in de wijk een herder, trooster en leraar... wordt ter zijde gestaan door een lieve vrouw... draagt één kruis: heeft geen kinderen... is daarom, net als onze heiland, vreselijk lief voor andermans pukken... maar... ja, er is één maar, hij heeft een middenscheiding.'

'Dan ga ik niet bij 'm kerken. Daar wil ik niet tegenaan kijken,' hoorde je al spoedig diverse gemeenteleden zeggen.

En zelden kreeg een belijdend lid dat zoiets opmerkte vervolgens iets anders te horen dan: 'Wat je gelijk hebt. Een middenscheiding, verschrikkelijk. Niet om aan te zien.'

Spoedig was er over de middenscheiding van H. J. Hindervoet uit Vorden zoveel te doen dat de kerkenraad op een woensdagavond een extra gemeentevergadering uitschreef in de Jabbokkerk. De kerkenraad wilde 'de gevoelens peilen over de middenscheiding', zoals het *Kerkkompas* berichtte. Niettemin behield de raad zich het recht voor om, als de gemeente slechts vanwege die middenscheiding tegen

Hindervoet gekant zou zijn, hem desondanks te beroepen.

Met mijn vader ging ik op een stille woensdagavond in maart naar de Jabbokkerk. Het was bomvol. Een ouderling ging voor in gebed, we zongen psalm 17 vers 6: 'Geen leeuw is heter op de jacht, geen jonge leeuw kan in zijn kuilen met meerder list het oog ontschuilen, dan hij, die mij ter prooi verwacht.'

Op de lessenaar van de preekstoel prijkte een bandrecorder op de opengeslagen Statenvertaling. Een technische diaken zette het apparaat aan. Door de kerk klonk het geluid van de wind in dood riet. Mijn vader mompelde: 'Moeten we "Daar ruist langs de wolken" zingen?' Her en der morde het kerkvolk. Zenuwachtig sleutelde de diaken aan de recorder. Het mocht niet baten. Het dode riet ritselde huiveringwekkender. In opperste wanhoop zette de diaken, terwijl zijn zweet op de statenbijbel drupte, het apparaat opeens uit. Toen mocht iedereen zijn zegje doen over de onverstaanbare preek en de nog nimmer aanschouwde middenscheiding. Mijn angst was dat mijn vader zou opstaan en de preekstoel zou beklimmen. Hij deed het vooralsnog niet, hij wachtte rustig af wat er gezegd zou worden.

Broeder Zevenhuizen was de eerste die de preekstoel besteeg. 'Broeders en zusters,' zei hij, 'ik heb jammer genoeg niet zo heel veel van de preek kunnen verstaan, maar wat ik verstond beviel mij best. Ik zou d'r erg voor zijn om deze dominee te beroepen, ze schijnen hem in Vorden op handen te dragen, en wat de middenscheiding betreft... ach, zit je diep in het middenschip en kijk je hoog op naar de preekstoel dan zie je die scheiding niet eens. Alleen als je op de gaanderij zit, kijk je erop neer, en dan... maar als we 't nou eens zo oplossen... als de broeders... en als vooral de zusters, want die hoor je nog 't meest klagen over de middenscheiding...'

Er ging een soort geruis door de kerk, iets dat op verontwaardigd gemompel leek. Mijn vader fluisterde: 'Het volk Israël murmureert.'

Zevenhuizen zei onzeker: 'Ja toch? Het zijn toch vooral de zusters die...'

'Om de dooie dood niet,' riep een ruigharige varensgezel, 'zo'n middenscheiding, het is doodeng.'

'Nou ja,' zei Zevenhuizen, 'of 't nou vooral de zusters zijn... – best, misschien heb ik ongelijk, maar wat ik zeggen wou... als alle lidmaten die geen last hebben van de middenscheiding nou eens op de gaanderij gaan zitten en de anderen beneden, dan is 't probleem toch opgelost?'

Broeder Quack snelde naar voren. Hij beklom als een klipgeit de preekstoel en zei: 'Ik heb altijd op de gaanderij gezeten en daar wil ik blijven. Ik laat me daar niet wegjagen door zo'n middenscheiding. Maar ik vind 't wel een pestilentie. En daarom... kijk, hebben wij soms geen goeie gereformeerde kapper in ons midden die de Schrift op z'n duimpje kent? Broeder Molensteen, ik zie hem warempel zitten. Tweede bank links van het middenpad. Nou, als d'r één is die wel raad zal weten met zo'n middenscheiding, dan hij wel. Die knipt hij toch zo naar de barrebiesjes. Dat is toch zo gepiept. Mensen, waar maken we ons druk om, we hebben toch broeder Molensteen in ons midden.'

Broeder Wijnhorst sloop tijdens het betoog van broeder Quack al naar de kansel toe, besteeg hem nog voor Quack helemaal was uitgepraat, en zei zodra Quack was verdwenen: 'Mensen, mensen, ik weet als groenteboer uit ervaring maar al te goed dat de een spinazie lust en de ander andijvie. Je ken 't niet altijd iedereen naar de zin maken. Dus de één houdt van een middenscheiding en de ander van...'

'Bloemkool,' riep iemand in de kerk, maar Wijnhorst werd er niet door van de wijs gebracht, maakte rustig zijn zin af: '... een lekkere, stevige krullenbol.'

Toen verhief Wijnhorst zich als een profeet, spreidde zijn armen uit alsof hij de zegen bracht en donderde door de kerk: 'Maar ik zeg u: vergeet die middenscheiding, sluit desnoods de ogen als je er last van hebt, tien tegen één let je beter op en stromen de genadegaven overvloediger.'

Broeder Scharloo beende naar voren. Wijnhorst daalde met opgeheven armen en gesloten ogen de preekstoel af. Scharloo nam zijn plaats in. Dreigend keek hij ons aan, toen schalde zijn stem: 'Gemeente in Onze Here Jezus Christus. Is dominee Hindervoet een begenadigd voorganger of niet? Dat is de vraag waar het om gaat. Ik heb al diverse banden mogen beluisteren en ik kan alleen maar zeggen: alle knopjes hebben bij die man aalbessen, maar dan ook alle knopjes. Rijkelijk zullen wij gezegend worden, want alle knopjes hebben aalbessen, dubbele aalbessen.'

Toen snelden er verschillende broeders tegelijkertijd naar voren.

Ook mijn vader schoof onrustig heen en weer op zijn plekje. Ouderling Vermaat greep in: 'Broeders, misschien is dit wel genoeg geweest.' Weer murmureerde het volk Israëls.

'Nou vooruit,' zei ouderling Vermaat, 'nog één broeder, maar dan moet 't ook afgelopen zijn.'

Mijn vader verhief zich, maar uit het groepje naar voren gesnelde gemeenteleden had zich al een man losgemaakt, die de kansel besteeg alsof hij dominee was. Toen hij in het lichtje verscheen dat op de kansel gloeide, schoot ik overeind.

'Dat is... dat is de man die onze vlieger op z'n plaatsje heeft gevonden.'

Mijn vader boog zich naar voren om hem beter te kunnen zien.

Gilkinus van Diepenburch haalde diep adem, keek langdurig de kerk in en zei toen: 'Is het niet ongelofelijk dat wij hier bijeen zijn om te bakkeleien over een middenscheiding. Is dat niet ongelofelijk? Zouden ze daarbuiten', – hij wees naar de donkere ramen – 'zouden ze in de wereld, zouden de ongelovigen als zij dat vernamen, niet in een geweldige schaterlach uitbarsten? Misschien had onze Heiland en Zaligmaker ook wel een middenscheiding. Zou hij dan hier van de kansel van de gereformeerde Jabbokkerk geweerd zijn? Dat is toch ondenkbaar. Het lijkt wel alsof ons verstand met ons op de loop is. Wij zijn hier bijeen om... is het waarachtig, zijn we daarom hier vergaderd op zo'n avond waarop je buiten al een beetje kunt ruiken dat 't voorjaar eraan komt? Mensen, mensen, wat moet er van ons terechtkomen? Gaat het ons nog om ons eeuwig heil, of gaat het ons om de aanblik ener middenscheiding? Wat zegt het woord des Heren ons aangaande de haardracht? Voor ik mijn schreden hierheen richtte, heb ik de Schrift er nog eens op nageslagen. De Schrift zegt ons bitter weinig over de haren op ons hoofd die, Mattheus tien het dertigste vers, door de God der goden alle geteld zijn. Slechts in een enkele tekst in het Oude Testament wordt ons hoofdhaar genoemd, in Hooglied 7 het vijfde vers, in Jesaja 3 vers 24, in Richteren 16 vers 13. In het Nieuwe Testament komt ons hoofdhaar vaker ter sprake, maar de enige tekst die ik u deze avond daaromtrent wil voorhouden is 1 Timótheus 6 vers 4: "Hij heeft een zwak voor geschillen en haarkloverijen, een bron van nijd, twist, lasteringen, kwade vermoedens en geharrewar bij mensen die niet helder meer zijn van denken en het spoor der waarheid bijster zijn geraakt." Hoort u het, broeders en zusters, haarkloverijen, zegt de apostel, zijn een bron van nijd, twist en lasteringen. En waar houden wij ons vanavond mee bezig, in de meest letterlijke zin des woords? Met haarkloverijen. Ach, ach, ach, laat ons hier toch terstond een punt achter zetten en dominee Hindervoet beroepen.'

'Zo, zo,' zei mijn vader, 'die kan heel aardig z'n woordje doen.'

'Ja,' zei ik trots.

'Wat doet hij voor de kost?' vroeg mijn vader.

'Geen idee.'

'Weet je dat niet? Je bent toch bij hem thuis geweest,' zei mijn vader verbaasd, 'dat is toch altijd het eerste waar je achter moet zien te komen. En het tweede is of hij begraven of gecremeerd wil worden. Stel dat hij begraven wil worden... ik ken toch haast iedereen hier, maar deze man ken ik helemaal niet. Je zal zo'n hoogvlieger onder de grond moeten stoppen. Weet je niet eens wie je in de kist hebt liggen.'

'Tot slot van deze vergadering,' zei broeder Vermaat, 'zingen wij psalm 22 vers 11.'

En wij zongen: 'Verlos mij van de leeuw die woedt en tiert, verhoor mij, Heer, en red mij van 't gediert', dat sterk van hoorn rondom mij henen zwiert.'

'Nooit geweten dat leeuwen hoorns hadden,' fluisterde mijn vader.

10

Dominee H. J. Hindervoet werd beroepen. Nadat hij, zoals ons werd verzekerd, vaak en langdurig had gebeden nam hij het beroep aan. Het zou echter nog wel enige maanden duren voor hij zou komen. In die maanden kreeg de volksverhuizing zijn beslag. In onze buurt bleven slechts de duivenmelkers en hoogbejaarden achter. Vrijwel alle andere gezinnen verhuisden naar de splinternieuwe galerijflats. Ook in de aangrenzende straat, vernoemd naar de befaamde dichter Pieter Schim, verdwenen bijna alle bewoners. In de leeggekomen huisjes vestigden zich jonggehuwden die jarenlang als woningzoekenden ingeschreven waren geweest. Zo trokken in ons buurhuis een man en een vrouw van een jaar of dertig die de tiende verjaardag van hun verloving al hadden gevierd en al die tijd, eerst geduldig, later verbitterd, op de toewijzing van een onderkomen hadden gewacht. De vrouw had een warrig kapsel, coupe windhoos, waaraan veel waterstofperoxide te pas was gekomen. De hoogbejaarden noemden haar een del, mijn moeder haalde haar neus op, maar de duivenmelkers en mijn vader kwalificeerden haar als 'een leuk mokkeltje'. Haar man, besnord, bruinverbrand, voorzien van ankertjes op zijn sterk behaarde armen, was nors en zwijgzaam.

Als ik in mijn zolderkamertje op bed lag kon ik zijn daverende lach echter horen schallen in het aangrenzende kamertje. Na het geschater klonken allerlei kreten op, die weer afgewisseld werden met gelach, gegiechel, onbeheerst gepraat. Vreemde, onduidelijke geluiden volgden, die uiteindelijk overgingen in gierend gesnik of een luguber, ondoorgrondelijk gejammer. Toen het voor de zoveelste keer opklonk, sprong ik hevig geschrokken uit bed en haalde mijn vader erbij.

'Zouden ze opeens ziek zijn?' vroeg ik hem.

Mijn vader had, met zijn oor tegen de muur gedrukt, een poosje staan luisteren. In zijn ogen verscheen een malicieuze glinstering.

'Maak je niet dik,' zei hij, 'd'r is daar niks aan de hand. Ze zijn een beetje aan het hupsen en springen, ze hebben d'r tien jaar op moeten wachten, dus nou zijn ze nog een beetje over hun toeren, nou hebben ze nog 't een en ander in te halen, 't zal vanzelf wel wat minder worden.'

'Maar dat rare gejammer en gekreun,' vroeg ik, 'wat is dat dan?'

'Denk aan het woord des Heren,' antwoordde hij, 'Jesaja 47 vers 8, hoor de wellustige die zo onbezorgd woont.'

Omdat hij zag dat de bijbeltekst het raadselachtige gekreun voor mij niet ophelderde, voegde hij er troostend en goedmoedig aan toe: 'Mettertijd wacht bescheid. Ga nou maar weer slapen.'

Ik schoof onder de dekens, hij deed het licht uit en verliet zachtjes neuriënd mijn zolderkamertje. Aan gene zijde van de muur was het stil geworden.

De volgende dag zei mijn moeder dat het haar beter leek als ik in het zolderkamertje aan de achterzijde van ons huis zou gaan slapen. Mijn vader en moeder zouden dan hun tweepersoonsbed naar mijn kamertje verhuizen. Nog diezelfde avond keek ik uit op de minuscule binnenplaatsjes achter onze huizen en kon ik, als ik achter mijn bureautje ging zitten, binnenkijken in de woonkamer van het aangrenzende huis in de Pieter Schimstraat.

Op een middag in mei zag ik, toen ik verstrooid opkeek van mijn natuurkundesommen, een blauwe schim in die kamer. Even later verscheen diezelfde blauwe schim een ogenblik op het plaatsje achter het huis om een kleedje uit te kloppen. Omdat de schim schuilging achter het kleedje, kon ik weinig ontwaren. Toch wist ik toen al vrijwel zeker, hoewel ik alleen maar het gitzwarte haar boven het kleedje had zien uitkomen, en alleen maar even dat ijsvogelblauwe truitje had gezien, dat daar niemand anders op het plaatsje was verschenen dan het meisje dat op het Stronikaadje geprobeerd had om de deur voor mij te openen. Zou ze verhuisd zijn naar de Pieter Schimstraat? Het leek niet onwaarschijnlijk. Vanuit de onbewoonbaar verklaarde woningen verhuisden immers voortdurend gezinnen naar de vrijgekomen percelen in onze buurt.

Ik sloot mijn natuurkundeboek, daalde de trap af, liep een blokje om. In de Pieter Schimstraat werden overvolle handkarren en bakfietsen uitgeladen. Ook voor het huisje waarachter het ijsvogelmeisje was verschenen, stond een torenhoog opgeladen bakfiets. De deur van het huisje stond wijd open. In het gangetje verscheen Gilkinus van Diepenburch. Toen hij mij zag lichtten zijn ogen op.

'Zo? Hier aan de wandel?'

'Ik loop even een blokje om, ik woon in de straat hierachter.'

'Dan zijn we warempel opeens buren. Hoe is 't met je vlieger? Heb je er al mee gevist?'

'Nee,' zei ik, 'maar ik heb nu ook geen tijd om te vliegeren, ik heb steeds veel huiswerk...'

'Och ja, want jij leert door... ja, ja, leren, hoe schoon, maar doorleren... nog zoveel schoner... wat ben jij toch bevoorrecht... o, wat had ik toch graag doorgeleerd. Maar misschien kun jij me, nu we toch zo dicht bij elkaar wonen, het een en ander bijbrengen... de wet van Ohm... het periodiek systeem der elementen... ik zou er allemaal zo graag meer van weten... radioactiviteit... ik dorst naar kennis... en ik zou zo graag begrijpen... dat zou ik willen: begrijpen, er is zoveel wat ik niet begrijp.'

Hij sjorde voorzichtig aan een tafel die omgekeerd op de bakfiets lag.

'Zou je mij soms even een handje willen helpen?' vroeg hij.

Braaf knikte ik.

'Pak die tafel dan vast, dan dragen we hem ondersteboven naar binnen.'

Het gangetje was echter zo smal dat we de tafel buiten moesten kantelen eer we hem naar binnen konden dragen. Terwijl we behoedzaam manoeuvreerden vroeg hij: 'Geloof jij dat de aarde draait?'

'Ja,' zei ik, 'ja, natuurlijk.'

'O, vind je dat natuurlijk? Maar heb je ooit echt zelf vastgesteld dat de aarde draait? Nee, dat heb je niet, net zomin als ik. Dat de aarde draait, heb je van horen zeggen. Akkoord, de aarde draait, hij beweegt, en nog snel ook, dertig kilometer per minuut, heb ik horen verluiden, maar waarom voelen we dat dan niet? Als je in een trein zit, voel je of hij stilstaat of beweegt. Het moment waarop de trein zich in beweging zet... nooit zal 't je ontgaan. Het kleinste beweginkje en je merkt het. Waarom voel je dan niet, terwijl hij zestig keer zo snel gaat als een trein die met dertig kilometer per uur het station uitrijdt, dat de aarde draait?'

'Omdat alles om je heen meebeweegt,' zei ik.

'In een trein beweegt toch ook alles om je heen mee?'

'Ja, maar als je naar buiten kijkt... '

'Zie je dat het perron langzaam wegschuift. Akkoord. Maar als je in een trein zit en hij staat stil en je sluit je ogen en je houdt ze stijf dicht, voel je het toch ogenblikkelijk als hij begint te rijden. Ook al zie je totaal niets.'

We bereikten met de gekantelde tafel de woonkamer.

'Juist, nu voorzichtig de kant met het blad omhoog en de poten omlaag... ach ja, de aarde beweegt vlugger dan een rijdende trein op topsnelheid en toch voel je er niets van.'

Door de halfgeopende deur van het keukentje zag ik het ijsvogeltruitje. Met verwonderlijk snelle en toch uiterst trefzekere bewegingen nam het meisje het aanrecht af. Omdat ik haar profiel zag, en zij dus niet wist dat ik naar haar keek, bleef ik naar haar staren. Zoveel als ze, ook van opzij, op haar vader leek! Het had bijna iets spookachtigs, het was alsof ze, omdat ze sprekend op hem leek, een jongen moest zijn. Toch was het een meisje, en niet zomaar een meisje maar veruit het allermooiste meisje dat ik ooit had gezien. Maar haar vader dan? Was hij mooi? Terwijl hij bezig was de tafel naar het midden van de kamer te verschuiven, staarde ik naar zijn profiel. Hij keek op, keek naar mij, keek naar zijn dochter, glimlachte even, en ik wist dat hij had gezien dat ik haar aandachtig had aangestaard.

'Ze lijkt zo op u,' mompelde ik om mijn langdurig staren te rechtvaardigen.

Hij knikte en zei: 'Ja, dat zeggen er wel meer. En dan zeggen ze erbij: hoe kan zij nou zo oogverblindend zijn terwijl ze sprekend op jou lijkt.'

Hoorde ze wat er in de woonkamer gezegd werd? Ze keek heel even, stuurs en ongenaakbaar, de kamer in. Op geen enkele manier kon ik uit haar snelle blik opmaken of ze mij gezien had, en haar handen bleven ondertussen doorgaan met iets dat ik mijn moeder ook zo vaak had zien doen. Toch leek het alsof ik nu pas voor het eerst aanschouwde hoe een aanrecht werd afgenomen.

'Elektriciteit,' zei haar vader, 'stroom, ook zoiets wonderbaarlijks, alles zou ik daarvan willen weten.'

Hij greep een stekker, deed hem in het stopcontact en dadelijk gloeide een schemerlamp op.

'Kijk,' zei hij, 'de lamp brandt. En nu haal ik de stekker er weer uit en steek ik hem omgekeerd in het stopcontact. En wat gebeurt er? Ook nu brandt de lamp. Waarom maakt het niets uit hoe je een stekker in het stopcontact steekt? Kun jij me dat uitleggen?'

Verbouwereerd keek ik hem aan. Nooit had ik erbij stilgestaan dat je een stekker op twee manieren in het stopcontact kon steken.

'Heb je nog geen elektriciteit gehad op het lyceum?'

Ik schudde mijn hoofd.

'Al had je 't wel gehad,' zei hij, 'dan zou je mij toch alleen maar kunnen vertellen wat ze je over elektriciteit hebben wijsgemaakt. Ach, al ons weten is kennen uit de tweede hand, al ons kennen is weten van horen zeggen, behalve bij een paar geleerden. En zelfs hun weten is goeddeels weten van horen zeggen, dus waarom zou ik jaloers op hen zijn? Waarom in godsnaam?'

11

Had ik, in die roemruchte dagen van de volksverhuizing, maar geweten dat meisjes alleen belangstelling hebben voor jongens die ouder zijn dan zij. Misschien had ik mij er dan makkelijker overheen kunnen zetten dat ze mij negeerde. Kwam ik haar onder aan de Dijk tegen, dan keek ze zoals ik het toen geformuleerd zou hebben 'straal langs me heen'. Zelfs als ik de smalle dijktrap langs de rioolbemaling besteeg, en zij bij toeval op hetzelfde moment aan de afdaling begon, en onze jassen elkaar halverwege wel even moesten raken, leek het of ze mij vlakweg over het hoofd zag. Het was alsof ik niet bestond. Goed, ze was een jaar of drie ouder, maar een korte groet had er toch wel af gekund? Een simpel knikje, desnoods alleen even oogcontact, was dat nu zoveel gevraagd? Aan iets anders dacht ik ook helemaal niet, ik zag huizenhoog tegen haar op. Ik vereerde haar, het leek zelfs of ik haar vreesde, zoals ik God vreesde. Misschien had ze dat al opgemaakt uit die allereerste blik bij gaslicht en wilde ze van zo'n bijbelse vorm van vrees verschoond blijven. Zag ik haar in gezelschap van de hond, die zomaar naast haar mocht lopen, dan wist ik al wat er komen zou. Geen blik keurde ze me waardig; sterker, zelfs als ik tegen haar opbotste liep ze onvervaard door.

Vaak kwam ik, als ik 's avonds nog even een blokje om liep, de hond tegen. Al na een paar van die ontmoetingen begon het dier als hij mij ontwaarde hevig te kwispelen. Bij de slager, voor wie ik ooit bestellingen had rondgebracht, vroeg ik om de botjes die na het uitbenen overbleven. Daarmee wist ik de hond zelfs zover te krijgen dat hij mij vergezelde als ik een ommetje maakte. Spoedig kwam hij, goedgemutst blaffend, al van ver aanrennen als hij me zag. Hij sprong tegen me op, ging tegen me aan staan, de voorpoten vertrouwelijk tegen mijn borst, en likte mijn handen. Hij deed dat ook toen hij, in haar gezelschap verkerend, mij op een keer boven aan de Dijk tegenkwam. Terwijl hij me stormachtig begroette, liep ze gewoon door.

Ze keek niet eens om, ze riep hem niet, ze liet hem, nu hij zich zo schaamteloos compromitteerde, gewoon vallen. Ook zonder haar zou hij de weg naar huis wel weten te vinden.

Haar naam hoorde ik voor het eerst toen haar ouders op een avond een beleefdheidsbezoek brachten. Uiteraard legde mijn vader hun, nog voor ze goed en wel achter hun koffie zaten, de vraag voor of ze begraven dan wel gecremeerd wilden worden.

'Het is allebei een verspilling van hoogwaardig materiaal,' zei de nieuwe buurman ernstig, 'je zou een lijk 't beste kunnen composteren.'

'Dat gaat stinken,' zei mijn vader.

'Dat klopt, maar dat zou je kunnen voorkomen door zo'n lijk in een reusachtige gehaktmolen heel fijn te malen en uit te strooien over een composthoop. En daarna bedek je 't met paardenmest of koeienmest of een dikke laag pas gemaaid gras. Dan ruik je er weinig meer van.'

'Ginus is altijd tegen de draad in,' zei zijn vrouw verontschuldigend, 'hij wil altijd iets anders dan andere mensen, let er maar niet te veel op.'

'O, maar dit mag ik graag horen,' zei mijn vader, 'eindelijk eens iemand die er echt over heeft nagedacht wat er na de dood met de stoffelijke resten moet gebeuren. Ik vind zo'n gehaktmolen helemaal niet zo'n gek idee. Je versnippert een lijk en bedekt het vervolgens met een flinke hoop afgevallen bladeren. Hoef je niet meer te graven, heb je geen stenen meer in onderhoud, kun je bovendien bloemisten en tuiniers van puikbeste compost voorzien. En hoef je, en dat is natuurlijk de grootste winst, later geen graven te ruimen. Want dat is verschrikkelijk. Versnipperen, fijnmalen, wat een gouden vondst!'

'Nou, ik wil anders gewoon begraven worden,' zei de vrouw van Ginus.

'Cremeren is prettiger,' zei mijn vader.

'Hoezo?' vroeg ze.

'Dan heb je in elk geval nog één warme dag te goed.'

'Dat hoeft voor mij niet,' zei Ginus, 'ik word elke dag op m'n werk gestoofd.'

'Wat doe je dan voor de kost?' vroeg mijn vader.

'Teer gieten bij Key & Kramer.'

'Ergens binnen?'

'Ja, meestal in een loods.'

'Het lijkt me niet het allerleukste werk.'

'Het betaalt goed,' zei Ginus kortaf, 'maar... maar... och, och, wat had ik graag...'

'Zeg het niet,' riep zijn vrouw, en hoofdschuddend voegde ze er tegen ons aan toe: 'Het ligt maar altijd voor op zijn tong.'

'Nou, toch wou ik dat ik doorgeleerd had.'

'Ja, hoor, nou zeg je het toch, altijd hetzelfde woord! Was 't gebeurd, dan zat je nou elke dag met een stijve witte boord om op kantoor. Alsof dat zo prettig is.'

'Met een stijve boord op kantoor? Wie zegt dat? Misschien was ik dan nu wel arts of dominee of advocaat of notaris.'

'Ach, welnee, dat is voor ons soort mensen toch niet weggelegd. Wees toch tevreden met wat je hebt.'

'Ik ben best tevreden, en wij hebben 't heel goed samen, maar... maar...'

'Welnee, dat is het niet, ons enige probleem is... '

Ze hield op met spreken en strekte haar hand uit naar haar koffie. Mijn vader vroeg luchtig: 'Jullie enige probleem is?'

'Ik praatte even m'n mond voorbij,' zei ze, 'dit was iets tussen Ginus en mij... een probleem, ach, dat is zo'n groot woord, we hebben geen problemen, waar Ginus?'

'We hebben wel een probleem,' zei hij ernstig, 'een levensgroot probleem. Wij staan machteloos, Jesaja 30 vers 1. Jullie hebben maar liefst drie kinderen. Ooit moeilijkheden?'

'Niet te weinig,' zei mijn vader, 'zie je daar m'n oudste zitten?'

'Nou en of,' zei Ginus, 'Jesaja 8 vers 8, zijn vleugels hebben de breedte van ons raam gevuld.'

'Doet nooit wat anders dan lezen, hoort en ziet nu niks meer, is helemaal van de wereld af. Zodra hij uit bed komt, begint hij, je krijgt hem niet naar buiten, hij kan rustig, al schijnt de zon zich uit de naad en flaneren de verrukkelijkste meisjes voor het raam langs, de godganse dag van 's morgens zes tot 's avonds tien uur zitten lezen. Ik hou ook van lezen, ik heb altijd vreselijk graag gelezen, dogmatiek, bronnen, tekstverklaringen, boerenboeken, Jan Mens,

Willem Schippers, Ooms, maar dit is...'

'Volgens mij,' zei Ginus, 'heeft hij anders vorige zomer nog gevliegerd.'

'Zegge en schrijve één keer. Toen wist hij meteen z'n vlieger te verspelen. Nog bedankt dat je 'm van je plaatsje heb opgeraapt. Je doet er alles aan om hem zover te krijgen dat hij ook eens wat anders onderneemt, maar nee hoor, lezen, lezen en nog eens lezen, laatst had hij een boek van maar liefst duizend bladzijden van ene Theun de Vries, *De geslachte Wiarda's* of zoiets. Amper uit bed begint hij er al in, en dat heeft hij dan ruim voor bedtijd al uit, een boek waar je minstens twee weken over zou kunnen doen! Alsof het niks is! Goddank heeft hij alle bibliotheken in de hele omtrek totaal geplunderd, moet hij wijd weg fietsen om wat te vinden dat hij nog niet gelezen heeft. Komt hij godlof af en toe nog in de buitenlucht. Is hij tenminste een poosje met z'n neus uit de boeken.'

'En je andere kinderen?' vroeg Ginus.

'M'n dochter is een reuzelieve meid,' zei mijn vader, 'daar hebben we geen kind aan en m'n jongste: twee druppels z'n vader, dus da's een moordknul.'

'Nou, ik wou dat onze Machteld ook de hele dag zat te lezen,' zei de vrouw van Ginus.

'En ik erbij,' zei Ginus, 'wat zou dat fantastisch zijn! En voor mijn part las ze Dick Bos-boekjes. Of weet ik wat voor andere vuiligheid. Een kind dat leest heb je in ieder geval de hele dag onder ogen.'

'Hoe oud is jullie Machteld?' vroeg mijn moeder.

'Volgende week wordt ze zeventien. Moeilijke leeftijd, heel moeilijke leeftijd, geen zestien, dan ben je nog jong, geen achttien, dan word je al wat wijzer, maar zeventien. Laat zich niks meer gezeggen. Zeventien, dat is zo'n getal... hoe heet dat ook alweer... je kan 't nergens door delen.'

'Een priemgetal,' zei ik zacht.

'Precies, een priemgetal. Daar is iets mee, met priemgetallen, maar wat ook weer? Waarom weet ik dat nou niet? Moet je natuurlijk voor...'

'Zeg het nou niet,' riep de vrouw van Ginus, 'waarom moet je nou altijd tegen de draad in zijn?'

'Ben ik tegen de draad in? Wel nou nog mooier!'

‘Dus jullie hebben maar één dochter,’ zei mijn vader in een duidelijke poging om de aandacht af te leiden.

‘Ja, en dat is waarachtig meer dan genoeg.’

‘Wou ’t verder niet vleugen,’ vroeg mijn vader, ‘of vonden jullie eentje wel genoeg?’

‘M’n vrouw heeft de bevalling amper overleefd,’ zei Ginus, ‘en de dokter zei indertijd: nog eentje en ze is er niet meer, dus...’

‘...zei je met Mozes: ik zal niet meer kunnen uitgaan en kunnen ingaan, ach, zolang je nog maar wel kunt dammen, zeg ik altijd maar.’

‘Dammen? Daar ben ik aardig bedreven in,’ zei Ginus.

‘Komt dat best uit,’ zei mijn vader opgetogen, en hij greep met zijn linkerhand het dambord dat naast het dressoir stond, en tegelijkertijd met zijn rechterhand de doos met stenen vanachter de trouwbijbel op de schoorsteenmantel.

Even later klonk het behoedzame schuiven van damstenen. De vrouw van Ginus zag het een poosje aan, zei toen: ‘Nou, die man van mij is hier voorlopig niet weg te branden, als jullie ’t goedvinden ga ik vast naar huis.’

Later op de avond, toen ook Ginus gegaan was, zei mijn vader: ‘Ik heb ’t in lang niet zo taai gehad! Toch heb ik drie spelletjes gewonnen, eentje verloren. Wat een zeldzaam aardige luitjes. Mogen wat mij betreft morgen weer terugkomen. Wat hebben we ’t daar goed mee getroffen. Als ik die nog eens te begraven krijg, zal ik ze in de watten leggen!’

12

Mijn vader liet zijn koffie onaangeroerd, nam een trekje, blies een reusachtige rookwolk in onze gezichten en zei opgewonden: 'Weet je wat er vanmiddag gebeurt? Komt er opeens zo'n zwartrok met omgekeerd boordje tussen de graven door! Ik was net bezig Rampenne aan z'n verstand te brengen dat 't de hoogste tijd voor hem werd om terug te stiefelen naar het rusthuis. Verbaasd zeg ik tegen Rampenne: "Wat heeft die paap hier te zoeken?" Nou, Rampenne was er ook stil van. Met dat ik naar die paap toe kuier, zie ik dat 't de pastoor is die bij vrouw Kraaijenvanger met zo'n wijwaterkwast is wezen urbiën en orbiën. Hij komt op me af, hij zegt: "Meneer de doodgraver," en ik zeg: "Ik graaf geen mens dood, ik ben grafmaker." Dus hij zegt vriendelijk, want vriendelijk is hij, dat moet je hem echt nageven al is 't dan een pastoor: "Meneer de grafmaker, ik wou u even spreken over een delicate aangelegenheid," en hij kijkt met een schuin oogje naar Rampenne, die achter me aan was gehobbeld.

"Nou," zeg ik, "ik weet niet waar ik dat aan verdiend heb, maar wat mij betreft kunt u me overal over spreken, en nog 't liefst over een gift van honderdduizend gulden."

"Over zoveel geld gaat 't niet," zegt hij en hij kijkt weer met zo'n schuin oogje naar Rampenne. Dus ik zeg: "Van Rampenne hoeft u zich echt niks aan te trekken, Jesaja 43 vers 8..."

Hij kijkt me verbaasd aan en ik zeg: "U weet hoop ik toch wel wat daar staat," en hij zegt: "Het spijt me, maar dat weet ik niet," dus ik zeg: "Nou, meneer pastoor, dan zal ik uw bijbelkennis een beetje opfrissen, daar staat: 'dat doof is, ook al heeft het oren'. Dus u begrijpt, we kunnen vrijuit praten, zegt u nou maar wat u op uw lever hebt."

"D'r zal heus wel een lief centje mee gemoeid zijn," zegt hij.

"Waarmee?"

"Nou kijk," zegt hij, "ik weet niet goed hoe ik moet beginnen, of hoe ik dit verzoek moet inkleden, of hoe ik deze delicate aangelegenheid het beste bij u naar voren kan brengen, maar u weet ongetwijfeld dat de hele polder achter onze kerk wordt volgebouwd en dat op termijn onze begraafplaats zal moeten verhuizen."

"Dat weet ik."

"En weet u ook hoe onze begraafplaats ligt ten opzichte van al die nieuwbouw?"

"Dat weet ik maar al te goed," zeg ik, "want ik heb laatst nog eens, toen ik daar met m'n zoon aan 't vliegeren was, de vrijheid genomen om een kijkje te nemen op jullie begraafplaats. Erg florissant zag die er niet uit. D'r groeide naast en zelfs op de paden 't een en ander dat hier al wordt weggeschoffeld voor 't zelfs maar kan opschieten."

"Ja, 't ziet er hier verbazend keurig uit," zegt hij, "dat viel me al op toen vrouw Kraaijenvanger begraven werd, maar u moet goed begrijpen: wij hebben geen dood... eh... geen grafdel... grafverzorger... wat was het ook weer, o ja, grafmaker in dienst. Sterft er iemand dan graaft een vrijwilliger uit de parochie, en verder... ja, er is eigenlijk zogezegd niemand die ernaar omkijkt."

"Da's goed te zien," zeg ik.

"Verwaarloosd of niet," zegt hij, "ons lieve begraafplaatsje heeft z'n langste tijd gehad. Het moet verplaatst worden, 't kan daar, tussen al die nieuwbouw, niet blijven liggen."

Hij kijkt me aan alsof hij wil zeggen: je begrijpt het wel, ik kan m'n kiezen verder wel op mekaar houden, dus ik zeg tegen hem: "Ik geloof al z'n leven dat u hier aan 't verkeerde adres bent," en hij zegt, terwijl hij weer met een schuin oogje naar Rampenne loert, die een en al aandacht is: "U hoeft helemaal niets te zeggen, of wat dan ook, ik leg het u alleen maar voor, het heeft nog alle tijd, maar ik dacht: laat ik er zo vroeg mogelijk bij zijn, dan kunnen we het karwei in alle rust klaren. Want reken maar dat 't een hele klus zal zijn."

"Niet als je d'r een dragline bij inschakelt," zeg ik.

"Ja, maar dat is niet de bedoeling," zegt hij.

"Nou, maar laat ik u dan wel zeggen: als u hier bent gekomen om mij voorzichtigjes te polsen of ik dat hele kerkhof met m'n twee knuisten en één schop wil verplaatsen, dan zeg ik: meneer pastoor, geen denken aan dat ik dat met de hand zou doen. Alleen met een dragline valt 't misschien te overwegen."

"Dat kan echt niet," zegt hij, "het is echt de bedoeling dat alle stoffelijke overschotten stuk voor stuk netjes worden opgegraven en overgebracht worden naar het nieuwe kerkhof."

"Dat is geen doen, hoeveel man ligt daar wel niet?"

Rampenne dringt zich opeens tussen ons in, grijpt z'n vettige potloodje, steekt dat de pastoor toe en maakt een gebaar van schrijven. Dus die pastoor pakt dat potloodje en schrijft op het blaadje: 1000.

"Gaat het om een duizend mensen?" vraag ik.

"Om en nabij," zegt hij, "het is altijd een klein kuddeke geweest."

"Nu, duizend, dat is anders... allemensen, duizend lijken, ga d'r maar aan staan. Een dragline, of anders valt er niet over te praten," zeg ik.

"Denkt u er nou eens rustig over na," zegt hij, "u mag er desnoods jaren over doen. We hebben alle tijd. Al doet u één overschot per avond."

"Eén overschot per avond? Duizend man? Ben je drie jaar bezig! Moet ik drie jaar lang elke avond van huis om d'r weer eentje op te graven. Is het al donker, moet je alle botten en knekels uit het zand opdiepen en uitsorteren en netjes bij mekaar leggen. Niks hoor, daar begin ik nooit niet aan, daar zoeken jullie maar iemand anders voor. Alleen als 't met een dragline..."

"Nee, nee," zegt hij, "dan raken alle overschotten door elkaar."

"O, dacht u dat als je al die oude botten afzonderlijk opgraaft ze niet door mekaar raken? Voor de Oorlogsgravenstichting heb ik hier alle mensen die in veertig-vijfenveertig zijn omgekomen op moeten graven en netjes in één perkje bij elkaar moeten leggen. Dat was onbegonnen werk. D'r liggen d'r hier altijd drie op mekaar en daar raken de botten geheid van in de war, die liggen echt niet, als je ruimt, als drie aparte hoopjes voor 't oprapen, o, heden nee, da's echt zoeken en puzzelen, en mazzel hebben, en dan nog denk je, als je één skelet zo'n beetje compleet hebt, ik zal d'r nog maar wat extra botjes bij doen, begrijpt u... een dragline, of anders..."

"Denkt u er nou nog maar eens rustig over na. We betalen u per overschot."

"Dat zal dan een flink bedrag worden."

"Ik weet nog niet hoeveel we betalen per skelet."

"Krijg ik dat dan rechtstreeks van de paus?"

"Ach, de Heilige Vader... nee..."

"Nou ja, al kreeg ik 't rechtstreeks uit Rome, ik zou toch zeggen: ik wil me opofferen voor de gemeenschap en 't desnoods aanpakken, maar dan wel met een dragline. Anders valt er wat mij aangaat niet over te praten."

"Ik laat u weer alleen met uw doden, ik heb 't u voorgelegd, denkt u er maar rustig over na, u hoort nog van ons." '

Mijn vader nam eindelijk een slokje van zijn inmiddels koud geworden koffie, en vervolgde toen: 'Zo'n man. Verwacht van mij dat ik een paar jaar lang elke avond daar een paap raap. Duizend stuks! Zoveel liggen er bij mij niet eens. En misschien zijn 't er wel meer. Hoeveel zullen er al met al liggen? Wanneer zouden ze met begraven begonnen zijn? En ligt alles er nog vanaf het eerste begin of is er tussendoor flink geruimd? Nou ja, er is geen beginnen aan. Ja, met een dragline, dat zou fantastisch zijn. Dan til je eerst met een reuzengrijper al die miezerige zerken en kruizen eraf. De Jezusjes vliegen rond. Och, wat zou dat geweldig zijn. En dan graaf je 't zes meter diep af. Je smijt alles op drietonners en je kiepert 't neer op de plek waar het nieuwe kerkhof moet komen. Je egaliseert het en dan kan de pastoor met z'n wijwaterkwast zwaaien. Is de aarde opeens gewijd. Och ja, gewijde aarde, ja, wat zou ik daar graag met een dragline aan de slag gaan. Wat zou je dan hard opschieten. Nou, wacht maar, ze kunnen toch niemand anders vinden, die komen eerst nog een paar keer zeuren of ik d'r voor wil tekenen en als ik dan m'n poot stijf houd, gaan hun pootjes op den duur wel hangen. En dan zal ik 't nog meemaken dat ik daar met een grijper en een dragline die gribus op mag ruimen. Wat zou ik dan tekeergaan.'

13

In dat jaar had ik een ellendig lesrooster. Op maandag eindigde mijn laatste les op het lyceum om kwart over vier 's middags. Zelden was ik, doordat ik doorgaans de zuidwestenwind tegen had, vóór vijf uur thuis. Omdat ik 's avonds naar catechisatie moest, maar ook het huiswerk voor de volgende dag diende te maken, was het verstandig dadelijk na thuiskomst te beginnen. Dan miste ik de verhalen van mijn vader. Zelfs als ik onmiddellijk na thuiskomst aan mijn huiswerk begon, kon ik mijn Frans en wiskunde en Engels en geschiedenis voor de volgende dag nauwelijks adequaat voorbereiden. Ofschoon het catechetisch onderricht van dominee Hindervoet slechts een uur duurde, was het als ik om kwart voor negen thuiskwam – de catechisatie werd van half acht tot half negen gegeven in de bouwvallige consistorie van de Zuiderkerk – vrijwel ondoenlijk al mijn huiswerk nog af te krijgen voor bedtijd.

Daar dominee Hindervoet op maandagavond de jongens catechiseerde en op dinsdagavond de meisjes, vroeg ik hem of ik vanwege al mijn huiswerk misschien, uiteraard tijdelijk – het jaar daarop zou ik stellig een ander lesrooster hebben –, op dinsdagavond de catechisatie mocht volgen. Bij de meisjes. Na ruggenspraak met de kerkenraad gaf dominee Hindervoet zijn toestemming en zo geviel het dat ik in die winter en dat voorjaar als enige jongen op dinsdagavond tussen de gereformeerde meisjes in de onverwarmde consistorie van de Zuiderkerk het catechetisch onderricht volgde.

Geen moment had ik er overigens toen ik dominee Hindervoet dat verzoek deed bij stilgestaan dat ik een uur lang met Machteld van Diepenburch in die eigenaardige, tochtige, smalle consistorie zou verkeren. Ook had ik nooit kunnen dromen dat bijna al die meisjes, elke week opnieuw, giechelend en elkaar steeds maar aanstotend, aanmerkingen zouden maken op mijn schoenen, mijn sokken, mijn broeken, mijn overhemden, mijn truien, mijn jasjes, mijn haardracht.

Machteld deed daar overigens niet aan mee. Zelfs als ze recht tegenover mij aan de lange, smalle catechisatietafel zat wist ze onder alle omstandigheden de indruk te wekken dat zij mij totaal niet waarnam. Als alle andere meisjes schaterden omdat een van hen achter haar hand iets had opgemerkt over de strik in mijn schoenveters, bleef ze stuurs en ongenaakbaar voor zich uit kijken.

In het eerste jaar waarin ik naar catechisatie ging–toen nog bij de jongens–had de voorganger van dominee Hindervoet het *Kort Begrip der Christelijke Religie* behandeld. Het *Kort Begrip*–'voor hen die zich willen begeven tot des Heren Heilig Avondmaal', zoals de ondertitel luidt–bestaat uit vierenzeventig vragen en vierenzeventig bijpassende antwoorden. Het is een vereenvoudigde vorm van de Heidelbergse Catechismus. Vraag negen bijvoorbeeld luidt: 'Vanwaar komt dan de verdorvenheid die in u is.' Het antwoord: 'Uit den val en de ongehoorzaamheid van Adam en Eva in het Paradijs, waar onze natuur alzo is verdorven dat wij in zonden ontvangen en geboren worden.' Al die vierenzeventig vragen en antwoorden hadden wij uit het hoofd moeten leren. Ook in het tweede jaar moesten wij vragen en antwoorden uit het hoofd leren, maar nu de in totaal honderdnegenentwintig vragen en antwoorden waaruit de tweeënvijftig zondagen van de Heidelbergse Catechismus bestaan. Dominee Hindervoet behandelde elke week één zondag van de Heidelberger en wij dienden de vragen en antwoorden van die zondag dan de week daarop te kennen. De meeste jongens konden die vragen en antwoorden vrij redelijk opzeggen. Uiteraard waren er altijd bij, doorgaans week in, week uit dezelfden, die domweg weigerden om de vragen en antwoorden uit het hoofd te leren. Op zo'n twintig catechisanten waren dat er zo'n drie of vier, en er was één catechisant, Gommert van Ast, die botweg weigerde om ook maar één woord van welke vraag of welk antwoord dan ook te reproduceren. De weigeraars werden natuurlijk krachtig vermaand. Gommert van Ast kreeg elke week de vreselijkste dreigementen te horen, maar aangezien de dominee verder geen machtsmiddelen bezat, was berusting het enige wat hem restte. Goed, hij had de ouders van de weigeraars kunnen bezoeken en hun kunnen opdragen erop toe te zien dat hun zoons de catechismus leerden, maar bij Gommert van Ast leek dat bij voorbaat hopeloos. Zijn vader was zoek, zijn moeder, gezegend met een twintigtal kinderen, had wel wat anders te doen dan erop toezien dat Gommert zijn catechismus memoriseerde.

Van de meisjes was er merkwaardigerwijs nimmer ook maar één die ooit exact de opgegeven zondag wist op te zeggen. Het was alsof ze zich voor elkaar zouden generen als ze daartoe wel in staat waren geweest. Elke dinsdagavond wanneer dominee Hindervoet een van hen de vraag stelde, keek hij aanmoedigend naar het meisje dat de beurt had. Ze giechelde, kreeg soms zelfs de slappe lach, en die slappe lach bleek iedere keer weer reuze aanstekelijk, werd overgenomen door al die andere meisjes die in hun dikke winterjassen dicht tegen elkaar aan gedrukt zaten. De dominee wist niets beters te doen dan te wachten totdat het gegiechel was weggestorven. Dan reikte hij het eerste woord van het antwoord aan. Waarop zo'n meisje het proestend nazei en het gegiechel weer overal opklonk. Dan viel er weer een stilte, en produceerde dominee Hindervoet het tweede woord van het antwoord, en het meisje zei het weer proestend na en zo werd, begeleid door allerlei sniklachgeluiden die telkens van een ander plekje uit de kring rond de tafel opklonken, het hele antwoord afgewerkt.

Ondertussen staarde ik, mij hevig opgelaten voelend, naar de verontrustende middenscheiding van dominee Hindervoet. Toen ik deze voor het eerst zag – een kaarsrechte scheiding, exact midden over het hoofd, in stug, lichtblond strohaar dat aan de zijkanten griezelig recht was afgeknipt – had ik mij dadelijk afgevraagd: waar doet die scheiding mij in vredesnaam aan denken? Het was alsof ik hem al eerder had gezien, en toch deed ik er lang over voor ik opeens besefte dat de vorm van dat stugge haar met die griezelig kaarsrechte middenscheiding onweerstaanbaar deed denken aan de kaarsrechte vouw in een Mascotte-vloeitje.

Onder de middenscheiding brandden twee blauwe, onwaarschijnlijk diep liggende ogen. De schrik sloeg mij altijd om het hart als Hindervoet mij aankeek, en alleen al daarom leerde ik elke week de vragen en antwoorden van de behandelde zondag zo goed dat ik ze vlekkeloos kon opzeggen als ik de beurt kreeg. Keek Hindervoet mij inderdaad aan, en moest ik ze opdreunen, dan barstten na afloop de meisjes steevast uit in wild geschater en riep Hindervoet dat ze daarmee ogenblikkelijk moesten ophouden en aan mij een voorbeeld konden nemen, waarop die meisjes nog eens zo hard schaterden. Soms moesten ze zelfs lachtranen uit hun ogen wissen.

Een heel enkele keer kreeg Machteld een beurt. Op een van die dinsdagavonden – het was bitter koud, de wind, die door de gebroken ruitjes onbelemmerd naar binnen kon, bolde de vaalgele gordijnen op – stelde dominee Hindervoet haar de vraag van zondag drieëntwintig. 'Maar wat baat het u nu dat gij dit alles gelooft?' Terwijl ik naar die dichtgeschoven gordijnen keek die ver de consistoriekamer in woeien, en wist dat de kerkenraad de Zuiderkerk domweg liet vervallen omdat binnenkort tussen de galerijflats een nieuw bedehuis zou verrijzen, schoot het antwoord door mijn hoofd: 'Dat ik in Christus voor God rechtvaardig ben, en een erfgenaam des eeuwigen levens.' Dominee Hindervoet keek haar aan met zijn griezelige ogen. Machteld perste haar lippen op elkaar en keek onvervaard terug. Hij sloeg de ogen neer, herhaalde de vraag: 'Machteld, maar wat baat het jou nu dat jij dit alles gelooft?' Ze keek hem enige tijd strak aan, zei toen, volkomen onbewogen: 'Geen barst.'

Ze bleef hem terwijl ze dat uitbracht strak aankijken, niet uitdagend, niet zelfverzekerd, niet triomfantelijk. Ze keek alleen maar. De andere meisjes sloegen hun ogen neer en bewogen nerveus hun handen. De vaalgele gordijnen woeien tegen de ruggen van onze stoelen en dominee Hindervoet schudde zijn hoofd.

'Meisje, meisje,' zei hij meewarig. Vervolgens liet hij zijn diepe blik door de consistoriekamer dwalen. Het was alsof hij naar iemand zocht die iets kon zeggen dat 'geen barst' zou uitwissen. Ten slotte bleven zijn ogen op mij rusten en hij vroeg me: 'Maar wat baat het jou nu dat je dit alles gelooft?' Met neergeslagen ogen dreunde ik zo snel mogelijk het antwoord op. Het leek of ik haar afviel, of ik haar verried. Op geen enkele manier liet zij merken dat ze mij als een verrader zag. Een misprijzend gebaar, een blik vol afkeer, of zelfs maar iets dat op verontwaardiging leek – het werd mij niet gegund. Ze bestudeerde de opbollende gordijnen, keek me niet eenmaal aan, keek zelfs niet eenmaal mijn richting uit. Na enige tijd verbrak ze echter wel de diepe stilte die was gevallen nadat mijn woorden verklonken waren.

Ze zei: 'Dominee, mag ik u iets vragen?'

'Ga je gang,' zei dominee Hindervoet welwillend.

'Als je joden in huis hebt en de Duitsers komen aan de deur, wat moet je dan zeggen als zij vragen: hebt u joden verborgen?'

'Dat is nu niet aan de orde,' zei Hindervoet enigszins verbouwereerd. 'Dat komt ter sprake als wij zondag drieënveertig behandelen.'

'Ik wil nu een antwoord,' zei Machteld ijzig.

'Goed,' zei hij, 'nou, het antwoord is heel eenvoudig. Je mag onder geen enkele omstandigheid ooit valse getuigenis geven. Dus als de Duitsers vragen: hebt u soms joden in het keukenkastje verborgen, moet je zeggen: ja, er zitten joden in het keukenkastje.'

'Dank u wel,' zei Machteld, 'ik weet genoeg.'

Ook op die avond was ze, toen de catechisatie uitging, ogenblikkelijk verdwenen. Ze liep nooit terug naar huis, ze snelde het Sluispolderhofje door naar de Zuidvliet. Waar ze heen ging, ik wist het niet. Door de stille, vochtige straten liep ik die avond naar huis. Achter mij hoorde ik het gelach en gegiechel van de zich verspreidende meisjes. In het schaduwrijke licht van de zacht suizende gaslantaarns schoot telkens door mij heen: waarom kwam dominee Hindervoet met een keukenkastje aanzetten?

Vaak bleek, wanneer ik na catechisatie onze kamer binnenstapte, Machtelds vader achter ons dambord te zitten. Hij keek altijd even op om mij te begroeten. Dan zag ik als het ware haar grote ogen, haar rode wangen, haar blik. Dan kon ik mij, als hij naar me glimlachte, voorstellen hoe het zou zijn als zij naar me zou glimlachen.

Ook op die avond glimlachte hij naar me toen ik de woonkamer binnenkwam. Hij mompelde: 'Nou, ik sta d'r weer slecht voor.'

Mijn vader zei achteloos: 'Er is iemand weggegaan bij de plantsoenendienst. D'r is dus een vacature. Zou dat nou niks voor jou zijn? Dat is heel wat gezonder dan tussen die teerzooi. Bovendien heb ik zo zachies aan zoveel werk dat ik best een maatje zou kunnen gebruiken. Als jij nou solliciteert, en wij het daarna een beetje handig inpikken, kun jij bij mij komen werken.'

Er verscheen een grimmig lachje op het gezicht van Ginus.

'Ik wou dat ik doorgeleerd had,' zei hij.

'Ja, dat wouen d'r wel meer,' zei mijn vader, 'maar het is helemaal niet gezegd dat je dan nu beter af zou zijn. Dan liep je altijd met een wit boordje dat je elke dag zou moeten verschonen. Ik zou toch m'n licht maar eens opsteken bij de gemeentesecretarie. Ik zal alvast een goed woordje voor je doen bij meneer Alers.'

'Ik ga d'r vast en zeker op achteruit.'

'Wat geld betreft, bedoel je?'

'Ja, bij de gemeente betalen ze hongerlonen.'

'Dat valt best mee, en je moet rekenen: wat je tussen de teer te veel verdient, en dus moet opsparen, kun je later toch nooit opmaken want voor 't zover is lig je allang zes voet diep bij mij onder de grond. Dan ben je toch beter af als je bij mij blaren harkt.'

'Voor een paar grijpstuivers.'

'D'r staat zoveel tegenover. Je mag in uniform voor een begrafenisstoet uit lopen! Van dat zwarte pak en die pet zou je opfleuren als een paard dat ze feestelijk optuigen. Je bent geknipt als droeftoeter. Zoals jij kunt kijken, zo diepbedrukt, zo inbedroefd, zo zielsverdrietig... Had je de achternaam van je vrouw, dan zou 't helemaal perfect zijn.'

Mijn vader keerde zich naar mij, zei grinnikend: 'Weet je hoe z'n vrouw van haar meisjesnaam heet? Die heet Blijleven. Je zal toch begraven worden door iemand die Blijleven heet.'

14

Het was alweer zomer toen mijn vader op een namiddag om vijf over vijf, terwijl hij zijn shag op het vloeitje deponeerde, verontwaardigd losbarstte.

'Komt meneer Alers opeens op hoge poten over 't graf aanstiefelen. Zegt hij, meester... Die ellendeling. Om mij altijd maar weer meester te noemen, terwijl hij knecht bedoelt... meester, zegt hij, ik heb de pastoor op bezoek gehad.'

"Ik wist niet dat u rooms was," zeg ik.

"Jij weet heel goed dat ik niet rooms ben. En jij weet ook heel goed waarom de pastoor bij mij is geweest."

"Geen idee," zeg ik.

"Ben je dan zo kort van memorie?" zegt hij.

"Als 't me zo uitkomt wel," zeg ik, "maar ik wed dat de pastoor ook kort van memorie is. Heeft hij iets gesmoesd over een dragline?"

"Een dragline? Nee, daar heb ik hem niks over horen zeggen."

"Nou, dan hoeven wij ook niet verder te praten."

"Meester," zegt hij, en ik zeg: "Als je m'n voornaam niet weet, zeg je maar meneer," en hij zegt: "Hoor eens, luister nou eens goed, die man zit vreselijk omhoog. Op de een of andere manier moet hij het voor elkaar zien te krijgen dat een heel kerkhof, met grafstenen en al, overgebracht wordt naar een nieuw plekje gewijde grond. Wie zou hem daar nou beter bij kunnen helpen dan jij?"

"Helpen? Als 't alleen om helpen ging... hij graven... ik aanwijzingen geven... nee, nee, hij wil dat ik alle papen die daar liggen heel secuur opgraaf en bij mekaar sprokkel en, denk ik, al heeft hij 't daar nog niet zo over gehad, in flinke sigarenkistjes prop zodat ze al die lui weer opnieuw in de grond kunnen stoppen zonder dat 't al te veel ruimte inneemt."

"Nou, is dat niet te doen dan?"

"Natuurlijk is dat te doen. Afgezien dan van 't feit dat je de vreselijkste dingen kunt tegenkomen, verkaasde lijken, mensen die hun hele leven lang gezopen of medicijnen geslikt hebben waardoor ze er nog net zo bij liggen als toen ze gekist werden... nou, daar ben je klaar mee, wat doe je daarmee? Maar goed, laten we 't daar nog maar even niet over hebben, of over de godsgruwelijke stank, 't gaat mij erom dat ik er geen ene moer voor voel om avond aan avond lijken op te graven."

"Je zou af en toe, als je 't hier niet al te druk hebt, eens een middagje weg kunnen."

"Hier niet al te druk? Het werk groeit me warempel nu al volledig boven het hoofd. D'r komen almaar meer dooien. Ik heb 't er al eerder over gehad dat ik er hier een mannetje bij moet hebben."

"Daar valt misschien best over te praten. Als we jou een assistent geven kun jij veel gemakkelijker een middagje weg." '

Mijn vader zweeg, nam een trekje van zijn inmiddels gereedgekomen sjekkie, en zei toen kwaad: 'Zie je, en daar had hij me nou toch lelijk bij de beer. Daar had ik nou niet op gerekend. Wil hij me een mannetje geven om mij vrij te maken om dat verrekte roomse graf... het is toch niet te geloven. "Meneer Alers," zeg ik tegen hem, "wat voor belang heeft de gemeente erbij dat wij 't op ons nemen om dat roomse graf te verplaatsen?" '

"O, maar dat is toch niet zo moeilijk te begrijpen, meester?"

O, dat stuk sekreet, altijd maar weer meester, laat hij dan helemaal niks zeggen, ik zeg toch ook niet de hele tijd meneer Alers tegen hem. Enfin, hij zegt: "Nee, dat is echt niet zo moeilijk te vatten. Het is ook in 't belang van de gemeente dat zo'n kerkhof, hoe klein het ook mag zijn, zo punctueel en discreet mogelijk verplaatst wordt. Staan er later woningen op de plek van 't oude kerkhof, dan heb je de poppen aan het dansen als een kind opeens met een botje uit het achtertuintje komt aanzetten. Daar moet je toch niet aan denken? En zulke dingen gebeuren, want die botjes... o, die botjes worden langzaam vanuit de diepte door de wormen omhooggeduwd, omhooggewerkt, nou ja, dat weet jij beter dan ik."

"Meneer Alers," zeg ik tegen hem, "daarom zeg ik en blijf ik herhalen: je moet het anders aanpakken, je moet met een dragline dat hele kerkhof grondig afgraven en de hele bliksemse teringzooi dumpen op dat nieuwe kerkhof."

"Ja, maar dan liggen al die overledenen toch door mekaar?"

"Wat dondert dat? Hebben ze daar last van? Dacht u dat ze allemaal nog netjes onder de grond wegrotten op de plek waar ze begraven zijn? Voor de wormen is niks veilig, en de mollen wroeten overal, en verder zitten er ook van die aardkrekels die alles verplaatsen wat hun nest ook maar een beetje in de weg zit, en d'r zitten woelratten, en d'r zitten gewone ratten, en engerlingen, en beesten waar we niet eens weet van hebben... 't is een en al beweging onder de grond, d'r is geen sprake van..."

"Man, man, man, ik ken je langer dan vandaag, je overdrijft vreselijk."

"U kent me helemaal niet, anders zou u zo langzamerhand wel weten dat ik een pesthekel aan ruimen heb, maar ik blijf erbij: ik wil het doen, ik wil die hele roomse dodenakker verkassen, graag zelfs, maar enkel en allenig met een dragline. En dan niet een of ander lullig klein graafmachientje, of een handdragline die net een slagje groter is dan een Solex, nee, ik wil een echte, grote stevige dragline, zo een waarmee ze in de Sluispolder de riolen hebben aangelegd, en met een machinist erin, want ik kan zo'n ding zelf niet aan de praat krijgen, ik ga erbij staan kijken en ik geef aanwijzingen."

"Meester," zegt dat stuk verdriet, "meester, ik weet niet wat er in je gevaren is, maar d'r is helaas niet met je te praten. Ik zal eens hogerop gaan overleggen. We kunnen je niet dwingen... nee, nee, we kunnen je niet dwingen, maar... nou, allicht is er een mouw aan te passen."

En weg gaat hij, en wat gebeurt er? Aan 't eind van de middag, ik had net Rampenne van 't graf af gewerkt, komt hij weer aanstiefelen en hij zegt tegen me: "Meester," zegt ie, "ik heb 't besproken met meneer Kloet en we zijn het erover eens dat 't werk je boven het hoofd begint te groeien. We hebben nagekeken hoeveel begrafenissen je vorig jaar had, en hoeveel dit jaar, en er is inderdaad sprake van een toename van tien procent."

"Ja, wat wil je," zeg ik, "al die lui die verhuisd zijn zitten nou te kniezen in hun gehorige, gure galerijflats. Het is enkel beton. Is er beneden een gek met een boormachine aan de gang, dan kun je 't op achthoog horen. En d'r wordt altijd wel ergens geboord. Zit je daar, dan heb je geen buren, maar boren. Dus van wat er daar in die mooie gemeentewoningen ingetrokken is, hebben er al heel wat het loodje gelegd...”

“Welnee, de stad breidt zich uit, er is veel import...”

“Ik weet anders zo een paar namen te noemen van mensen uit galerijflats...”

“Die zouden, als ze niet verhuisd waren, ook wel gecrepeerd zijn.”

“Hoe weet u dat?”

“Meester, we dwalen opeens af, een mannetje extra... daar gaan meneer Kloet en ik ons sterk voor maken, we zullen eens kijken hoe we dat kunnen rooien.”

“Wie krijg ik dan?” vraag ik, “Gijs de l’Ecluse zeker? Nou, die zou ik nog niet eens ’t graven van een kindergrafje toevertrouwen, die zou al beginnen te kreunen en steunen als hij een kuil moest graven voor een ondermaats biggetje. Of jullie geven mij een van die andere stakkers die in de plantsoenendienst lopen. Lagrauw misschien. Jullie willen me vast en zeker Lagrauw op m’n dak sturen. Is van voor tot achter van lorretje getikt. Zijn jullie mooi van hem af.”

“We hebben ’t er nog niet over gehad wie we daarvoor willen bestemmen, je krijgt daar zelf ook een say in.”

“Als u maar weet dat d’r van wat er bij gemeentewerken rondschuifelt niet eentje is die ik hier hebben wil, niet eentje. Maar ik wil wel zeggen: ik heb een knaap leren kennen... woont nou bij ons achter in de Pieter Schimstraat... had graag willen doorleren, maar dat kon vroeger nou eenmaal niet... teert bij Key & Kramer, maar staat er zeker niet afwijzend tegenover om eens te komen praten... zou precies m’n man zijn, is netjes, spreekt met twee woorden, zou d’r uitzien als een goudhaantje in ’t grafmakersuniform, kan op tijd z’n woordje doen... heeft ook helemaal zijn gezicht mee, innemend, toch ernstig.”

“Nou, zeg hem maar eens dat hij met ons kan komen praten.”’

Mijn vader zweeg weer, keek kwaad voor zich uit, trommelde met de vingers van beide handen op beide stoelleuningen, zei: ‘Het lijkt allemaal mooi en aardig, ik zou hem er dolgraag bij hebben, maar als ’t betekent dat ik dat hele roomse graf in de avonduren moet ruimen... sjonge, jonge, het is toch niet te geloven, ontruimen is het ergste wat er bestaat... en dan zo’n heel kerkhof... maar ja, als ik er nou eerst uit kan braden dat ik er permanent een mannetje bij krijg, zien we later wel weer verder, ze kunnen me toch niet dwingen... maar ja, ze hebben me toch in de tang... voor wat, hoort wat, Ginus erbij... je ligt toch voor een koud gaatje... enfin, straks na het eten zal ik eerst eens even bij Ginus langslopen.'

Toen ik later op de avond mijn huiswerk maakte, zag ik, terwijl ik onregelmatige Engelse werkwoorden uit mijn hoofd leerde, hoe mijn vader driftig delibereerde in de woonkamer van onze achterburen. Af en toe knikte Ginus en zag ik hoe mijn vader heftig gesticuleerde. Na enige tijd werd echter een dambord op tafel geplaatst en gebaarde mijn vader niet meer.

Later op de avond bracht hij verslag uit.

'Nou, ik weet niet of ik het red. Enerzijds heeft hij er wel oren naar, want dat teren... maar ja, het grote probleem is dat hij er onherroepelijk op achteruitgaat. Teren wordt verrekt goed betaald, ja, wat wil je, de munnie komt soms helemaal uit Abu Dhabi, daar kan de gemeente natuurlijk nooit tegenop. Wie ik wel mee heb is z'n vrouw. Dat kordate Blijleventje ziet het helemaal voor zich. Geen teervlekken meer op z'n overalls. Geen onregelmatige diensten. Geen nachtwerk. Een knap uniform aan dat ze nooit hoeft te wassen, omdat 't op kosten van de gemeente gestoomd wordt. Als zij 'm nou elke dag een beetje bepraat, heb ik er wel moed op dat hij over een poosje naar de gemeente stapt.'

15

Ginus zou waarschijnlijk nooit zijn goed betaalde teerbaan hebben opgegeven als zich niet onder zijn ogen bij Key & Kramer een ongeluk had afgespeeld waarbij drie teerders om het leven kwamen. Pas toen ging hij praten met meneer Alers. Kort daarop trad hij in dienst bij gemeentewerken. Na een stage bij de plantsoenendienst werd hij aangesteld als assistent-grafdelver.

'Net op tijd,' zei mijn vader, 'want de bladeren beginnen te vallen. Het is elk jaar een rotklus om ze bij elkaar te harken. Laat hij fijn zijn: daar heb ik nou iemand voor.'

Innig tevreden kwam mijn vader dat najaar elke avond thuis. Al spoedig begon hij uit te dijen rond zijn middel. Vanwege Ginus ontbeerde hij opeens lichaamsbeweging. Blijkbaar besefte hij ook zelf dat hij dikker werd. Af en toe keek hij na zijn middagmaal van tot moes gekookte andijvie, kruimige aardappelen en vette jus enigszins bezorgd naar zijn onderlichaam en zei dan, terwijl zijn gezicht alweer opklaarde, en hij met beide handen zijn navelstreek beklopte: 'Buikje, buikje, wat heb je het weer goed gehad.' Of hij mompelde: 'Wij zijn verzadigd en verkwikt en weer aanmerkelijk aangedikt.'

Al het zware werk kon hij overlaten aan Ginus.

'Ik hoef alleen maar te bliksemen,' zei mijn vader, 'want Ginus onweert.'

De donderende Ginus overtrof zijn stoutste verwachtingen.

'Hij neemt me alle rotklussen uit handen. En zo gewillig als die man is, zo enorm gezeggelijk. Als je hem toefluistert: die steen daar, van Klinge... schuur daar alle letters eens af met de machine, hoef je er niet eens bij te zeggen dat die rotzakken van Klinge op de gemeentesecretarie geklaagd hebben over een beetje vogelpoep op de naam van hun vader... "wat denkt u wel, we betalen goudgeld voor onderhoud van die steen, mag hij er dan een beetje christelijk uitzien, wilt u alstublieft de grafmaker op z'n vestje spugen"... en dat je daarom die ellendelingen eens wilt laten zien hoe een steen oogt waar je ontzaggelijk grondig de vogelpoep van afgeschuurd hebt... ja, helaas, ik moest zo goed schuren om de stront te verwijderen dat de lettertjes... ja, 't spijt me wel.

Dat hoef je hem niet eens te vertellen, hij begrijpt zo wel dat de letters eraf moeten. Ja, het is een moordkerel. 't Enige wat ik hem nog leren moet is om Rampenne kort te houden. Als die twee in gesprek raken... zelfs als ik twee perken verderop bezig ben, zie ik de witte blaadjes als een windhoos omhoogkomen. Een treurbeuk in de herfst is er niks bij. 't Is best dat hij me ook Rampenne uit handen neemt, maar hij moet wel begrijpen dat Rampenne... Marcus 9 vers 25: Gij stomme en dove geest, ga uit en kom niet meer terug. 't Is overigens wel eigenaardig dat die dove geest Jezus meteen verstaat en, stom of niet, dadelijk begint te schreeuwen. Enfin, net Rampenne, ook stom en doof, maar hij verstaat alles. Nou ja, ach, laat 'm met Rampenne... aan de andere kant is het nog niet eens zo eenvoudig om Ginus de hele dag aan 't werk te houden, want hij is zo vlug als een vlo, dus al wat je hem opdraagt is klaar als hij er maar naar kijkt, en hij houdt er niet van om, als je even niks te doen hebt, een beetje leuk in het baarhuisje met een bekertje koffie erbij over 't mooie weer, de bomen en alle mensen te konkelefoezen. Gewoon maar een beetje heen en weer praten, daar heeft hij nou nooit trek in, als hij z'n mond opendoet, wil hij redeneren, om niet te zeggen: bomen. Die is niet eens tevreden als hij het naadje van de kous weet, nee, die wil met een vergrootglas een kous bestuderen zodat hij van elk draadje afzonderlijk precies weet vanwaar het komt en waar het heen gaat. En vroeg of laat begint hij er weer over te zaniken dat je er niks van voelt dat de aarde draait. Laatst had ik 'm wel tuk, zeg ik tegen hem: waarom voel je dat een trein rijdt? Omdat je erin zit. Omdat de trein aan alle kanten om je heen zit. Maar wij zitten niet in de aarde, we lopen er overheen. Alleen onze voetzolen raken de grond. Zou je er helemaal in zitten, dan zou je heus wel voelen dat hij draait. Let maar op, straks als je, netjes gekist, onder de grond bivakkeert, helemaal omgeven door aarde, voel je hoe je met duizelingwekkende vaart rondsuist. Dan kijkt hij je link aan met die grote donkere ogen, en voel je dat hij denkt: word ik nou in de maling genomen? Maar hij had er toch even niet van terug. Na een poosje zei hij: als je boven op een trein zou zitten, zou je 't ook voelen als hij ging rijden. Ik zei: hoe weet je dat? Heb je ooit boven op een trein gezeten. Nee, dat had hij niet, en je weet hoe hij is, hij neemt niks aan wat hij niet zelf ondervonden heeft, dus toen had ik hem, met zijn trein, toch mooi op 't verkeerde been gezet. Als hij nou maar niet boven op een rijdende trein gaat zitten... nou ja, goed, 't is altijd wat, als er van die diepe rimpels in z'n voorhoofd verschijnen alsof je er een eg overheen getrokken hebt, moet je meteen zeggen: we hebben nou wel weer lang genoeg zitten bomen, vooruit, we gaan weer aan 't werk, d'r is zat te doen.'

Na zo'n lange toespraak zweeg mijn vader even en voegde er vervolgens aan toe: 'Wie had nou ooit kunnen denken dat ik me nog eens af zou tobben om een ander aan het werk te houden? Ik heb er nooit zo bij stilgestaan, maar als je 't goed bekijkt verzin jij werk voor een ander of verzint een ander werk voor jou. Stapelt het werk zich op, dan zit je goed als je verzinnen moet, is er weinig werk dan kun je beter aan de andere kant van de streep zitten. Maar je kunt altijd tegen iemand zeggen: waarom heb je dit met de Franse slag gedaan? Zou je 't niet eens heel nauwgezet en heel rustig overdoen?'

En na enkele ogenblikken zei mijn vader dan: 'Kijk, en weet je wat nou zo prettig is? Ginus doet alles zonder morren over. Die man klaagt nooit, het enige wat hem, behalve dan z'n dochter die niet deugen wil – en dat ligt heel gevoelig hoor, laatst zei ik hem toen hij weer over haar aan 't tobben was, om 'm een hart onder de riem te steken: ach, hoe ruwer de big, hoe gladder het varken. Toen trok hij zijn wenkbrauwen zo hoog op dat ze de klep van z'n pet raakten – waar had ik 't ook weer over, o, ja, het enige wat hem dwarszit is het feit dat hij niet heeft mogen doorleren. Als je daar nou de rest van je leven over loopt te mokken en er daardoor doodgewoon niet meer aan toekomt om ooit verder ergens anders de pest over in te hebben, hebbie 't toch goed getroffen, waar of niet... Ja, die dochter, daar hebben ze flink wat mee te stellen... maar wat ik zeggen wou, en liegen niet, vandaag of morgen zullen ze, als ze erachter komen dat ik een moordknul heb rondlopen, toch wel weer eens beginnen over de verhuizing van dat rooms kerkhofje...'

Dat kerkhof was inmiddels geheel ingebouwd tussen de galerijflats. Vlak bij dat kerkhof werd bovendien de eerste steen gelegd voor een echte moderne, achthoekige preekschuur die mettertijd onze bouwvallige Zuiderkerk zou vervangen. Het leek er derhalve op dat de tijd drong. Niettemin hoorden wij niets meer over de verhuizing van het roomse kerkhof en mijn vader zei keer op keer verbaasd: 'Ik krijg telkens Alers op 't graf, maar hij laat niks meer uit z'n mond vallen over die kattelieken... zouden ze al een andere oplossing hebben? Het zal toch niet waar zijn?'

16

Hoewel mijn vader bijna dagelijks over zijn compagnon vertelde, kreeg ik bijna nooit iets te horen over Machteld. Ook zag ik haar zelden op straat. Bij dominee Hindervoet volgde ik bovendien, nu ik dankzij een ander lesrooster op maandag vroeg thuis was, weer gewoon de jongenscatechisatie.

Het verbaasde mij en stelde mij teleur dat ik van haar, terwijl ze nota bene achter ons woonde, hoogstens eenmaal per maand een glimp opving in de woonkamer. Anders dan haar moeder, die daar regelmatig wasgoed ophing, vertoonde ze zich nooit op het plaatsje. En de hond kwam ik, als ik een Hoofdje pikte, vaak moederziel alleen tegen op een aanlegsteiger van de veerboot. Dan rende hij altijd hevig kwispelstaartend op mij af en kuierden we samen terug naar een van de smalle dijktrappen.

En waar ik ook kerkte, of het nu was in de Jabbokkerk, dan wel in de Zuiderkerk, waarvan de laatste ruitjes systematisch door heidenen werden stukgegooid, nooit zag ik haar tussen de opgeschoten jeugd zitten die de gaanderijen bevolkte. Haar vader en moeder zaten altijd in het middenschip van de Zuiderkerk, maar blijkbaar zagen ze er geen kans toe hun dochter naar een dienst te dirigeren.

Op een zonnige najaarszondag, die evengoed een voorjaarszondag had kunnen zijn, fietste ik door de Wagenstraat. Waarom? Wat deed ik daar op die zondagmiddag? Zelfs door de week fietste ik daar zelden, laat staan op zondagmiddag als het tijd werd om ter kerke te gaan. Niettemin reed ik daar en de herinnering eraan is zo sterk dat het wel lijkt alsof ik de witte wolkjes die onstuimig de najaarshemel bezeilden alsnog uit de lucht kan plukken. Komt dat verbazingwekkende uur uit mijn leven weer terug in mijn herinnering – en het komt, vlak voor het slapen gaan, regelmatig terug terwijl ik langzaam wegdommel – dan ben ik er iedere keer verbaasd over dat ik mij één zo'n uur zo verbluffend scherp herinner terwijl de rest van die najaarsdag, van die week, van die maand volledig weggezonken blijkt.

Soms vraag ik mij af: heb ik het echt beleefd? Of heb ik het gedroomd? Het komt immers altijd terug wanneer ik insluimer. Ik reed daar, keek op naar de hemel, zag de snelle wolkjes, zag de rimpelingen in het water van de vliet, zag de schittering van het gouden najaarszonlicht op het wateroppervlak, zag hoe de grote bladeren van de kastanjes omlaagdwarrelden, voelde de nog warme zon op mijn oogleden en bereikte de voet van de dijkopgang, die daar Wedde heette.

Daar stond ik toen stil. Waarom? Nooit stond ik ergens stil. Aan het roestige en inmiddels allang verdwenen hekje dat de Wedde afgrensde van de vliet daarachter, hield ik mij vast. Terwijl ik mij daar, zittend op mijn fiets en mij vastklampend aan het koude ijzer, overeind hield op mijn zadel, en al die verkleurde gele, bruine bladeren aanschouwde die op het punt stonden om te vallen, en op de dijkhelling het fletse paars ontwaarde van koekoeksbloemen die maar niet uitgebloeid raakten, zag ik haar op de dijk aankomen. Haar gezicht was dieprood. Ze droeg een zonnebril. Wat was dat eigenaardig! Bijna niemand droeg toentertijd een zonnebril. En zeker niet zo'n meisje als zij, dat net als ik van eenvoudige komaf was en nog in een onbewoonbaar verklaarde woning op het Stronikaadje had gewoond. Het leek ondenkbaar dat ze ooit zo'n bril had kunnen aanschaffen. Dus had ze hem gekregen.

Ze kwam woest trappend aanrijden over de Noorddijk. Het leek of ze rechtuit zou gaan, richting Zuiddijk, en de Wedde in een oogwenk zou passeren. Boven aan de Wedde trapte ze echter opeens, alsof ze zich had bedacht, op haar rem en met een luid geknars en gepiep kwam ze tot stilstand.

Ze had geen jasje aan, ofschoon het niet zo warm meer was. Ze droeg alleen maar een groene jurk, met gouden cirkels erop. Nu zou ik zo'n jurk, zo'n lange, lijzige jurk, met een nauw bovenlijfje en een gerende rok, zo'n jurk die door een zwarte plastic ceintuur in tweeën werd gedeeld, verafschuwen, maar toen... In het gouden najaarszonlicht gloeiden de cirkels oogverblindend. Ze schitterden en blonken zo heftig dat je welhaast een zonnebril op moest hebben om ze goed te kunnen aanschouwen.

Ze was tot stilstand gekomen boven aan de dijk, boven aan de

Wedde. Ze verplaatste het voorwiel van haar fiets. In de najaarslucht klonk plotseling, eerst nog aarzelend, maar allengs kordater, het luiden van de kerkklokken van de hervormde en de gereformeerde bedehuizen.

Blijkbaar had ze op het laatste moment besloten om niet rechtdoor te rijden, maar via de Wedde af te dalen. Toen zag ze mij staan. Tenminste: ik neem aan dat ze mij zag staan. Omdat ze een zonnebril droeg, kon ik niet vaststellen of ze naar me keek. Hoe het ook zij: ze aarzelde even, en uit die aarzeling maakte ik op dat ze mij waarnam.

Desondanks daalde ze af. Ik zie haar komen in dat gouden najaarslicht. De stevige bries bolt de wijde rok van haar jurk op. Met één hand probeert ze die bolling in bedwang te houden en dat lukt haar vrij aardig, en ik sta daar, en ik zie haar voorbijkomen en ik kan maar niet begrijpen waarom ik daar zo ontdaan over ben.

Onder aan de Wedde buigt ze opeens, achter mij langs, naar links af. Ze rijdt weg over het smalle paadje op de trekkade, ze rijdt, kortom, onderlangs de dijk terug in de richting vanwaar ze gekomen is, en ik sta daar, hevig bevend, hevig transpirerend, en ik beklim vervolgens te voet, met mijn fiets aan de hand, de Wedde. Boven gekomen spring ik op mijn fiets en rijd ik in dezelfde richting. Ik houd flink afstand, maar dat is nauwelijks nodig, want zolang ik haar volg – ik boven, zij ver voor mij uit beneden – kijkt ze niet eenmaal om. Ze trapt als een coureur die een tijdrit wil winnen. Ze passeert de kleine, witte dijkhuisjes en komt ten slotte tot stilstand bij een grote boerenhoeve die met nieuw gebouwde schuren en een splinternieuw, helderrood pannendak protserig ligt te glanzen in de najaarszon. Over de oprijlaan nadert een jongeman van een jaar of twintig. Hij krijgt enige woorden toegeslingerd die ik, hoog boven op de dijk, niet verstaan kan. Hij roept iets terug, en zij schreeuwt, en hij schreeuwt, en beiden gebaren heel heftig alsof ook zij die snelle, witte wolkjes uit de lucht willen plukken. Hoe hard ze daarbij ook schreeuwen: de afstand is helaas te groot, ik kan hen niet verstaan. En terwijl ze maar schreeuwen, komt er een hond aanrennen, die hevig begint te blaffen. Even later is er al een tweede hond, eveneens wild blaffend, en ik hoor een paard hinniken, een haan kraaien, een varken knorren.

En toen? Is ze toen teruggefietst? En wat heb ik gedaan? Waarom weet ik dat niet meer? Waarom is het vervolg uitgewist? Wind, zon, een groene jurk met gouden cirkels, vlammende wangen, een zonnebril – even, heel even een glimp van echt gebeuren.

17

Het gebeurde in datzelfde najaar. Elders in de wereld viel het strijklicht van de zon op gouden koepels. Bij ons viel het op de grauwe balustrades die het dak van de Jabbokkerk sierden. Wij zaten op een zondagmorgen in die kerk en de vertrouwde kraakstem van de nestor van onze predikanten, dominee Baarvink, las voor:

> 'Geliefden in den Here. De kerkenraad is in de droeve noodzakelijkheid aan de gemeente mede te delen, dat een broeder der gemeente zich heeft schuldig gemaakt aan de loochening van de enige offerande van Christus en dat hij, in weerwil van vele ernstige vermaningen, geen blijken van ware boetvaardigheid heeft gegeven, zodat de kerkenraad hem heeft moeten afhouden van de gemeenschap aan de tafel des Heren. Nochtans heeft dit niet mogen leiden tot bekering en zijn ook de voortgaande vermaningen vruchteloos gebleken. Daarom ziet de kerkenraad tot zijn diepe droefheid zich verplicht met deze broeder verder te handelen, en, zo hij volhardt in zijn zonde, tot de afsnijding voort te varen. Thans voor de eerste maal hiervan mededeling doende, wekt hij u met de meeste ernst op, voor hem gedurig te bidden, of het den Here behagen mocht, hem te brengen tot bekering.'

Het galmde dreigend over de reusachtige bossen gladiolen die de avondmaalstafel opluisterden. Dadelijk na de kerkdienst werd in alle gereformeerd synodale huiskamers bij de broze gereformeerd synodale krakelingen en de slappe gereformeerd synodale koffie, slechts één vraag gesteld: Wie? Uiteraard volgde daarop dadelijk een tweede vraag: Met wie? Ofschoon dominee Baarvink had voorgelezen dat de vooralsnog onbekende broeder de enige offerande van Christus loochende, was er geen kerkganger die daaruit iets anders had opgemaakt dan dat de zondaar het zevende gebod had overtreden. In het verleden hadden vermaningen immers ook altijd overtreders van het zevende gebod gegolden. Bovendien: overspel was de enige echte zonde. De vorige keer, jaren daarvoor overigens, dat die eerste vermaning uit formulier vijf achter uit ons psalmboekje was voorgelezen betrof het de vrouw van schillenboer Schemerdink. Op een maandagmorgen was zij, terwijl toch het wasgoed haar riep, aangetroffen onder de keukentafel. In een innige omstrengeling met een roomse scharensliep! Uiteraard was ook toen, bij die eerste vermaning, niet de naam genoemd van de zuster die met een katholieke messenslijper 'de enige offerande van Christus had geloochend', maar dadelijk na de morgendienst was haar naam over vele tongen gegaan.

Zelden kwam het tot een tweede vermaning. Na de eerste, anonieme vermaning bekeerde de zondaar zich. Of onttrok hij zich aan de gemeenschap der kerk, aldus zichzelf vrijwarend van de 'voortvarende afsnijding'. Bij vrouw Schemerdink was het indertijd wel tot een tweede vermaning gekomen. Direct daarna had ze haar scharensliep de bons gegeven. Daarom was de kerkenraad toen niet verder 'voortgevaren tot afsnijding'.

Wie had nu ooit kunnen denken dat die vooralsnog anonieme vermaning niemand anders gold dan Gilkinus van Diepenburch. Mijn vader wist het al op maandag, hield het – hoogst ongebruikelijk in zijn geval, want hij had het hart op de tong – voor zich tot donderdag. Toen wisten alle gereformeerden dat Ginus de overtreder was en hoefde hij zijn mond niet meer te houden.

Mijn vader wist het zo snel omdat hij het op maandagmorgen, even na half acht, in het baarhuisje van Ginus zelf vernam.

'Heb je gisteren die vermaning horen voorlezen? vroeg Ginus.

'Nou en of,' zei mijn vader.

'Weet je wie dominee Baarvink op 't oog had?'

'Broeder Knevelaar denk ik. Onderlaatst hoorde ik dat hij op de Kippenbrug liep te flikflooien met dat mokkeltje van Oosterlee. Ja, ik houd het erop dat het Knevelaar is, die heeft al eerder naast de pot gepiest. Toen heeft hij het nog kunnen verhinderen dat ze 'm vanaf de kansel bij z'n lurven grepen.'

'Nee, het is Knevelaar niet.'

'Hoe weet je dat zo zeker?'

'Omdat ik het ben.'

'Jij? Wat heb ik nou aan mijn fiets hangen? Jij? Met wie heb jij dan geflik... hier soms? Hier in de kapel? Het zal toch niet waar zijn. Of hier in het baarhuisje? Of in het lijkenhuisje?'

'Nee, nee, je zit er helemaal naast, dat soort dingen... '

'...ligt helemaal niet in jouw lijn, maar dan ook totaal niet, maar wat... maar wat...'

'Baarvink heeft duidelijk voorgelezen wat eraan schort.'

'Je hebt de enige offerande van Christus geloochend. Daarmee werd, zover ik weet, altijd bedoeld dat de een of andere broeder of zuster naast de pot had gepiest.'

'In dit geval niet, in dit geval moet je 't letterlijk nemen.'

'Letterlijk nemen?'

'Ja. Van de zomer hadden we ouderlingenbezoek. We zitten gezellig met de twee broeders te keuvelen, m'n Blijleventje en ik, echt, heel gezellig, niks aan de hand, nou ja, niks... m'n dochter was uitgebreid ter sprake geweest... waarom ze haar nooit in de kerk zagen... en ze hadden ook een en ander van Hindervoet gehoord... 't schijnt dat ze bij catechisatie op de vraag "Wat nut u dat gij dit alles gelooft?" gezegd heeft: "Geen barst"...maar goed, dat was allemaal al achter de rug, 't was inmiddels knap gezellig geworden, ik had al een borreltje voor de broeders ingeschonken... zeg ik zo tussen neus en lippen door tegen broeder Scharloo: "Een maand geleden werd ik midden in de nacht wakker, en ik peins een heel eind weg, en opeens schiet me, terwijl ik over m'n dochter lig te tobben, het onzevader te binnen. Denk ik: vreemd eigenlijk dat Jezus zegt: "Vergeef ons onze schulden, gelijk ook wij vergeven onze schuldenaren", want God vergeeft ons – zo wordt ons geleerd – dankzij het feit dat het dierbaar bloed van onze Here Jezus Christus aan het kruis is vergoten tot een volkomen verzoening van al onze zonden.'

'Een dominee zou 't niet beter kunnen zeggen,' zei mijn vader.

'Ja, maar wij vergieten het bloed van onze kinderen toch niet om de zonden van onze schuldenaren te vergeven.'

'Zeg dat nog eens,' zei mijn vader.

'Ik bedoel, zeg ik tegen Scharloo, dat woordje "gelijk" is zo eigenaardig. God vergeeft ons gelijk wij vergeven. Gelijk wij moeten vergeven. Maar wij vergeven niet via een omweg van bloed en kruis.'

'Nou, nou, hoe heb je dat nou in je hoofd gehaald,' zei mijn vader.

'Ik kwam er, denk ik, op door m'n dochter. Zo'n meisje... ach, je denkt van alles, dus je denkt ook wel eens, diep in de nacht, als je om drie uur klaarwakker bent en de somberste, zwartste, akeligste hersenspinsels uit je binnenste opborrelen, ik wou maar... ik zou... ik wou, God mag me vergeven, zoals ik vergeven wil... als ze er niet meer zou zijn, zou dat wel een hele opluchting... ach, 't is vreselijk dat je zulke dingen denkt, dat je het dierbaarste wat je hebt zou willen opofferen... begrijp je... offeren, maar je offert je kinderen nooit op. Onze schuldenaren bekomen geen vergeving doordat wij onze kinderen aan een kruis laten nagelen, al heb je dankzij je kinderen soms een zwaar kruis te dragen, maar God vergeeft – Jezus zegt het glashelder – zoals wij moeten vergeven. Dus ons vergeven is als Gods vergeven. Het staat ook duidelijk in Marcus 11 vers 25: "En wanneer gij staat te bidden, vergeeft wat gij tegen iemand mocht hebben, opdat ook uw Vader in de hemelen uw overtredingen vergeve." '

'Ik sta perplex,' zei mijn vader.

'Als Jezus,' ging Ginus onverstoorbaar verder, 'z'n discipelen het onzevader heeft geleerd, zegt hij: "Want indien gij de mensen hun overtredingen vergeeft, zal uw hemelse vader ook u vergeven; maar indien gij de mensen niet vergeeft, zal ook uw Vader uw overtredingen niet vergeven." Vergeving vanwege kruisdood en zoenbloed? Welnee. Als wij vergeven, vergeeft Hij, anders niet. En toen ik dat had liggen bedenken, bedacht ik nog iets anders. God is almachtig.'

'Wat je zegt,' zei mijn vader.

'God kan alles, maar dan ook alles.'

'Wie zou daaraan durven twijfelen.'

'Precies, maar als hij alles kan, écht alles, kan hij ook vergeven.'

'Maar d'r is toch geen dominee die zegt dat dat niet zo is?'

'Nee, maar ze zeggen allemaal dat Hij ons vergeeft vanwege de kruisdood van onze Zaligmaker. Maar als God alles kan, echt alles, kan Hij ons ook rechtstreeks vergeven, dan is daar helemaal geen kruisiging en zoenbloed voor nodig.'

'Natuurlijk,' zei mijn vader, 'als Hij dat zou willen, kan God rechtstreeks vergeven. Blijkbaar wil hij dat niet. Blijkbaar vergeeft Hij alleen dankzij het borgtochtelijk lijden van onze Heiland.'

'Ja, da's ons van kindsbeen af aan geleerd, maar Jezus zegt kristalhelder: God vergeeft gelijk wij vergeven. Niks offerande, niks kruisdood, niks lijden. Je denkt nog, zo 's nachts, dat je d'r helemaal naast moet zitten, want in de kerk wordt al eeuwenlang gepreekt dat 't enkel en allenig maar Jezus' verzoenend sterven is dat de zonden der wereld wegneemt...'

'Stop nou even, raas nou niet zo door,' riep mijn vader.

'...maar als je dan de volgende dag, nadat je een hele nacht hebt liggen woelen, met trillende handen de Schrift zomaar ergens openslaat lees je – het kan niet toevallig zijn dat ik de Bijbel juist daar opensloeg, de Heere zelf leidde mijn vingers – psalm 51: "Delg al mijn ongerechtigheden uit." Via het offer van Jezus aan 't kruis? O, nee, helemaal niet, want even verderop staat: "Want Gij hebt geen behagen in slachtoffers, dat ik die brengen zou, aan brandoffers hebt Gij geen welgevallen." Die hele psalm gaat over de vergeving der zonden – "delg mijn overtredingen uit naar uw grote barmhartigheid" – maar nergens is sprake van schuldvergeving dankzij Jezus' offerande. Integendeel: d'r staat dat God geen behagen heeft in offerandes. Ik heb het hele Oude Testament doorgelezen, da's trouwens nog een hele klus, dat kan ik je wel zeggen, en ik heb alle teksten aangestreept waarin sprake is van vergeving, zo'n zestig, zeventig teksten, maar nergens, echt helemaal nergens lees je dat God zal vergeven na het offer van zijn Zoon.'

'Allicht niet, Zijn zoon was toen nog helemaal niet gekomen.'

'Ben ik met je eens, ben ik helemaal met je eens, maar is het dan niet reuzevreemd dat God onder de Oude Bedeling blijkbaar wel rechtstreeks kon vergeven – denk maar eens aan psalm 32: "Ik zei: ik zal de Heere mijn overtredingen belijden, en Gij vergeeft de schuld mijner zonden, sela" – en onder de Nieuwe Bedeling opeens alleen maar via die omweg van Jezus' kruisdood? Is Hij opeens het vermogen om rechtstreeks te vergeven kwijtgeraakt? Moest hij toen zijn zoon wel sturen? Dat gelooft toch niemand. Een almachtige God kan vergeven, kan soeverein en rechtstreeks vergeven en daarom heeft Hij geen behagen in slachtoffers.'

'Sjonge, jonge, wat jij opeens in je hoofd hebt gehaald,' zei mijn vader.

'Ja, en ik kan 't je nog sterker vertellen: ik heb de vier evangeliën uit zitten spellen, maar ik heb daarin nergens, nergens, maar dan ook helemaal nergens kunnen vinden dat Jezus zelf duidelijk zegt dat hij gekomen is om via zijn kruisdood de zonden der wereld weg te nemen.'

'Ho, ho,' zei mijn vader, 'wacht even, en Johannes 3 dan: "Want alzo lief heeft God de wereld gehad..." '

'Daar staat alleen maar: "God heeft zijn zoon gegeven opdat ieder die in hem gelooft niet verloren ga." Daar staat geen woord over 't borgtochtelijk lijden, geen woord. Het kruis en het bloed en de offerande worden niet genoemd.'

'Nee, maar Jezus zegt vaak dat hij moet lijden.'

'Vanwege onze zonden? Nou, lees jij er de evangeliën nog maar eens op na. Nergens zegt hij rechtuit dat hij mettertijd aan 't kruis moet om de zonden der wereld weg te nemen. Die kruisdood als offer voor onze zonden komt van de apostel Paulus, van een doodgewoon sterfelijk mens, net als jij en ik. Nergens komt dat verhaal van Jezus, van de zoon van God zelf, integendeel, in Mattheus achttien zegt Jezus dat het Koninkrijk der hemelen te vergelijken is met een koning die afrekening wilde houden met zijn slaven. Een van die slaven kan zijn schuld niet betalen en de koning scheldt hem zijn schuld kwijt.'

'Ja, en dan gaat die slaaf weg en komt iemand tegen die hem nog honderd schelling schuldig was,' zei mijn vader.

'Precies, en die slaaf grijpt 'm bij de keel en wil hem dwingen te betalen. Terwijl hij nota bene net zelf door de koning begenadigd... nou ja, je weet best wat er daarna gebeurt, je kent de Schrift net zo goed als ik, de koning laat z'n slaaf weer komen en zegt: waarom heb jij geen medelijden getoond terwijl ik jou wel medelijden toonde?'

'Ja,' zei mijn vader, 'en dan geeft de koning de slaaf over in de handen der folteraars.'

'En weet je wat Jezus aan het slot zegt: "Zo zal ook mijn Hemelse vader u doen, indien gij niet, een ieder zijn broeder, van harte vergeeft." Met andere woorden: als wij onze broeders vergeven, vergeeft God ons. Zijn vergeven ligt in het verlengde van ons vergeven. Niks kruisdood, niks zoenbloed.'

'Ik geloof d'r geen barst van,' zei mijn vader, 'ik weet nou zo gauw geen tekst te noemen, maar d'r schiet er mij vast nog wel een te binnen, wacht maar, de dag is nog jong.'

'Ik ben benieuwd. Ook Scharloo begon allerlei teksten als granaten op me af te vuren, maar d'r was d'r niet eentje bij... want zo eentje staat er nergens. En al stond er eentje, Jezus zegt: "God vergeeft, zoals wij vergeven." Kan het duidelijker?'

'Man, man, het is verschrikkelijk... dat dat opeens in je hoofd is geschoten. Je bent zwaar ziek.'

'Zwaar ziek? Weet je wat er in die psalm 51 staat die de Here zelf na die nacht voor mij opsloeg: "Dan zal ik overtreders uw wegen leren, opdat zondaars zich tot U bekeren." Dus de Here zelf wil dat ik aan iedereen vertel dat Hij vergeeft zoals wij vergeven. Niks kruisdood.'

'Waarom is Jezus dan aan het kruis gestorven?'

'Om ons, als wij lijden, te doen weten: hij heeft erger geleden. Hij leed om ons een hart onder de riem te steken.'

'En dat heb jij die avond allemaal tegen de ouderlingen gezegd?'

'Ja, en we hebben daar verder de hele avond tot ver na twaalven over zitten bomen. Tegen tweeën zei Scharloo dat hij tot z'n grote spijt aan de kerkenraad zou moeten rapporteren dat ik niet meer geloofde dat Jezus voor onze zonden is gestorven en drie dagen later stond middenscheiding bij ons op de stoep en daar heb ik toen ook een hele avond driftig mee zitten bomen. Niet dat we echt ruzie kregen, want kijk, al heeft hij dan van die enge, diepliggende ogen – 't is net als je hem aankijkt of je een donker tunneltje in kijkt waar aan 't eind een poes zit – en zulk raar haar – 't wordt gewoon niet goed onder de schaar gehouden – 't is toch een reuzevriendelijke man, maar hij kon uit de evangeliën echt geen tekst te voorschijn toveren waarmee hij me ervan kon overtuigen dat Jezus zelf ooit met zoveel woorden gezegd heeft...'

'Ik weet er een,' riep mijn vader, 'Mattheus 20 vers 28.'

'Ja, daar kwam Hindervoet ook mee: "de Zoon des Mensen is gekomen om zijn leven te geven als losprijs voor velen".'

'Nou,' zei mijn vader, 'daar staat 't toch?'

'O, ja? Lees jij in die tekst iets over vergeving der zonden via de kruisdood?'

'Nee, maar d'r staat wel: hij geeft zijn leven als losprijs.'

'Dat kan nog van alles betekenen. En in ieder geval staat daar niet ronduit dat hij zijn leven gaf als offer om daarmee te bewerkstelligen dat God ons onze zonden vergeeft.'

'Ja, maar als je zo precies bent...'

'Zo precies moet je zijn. Al die teksten waarin er zo heel vaag op wordt gezinspeeld dat het lam Gods de zonden der wereld wegneemt...'

'Nou, warempel, nou noem je er zelf een, Johannes 1 vers 20.'

'Zegt Jezus zelf dat?'

'Nee, dat zegt Johannes de Doper, maar...'

'En is in die tekst sprake van kruisdood, en zoenbloed, en offerande?'

'Nee, maar...'

'Hoor nou eens, waarom denk jij dat die tekst betekent dat Jezus via zijn kruisdood onze zonden wegnam? Omdat jij van kindsbeen af nooit wat anders gehoord hebt. Jij hoort in al die teksten het hele verhaal over de kruisdood doorklinken. Maar d'r staat in feite niks anders dan: zie het lam Gods dat de zonden der wereld wegneemt, en dat kun je ook heel goed zo lezen dat dat lam Gods die zonden wegneemt doordat hij er ons met nadruk op wijst dat God ons vergeeft als wij onze schuldenaren vergeven.'

'Als je zo begint, dan...'

'Zo moet je beginnen. Goed lezen. Precies kijken wat er staat. Niet lezen met die kruisbril op.'

'Kruisbril? Heb je dat ook tegen Hindervoet gezegd?'

'Ja, natuurlijk. En tegen Baarvink.'

'Tegen Baarvink?'

'Ja, na Hindervoet kreeg ik al een paar dagen later dominee Baarvink over de vloer. Die kwam ook aanzetten met die tekst uit Johannes 1. Alsof er in die paar woorden ook maar in de verte sprake is van schuldvergeving via Jezus' verzoenend sterven. En bovendien: het is niet Jezus zelf die 't zegt, het is Johannes. Nee, zei ik tegen Baarvink, Jezus zelf heeft nooit met zoveel woorden gezegd dat hij... goh, daar had je bij moeten zijn, Baarvink... wilde helemaal niet naar me luisteren... zat alleen maar op me in te hakken... alsof ik een oliedom schoolkind was dat het allemaal nog niet goed begrepen had... en streng... en steeds feller... en dreigen... wou helemaal niet ingaan op wat ik naar voren bracht.'

'Ja, het is nogal een baas,' zei mijn vader.

'Nou! Behandelt je als oud vuil! Natuurlijk: hij heeft ervoor doorgeleerd, maar daarom hoeft hij me nog niet te behandelen als een... als een stomme eendvogel. Zat alleen maar te grauwen tegen me, zegt nota bene tegen me: je had vroeger op catechisatie beter op moeten letten, dat zegt hij tegen mij, terwijl ik het hele Kort Begrip nog steeds uit m'n hoofd kan opzeggen, en de Heidelbergse Catechismus erbij, en als je me kwaad maakt, ook de Dordtse leerregels nog. Al heb ik dan niet doorgeleerd, ik ben toch niet achterlijk? Jezus zelf had toch ook niet doorgeleerd? Ik ben niks stommer dan zo'n dominee, ik had ook best kunnen doorleren. Het enige verschil is dat hij weet wat er in 't Hebreeuws en 't Grieks staat, dus ik zei tegen hem: staat er dan in 't Grieks in het onzevader dat Jezus zegt dat God ons vergeeft dankzij zijn verzoenend sterven, maar hij gaf daar helemaal geen antwoord op... zat alleen maar tegen me te praten alsof hij met een kaffer te maken had.'

'En heb je toen al te horen gekregen dat je zou worden voorgelezen?' vroeg mijn vader.

'Nee, toen nog niet, de week daarop kwam Scharloo en die zei dat ik... die zei dat ze d'r in de kerkenraadsvergadering over gepraat hadden en dat ik, als ik zo bleef denken, eerst van het Heilig Avondmaal geweerd zou worden, en dat ik, als ik me dan nog niet bekeerde, vanaf de kansel vermaand zou worden en dat dat eventueel nog tweemaal herhaald zou worden, en dat ik, als ik dan nog steeds volhardde in mijn zonde, via de ban van de gemeente zou worden afgesneden.'

'Nou, zo'n vaart zal 't heus niet lopen,' zei mijn vader sussend, 'je hebt niks verkeerd gedaan, je hebt je alleen maar iets in je hoofd gezet dat er makkelijk zat, misschien helemaal vanzelf, ook wel weer uit opsodommietert.'

'Ik ben benieuwd. Ze doen maar. Ik ben d'r helemaal klaar voor. Ze zullen nog lelijk van de bok dromen. Als ze denken dat ze, omdat ze doorgeleerd hebben, mij kunnen vloeren, moeten ze dat vooral doen. Maar laten ze dan wel eerst psalm 32 lezen. Want daar staat: "Gij vergaaft de schuld mijner zonden." Zomaar, rechtstreeks, zonder zoenbloed. Laat dat maar eens tot hen doordringen, die doorleerhufters. Weet je wat het is met die lui? Die twijfelen aan de almacht van God. Die denken dat God niet mans genoeg is om ons rechtstreeks te vergeven. Die denken dat God daarvoor eerst z'n Zoon aan het kruis moet zien lijden.'

‘En toen,’ zei mijn vader, die het hele verhaal aan het einde van die donderdagmiddag vertelde, ‘en toen zat Ginus een hele tijd met z’n hoofd tussen z’n handen op de kinderbaar heen en weer te wiegen. Ik zei ook maar niks, al schoten me best nog wel enkele bijbelteksten te binnen die hem misschien op andere gedachten hadden kunnen brengen, maar dat komt nog wel, het heeft de tijd. Hij zat daar maar en opeens keek hij naar me en hij zei: “Weet je wat ik nooit zou kunnen vergeven? Als iemand m’n dochter ook maar een haar zou krenken. Dat zou ik nooit kunnen vergeven.” ’

18

Op een donkere, grauwe dag in november kwam mijn vader te vroeg thuis. Hij zong niet toen hij zijn fiets tegen de regenpijp zette. Zodra hij binnen was en naar zijn zware Van Nelle tastte, zei hij: 'Ik stond er vandaag helemaal alleen voor. Ginus had een snipperdag. Ik moest vanmorgen een graf graven in perk c, vak e, een derdeklas huurgraf, vlak langs de spoorsloot. Voor ik de eerste spa in de grond kon steken, komt er zo'n rooie baanwerker, die aan de andere kant van de sloot met een hamer tegen de rails begint te tikken. Ik loop naar de sloot toe en zeg tegen hem: "Heb je gehoord van die glazenwasser in Rotterdam?" "Nee," zegt hij. "Nou," zeg ik, "die hing de ramen te lappen, veertig hoog, maar z'n tuigje begeeft het. Hij valt op straat, de mensen komen aanrennen, een mevrouw vraagt: 'Glazenwasser, wat is hier aan de hand?' 'Dat weet ik niet,' zegt hij, 'ik lig hier ook nog maar net.' " Die spoorman had de schoonste lol, en wij gaan allebei aan 't werk. Terwijl ik bezig ben, hoor ik hem steeds fluiten, ik was net aan m'n derde plank toe, hoor ik daar een klap en een enorm gepiep van remmen, ik klim meteen uit dat graf en zie een trein staan. Ik spring over de sloot, klim tegen de spoorbaan op en ik zie daar die baanwerker liggen. Dacht ik eerst nog even dat hij de boel lag te flessen, gek hoor, maar hij zag er helemaal niet dood uit, hij lag daar keurig netjes tussen de rails, z'n arm half over zijn hoofd. D'r was niks aan hem te zien, d'r was geen bloed, geen verwonding, echt niks, hij had gewoon een kolossale oplawaai gekregen van die trein. Het is gek, maar daar kun je dan toch niet tegen. Uit de trein komt de machinist, bleker dan 't bleekste lijk wat ik ooit in m'n lijkenhuisje gehad heb. Hij zegt: "Ik kwam de bocht om en hij stond midden tussen de rails, ik kon hem echt niet meer ontwijken." Dat zei hij, ontwijken, alsof je met een rijdende trein ooit iets zou kunnen ontwijken. Enfin, hij was nergens meer, die man, hij ging versuft naast de bielzen zitten, terwijl ik, samen met de conducteur, die spoorman netjes naast de rails heb getild. De hele dag heb ik eraan moeten denken dat 't laatste wat hij in zijn leven gehoord heeft dat verhaal over de glazenwasser was. Alsof ik 't voelde aankomen! En ik kom tussen de middag op de gemeentesecretarie, en van wie denk je dat ik een begrafenisbriefje krijg? Van die spoorman. Eind van de week wordt hij begraven, en weet je waar? Derdeklas huurgraf. Dus hij komt boven op vrouw Spanjersberg, voor wie ik vanmorgen stond te graven, hij komt in 't graf waar ik vanmorgen half mee klaar was toen hij door die trein gegrepen werd. Vind je dat nou niet sterk, dat je daar een graf staat te graven voor iemand die tien meter verderop fluitend aan 't werk is, je zou 't allemaal netjes op kunnen schrijven en zo achter in de bijbel kunnen zetten, mens, denk er toch om, je kwinkeleert als een spotvogeltje, je denkt dat je heel wat mans bent, maar kijk eens opzij: aan je graf wordt gewerkt!'

Mijn vader nam er de tijd voor om zijn sigaretje te rollen, rookte een poosje zonder iets te zeggen, mompelde toen: 'Ja, ja, aan je graf wordt gewerkt,' en zei vervolgens: 'En zodoende had ik de hele dag door aanloop. Aan het einde van de middag kwam zelfs meneer Kloet het graf op. Wou ook even op de spoorbaan kijken. Was ik wel gedwongen om een grafplank over de sloot te leggen, want ja... de directeur... springen, dat gaat natuurlijk niet. Hij het spoor op, en er weer af, en hij zegt: "Ik zie helemaal nergens bloed," en ik zeg: "Nee, d'r was ook helemaal geen bloed, hij had gewoon een enorme oplawaai gekregen. Hij schijnt aan de inwendige kneuzingen gestorven te zijn."

"Het zal je flink hebben aangepakt," zegt hij heel vertrouwelijk, dus ik meteen op m'n qui-vive, want als de hoge heren met je te doen hebben, is het oppassen geblazen. Enfin, hij op diezelfde toon verder: "Hoe gaat het met je compagnon? Ben je d'r tevreden over?"

"Het is een jongen van goud," zeg ik, "van puur goud, je kunt alles aan hem overlaten, ik ben reuzeblij dat hij juist vandaag een snipperdag heeft, want dat ongeluk... hij was indertijd helemaal van streek toen bij Key & Kramer drie van z'n maatjes omkwamen... ja, het is een jongen van goud, het is verrekte jammer dat er ergens in z'n hersenpan een draadje los is geschoten waardoor hij opeens is gaan denken dat de Here Christus..."

"Ja, daar heb ik een en ander over gehoord, maar zolang hij zijn werk goed doet, is dat verder onze zaak niet. Dus je bent wel met 'm ingenomen?"

"Meer dan dat."

"Mooi zo. Dan mogen we aannemen dat jij zo af en toe ook wel eens een middagje weg kan?"

"Meneer Kloet," zeg ik, "ik weet waar u heen koerst, maar ik wil meteen maar zeggen: zonder dragline begin ik er niet aan."

"Je kunt hulp krijgen. We maken De l'Ecluse vrij. En Lagrauw."

"Daar noemt u twee sterren!"

"Pas nou op wat je over je collega's zegt. Ik heb die twee vaak genoeg aan het werk gezien."

"Ja, ik geloof best dat ze, als u op hun vingers staat te kijken, de indruk maken alsof er peper in hun kont gestrooid is. Maar hebt u ze ooit aan 't werk gezien zonder dat ze wisten dat u naar ze keek?"

"Hoor eens, als je ze strakke leiding geeft, is er niks aan de hand."

"Moet je er wel van minuut tot minuut met je neus bovenop staan, en dan nog... nee, ik begin er niet aan, niet met Gijs, niet met Theun, geef me een dragline en ik rijd er vanavond nog heen. Echt, met een flinke dragline is dat klusje piekfijn te klaren. Je schept netjes één heel graf op, met knekels en al, en je kiepert... nee, nou zie ik opeens voor me hoe je 't moet doen... je neemt twee draglines. En twee kleine vrachtwagentjes. Met dragline numero één schep je een heel graf op, met inhoud en al. Je kiepert de hele boel op 't vrachtwagentje. Met dragline numero twee graaf je tegelijkertijd op 't nieuwe kerkhof ook alvast een graf en 't zand daarvan kieper je op vrachtwagentje numero twee. Met vrachtwagentje één rijd je vervolgens naar 't nieuwe kerkhof en je kiepert dat oude graf met inhoud en al in 't gat van het nieuwe graf, terwijl je het zand wat je met dragline twee had weggeschept met je vrachtwagentje naar 't oude graf transporteert om daar 't gat te dichten. Ja, dat is de methode, zo moet je 't doen."

"Man, hou op, je draaft vreselijk door. Twee draglines. Twee vrachtwagentjes."

"Ik zie geen zwarigheden. Het is echt een prachtoplossing."

"O, ja, en hoe denk je dan met dat vrachtwagentje vol knekels ongezien tussen de flats door te rijden?"

“Die knekels, daar zie je niks van. D’r zit te allen tijde genoeg zand omheen om...”

“Nou willen we je zo ter wille zijn. Hebben we je een compagnon gegeven. Sterker: je hebt zelfs de man gekregen waar je zelf mee bent aangekomen. Wij hebben blind op jouw recommandatie vertrouwd. En nou willen we ook nog twee mannetjes vrijmaken om je te helpen dat kerkhof stilletjes te verhuizen en nou blijf je nog bokken.”

“Meneer Kloet, nou moet u eens goed luisteren. Ik doe m’n werk met plezier. Ik ga elke dag fluitend naar ’t graf. Het enige wat ik... nou goed, zo’n ongeluk als dat van vanmorgen gaat je niet in je koude kleren zitten, maar dat zou je overal kunnen overkomen... nee, het enige wat ik blind haat is ruimen. Omdat je nooit weet wat er te voorschijn komt. Omdat je van die vieze, rooie knekels opgraaft. Omdat die knekels mensonwaardig stinken, en de stank ervan gaat niet alleen in je kleren zitten. Als je je ’s avonds uitkleedt, stinkt zelfs je lijf. Omdat je om de een of andere reden altijd denkt dat je d’r wat van kunt krijgen als je al die menselijke resten bij elkaar moet rapen. Dat je af en toe moet ruimen...”

“Bij ons op ’t dorp noemden ze ’t vroeger altijd schudden.”

“Mij best: schudden dan, maar hoe het ook heet, het is een rotklus, en ik heb hier zelfs een keer m’n hele ziel naar buiten gehuild toen ik m’n oudste broer moest schud... moest ruimen, maar ’t hoort bij je werk dus je doet het. Maar een heel kerkhof ruimen, misschien wel een jaar, misschien wel twee jaar lang op allerlei middagen en vrije avonden... ik begin er niet aan, ik doe het niet, dat is verschrikkelijk, daar ga je onherroepelijk kapot aan. Twee draglines en twee vrachtwagentjes, en ik wil ’t overwegen, maar anders... ik doe ’t niet, echt niet, ik zit al steeds stiekemweg te studeren in van die personeelsblaadjes... dan kijk ik of ze ergens anders een grafmaker nodig hebben en ik wil u wel vertellen: zodra d’r ergens een grafmaker gevraagd wordt, solliciteer ik meteen, want ik ben dat gezeur over dat roomse kerkhof spuugzat.”

“Het valt me vreselijk van je tegen dat je zo onbuigzaam bent. Dat roomse kerkhof is particulier terrein. Daar staat de gemeente buiten, we hebben d’r niks mee van doen.”

“Gelukkig maar.”

"Ja, maar die nieuwe grond koopt de parochie van ons. En wij krijgen die oude grond retour. Daar komen misschien huizen op. Je kunt er niet mee volstaan om de stenen eraf te halen, dan krijg je later drama's. Bovendien wil meneer pastoor z'n dooien meenemen. Dat moet stilletjes en met heel veel zorg... nou ja, al die overledenen wil je toch ook niet voor het hoofd stoten, d'r is ook nog zoiets als piëteit..."

"En daarom denkt iedereen: d'r is bij de gemeente toch een grafmaker in dienst?"

"Precies."

"Ja, maar wie is er dan pakweg twee jaar de pineut? Wie mag 't vuile werk opknappen? Wie is zogezegd enorm de klos?"

"Je krijgt twee man om je te helpen. Misschien wel meer. Het gaat erom dat het min of meer onopgemerkt blijft... het zijn toch zaken waar het grauw aanstoot aan neemt... twee draglines... reken maar dat de kranten dan vol staan, dus dat kunnen we echt niet hebben. Nog los van de pastoor, die ook gruwt bij de gedachte dat je daar met een dragline de graven schudt. Waarbij dan nog komt dat 't met zo'n dragline helemaal niet gaat."

"O, jawel, dat gaat uit de kunst, daarmee zou je 't zo allemachtig netjes en snel kunnen regelen. Goed, twee is misschien wat overdreven, één dragline en één vrachtwagentje en Gijs en Theun om nieuwe graven te delven en ik doe het."

"Nee, je doet het zonder dragline."

"Dan doe ik het niet. Niemand kan mij verplichten om het roomse kerkhof te verhuizen."

"Dat weet ik zo net nog niet. Als wij jou een opdracht geven, heb jij die uit te voeren."

"Ook zo'n opdracht? Een heel kerkhof ontruimen en verplaatsen? Bij wijze van overwerk? In de avonduren?"

"Ja, als wij jou opdracht geven..."

"Ik geloof d'r niks van. Als 't zo eenvoudig lag, hadden Alers en u mij die opdracht allang gegeven, dan kwamen jullie niet één voor één soebatten en smeken of ik dat alsjeblieft zou willen doen. Jullie werken nu de hele tijd op m'n gemoed. En dat doen jullie alleen maar omdat jullie geen poot hebben om op te staan."

"Juist omdat we inzien dat het een rotklus is willen we je niet gewoon opdracht ertoe geven. We hopen je met een zacht lijntje te kunnen overhalen om het uit eigen vrije wil te doen."

"Wat zijn ze bij gemeentewerken toch aardig voor me."

"Dwing ons nou niet, forceer nou niet dat Alers en ik hier 't kerkhof op moeten lopen om tegen je te zeggen: wij staan erop dat jij het roomse kerkhof schudt en verhuist."

"Met een dragline doe ik het. En zonder een dragline niet. En als het me wordt opgedragen, ga ik dezelfde dag nog ander emplooi zoeken, dat ga ik trouwens meteen al doen, ik ga meteen m'n voelhorens al uitsteken, want ik ben dit gezeur spuugzat. Het is nogal geen kleinigheid. Een heel kerkhof ruimen en verhuizen! Het is nogal geen kleinigheid. Alsof ik een graafmachine ben zonder gevoel in m'n donder."'

19

Bijna elke week fietste ik naar de twee leeszalen. Gewoonlijk begaf ik mij eerst naar de rooms-katholieke bibliotheek. Nauwkeurig stelde ik vast welke boeken van een rode stip waren voorzien. Daar kon ik dan vervolgens naar uitzien in de openbare bibliotheek. Dankzij die rode stippen werd ik bijvoorbeeld attent gemaakt op het werk van James Baldwin.

Altijd moest ik iets wegslikken als ik in het voorportaaltje tot de zware tochtgordijnen was gevorderd. Nabij de plooien leerde ik de betekenis kennen van ouderwetse woorden als talmen en dralen. Wat weerhield mij om direct achteloos de zware gordijnen opzijschuivend naar binnen te lopen? De angst dat de kaarsvlam wild zou gaan flakkeren? De vrees vervolgens met een luide kreet begroet te worden? Of was het simpelweg pudeur die mij parten speelde als ik treuzelde in het voorportaal? Durfde ik dat schaars verlichte boudoir niet te betreden waar hoge boekenkasten een Mariabeeld omlijstten?

Onderweg naar de leeszalen werd ik vaak bezocht door luchtige angstvisioenen. Eens, op een stille, maanloze winteravond, zou ik door de twee langnagelige heksen gegrepen worden. Ze zouden mij meevoeren ver naar achteren, naar raamloze pijpenlaatjes waarin nog folterwerktuigen uit de tijd der inquisitie lagen weg te roesten. De heksen zouden mij knevelen en ketenen. Vervolgens zouden ze mij net zo lang martelen en geselen tot ik zou smeken om een rozenkrans.

Hoogst zelden echter bleken de langnagelige verschijningen dienst te hebben. Meestal trof ik een broodmagere, stokoude 'jongejuffrouw' zoals mijn vader haar zou noemen, bleker dan briefpapier. Vanachter haar vuistdikke brillenglazen staarde ze naar mij alsof ze vermoedde dat ik rechtstreeks van de watergeuzen afstamde.

Zelfs van de door mij uitgezochte boeken zonder rode stip bleken er doorgaans minstens twee te zijn die zij, zonder opgaaf van redenen, met een bruusk gebaar ter zijde legde. Protesteren hielp niet, dan begon zij te grommen als een bejaarde bouvier. Onherroepelijk moest ik terug om andere boeken te zoeken. Meestal greep ik dan blindelings enkele werken uit de theologiekast. Die legde zij, had de ervaring mij geleerd, nooit ter zijde. Daardoor kwam ik in aanraking met de werken van Romano Guardini, Jacques Maritain, Gabriël Marcel.

Op een winteravond draalde ik weer in het voorportaaltje. Vanuit het boekenboudoir klonk geen enkel geluid. Oneindig behoedzaam schoof ik een gordijnplooi opzij zodat ik door een spleet naar binnen kon kijken. Ik zag niemand. De kaarsvlam begon alweer onrustig te flakkeren. Mezelf tegen de muur aan drukkend schuifelde ik naar de boekenkasten. Toen ik daar was aangekomen, en mijn queeste begon naar rode stippen, hoorde ik geluiden opklinken vanuit de ingewanden der bibliotheek. Doodstil stond ik tussen de schappen te luisteren. Mij kwamen die geluiden, hoezeer ook gedempt door het feit dat ze vanachter een dikke deur kwamen, bekend voor. Dit waren dezelfde geluiden die, nadat wij nieuwe buren hadden gekregen, hadden opgeklonken uit het aangrenzende zolderkamertje. Toen had ik nauwelijks begrepen wat zich in het belendende perceel afspeelde. Inmiddels was ik ouder en wereldwijzer geworden.

Wat te doen? Zo snel mogelijk de bibliotheek verlaten? Maar wat dan aan te vangen met de boeken waarvan de uiterste inleverdatum al was genaderd? Die moest ik nu afgeven, anders was ik genoodzaakt binnen een paar dagen terug te komen. Het leek verstandiger zo geruisloos mogelijk te blijven zoeken. Wat zich achter de deur afspeelde, zou binnen afzienbare tijd een einde nemen, en dan zou er wel een bibliothecaresse verschijnen om mijn boeken aan te pakken. Toch voelde ik mij heel weinig op mijn gemak, daar tussen de schappen, en ik sloop naar de kasten die het verst verwijderd waren van de deur waarachter de geluiden opklonken. Helaas waren de verste kasten slechts van beduimelde, stokoude moraaltheologische werken voorzien. Ik pakte een boek uit de kast. Daarbij kwam zoveel stof vrij dat ik een hevige prikkeling voelde in mijn neus. Wanhopig probeerde ik de aanzwellende nies te smoren. Ik kneep mijn neus dicht, maar terwijl ik dat deed, keek ik ongerust in de richting van de deur. Het licht van de nu krachtig en zeer stabiel brandende kaarsvlam viel op mijn netvlies en daardoor baande de nies zich onstuitbaar een weg naar buiten. Een tweede nies volgde al even onstuitbaar, en zelfs een derde bleek niet te vermijden. Aan de geluiden achter de deur kwam abrupt een einde. Even later klonken zware voetstappen. De deur ging open en boven een der schappen verscheen een groot, knalrood mannenhoofd. Eén oog van dat hoofd loerde naar mij, het andere oog ging schuil achter een stapeltje boeken. Zoals dat ene oog mij aftastte, het was alsof het mij wilde verschroeien. Ik herinnerde mij een zinnetje dat ik bij Flannery O'Connor had gelezen: 'He fixed me with a seedy eye.' Ik was toen te lui geweest om de mij onbekende term 'seedy' in het woordenboek op te zoeken. Met dat loerende oog op mij gericht, hoefde ik het woord 'seedy' niet meer op te zoeken. Ik wist nu wat het betekende.

Ik wendde mijn blik van hem af, bukte, zette het boek dat mij zo hevig had doen niezen terug in de kast en pakte een ander werk. Ik bladerde erin, zette het weer terug, greep het volgende boek. Aldus mij het air aanmetend van iemand die rustig boeken uitzoekt, schuifelde ik tussen de schappen door in de richting van de inneembalie. Het enige wat ik wilde was mijn boeken inleveren en er dan maar liefst zo snel mogelijk vandoor. Helaas was er bij de inneembalie nog altijd geen bibliothecaresse verschenen. Seedy eye stond er vlakbij. Toen uiteindelijk goddank een van de langnagelige heksen met een besmuikt glimlachje achter de balie verscheen en ik daarheen drentelde kon ik hem beter zien. Hij droeg een zwart pak en een omgekeerd boordje.

Aandachtig nam hij mij op, wendde zich toen tot de heks, zei: 'Ik ken die jongen niet.'

'Hij komt hier niet vandaan,' zei het meisje.

'Waar komt hij dan vandaan?'

'Zou ik moeten nakijken, maar 't is ver weg, als hij hier binnenstapt heeft hij altijd een kleur van 't fietsen.'

'Waarom fiets je zo ver om hier boeken te lenen?' vroeg hij.

'Er staan hier veel boeken die ze in andere bibliotheken niet hebben,' zei ik.

'Ben jij zo'n grote lezer?'

Voor ik kon antwoorden, zei het meisje: 'Hij komt bijna elke week, we hebben d'r nog nooit eerder eentje gehad die zoveel las.'

'Ik zou maar wat minder lezen,' zei seedy eye, 'onze pastoor zei vroeger altijd...' Hij hield op met praten, keek me weer scherp aan, vroeg: 'Ben je eigenlijk wel rooms?'

'Gereformeerd,' zei ik.

'Gereformeerd? En dan kom je hier in een rooms-katholieke leeszaal boeken halen?'

Hij keek me zo ongelofelijk wantrouwend aan dat ik niets anders wist te stamelen dan: 'Ja, maar ik ben heel erg geïnteresseerd in het katholicisme, en waar ik woon is helemaal geen roomse leeszaal, en ik... ik ga toch al...'

'Zijn er hier in de stad mensen die je kent?' vroeg hij.

'Nee.'

Hij keek me weer aan, hij keek naar de langnagelige heks, schudde zijn hoofd. Schuldbewust glimlachte het meisje naar me, ze zuchtte maar eens flink, zei toen geruststellend: 'Je boeken waren op tijd hoor, neem je nog wat nieuws mee?'

Ik griste twee Prismapockets uit de theologiekast, *Apologia pro vita sua* van John Henry Newman, legde ze voor haar neer en ze stempelde ze voor mij af, daarbij naar mij glimlachend alsof ze iets goed had te maken. Toen zei ze: 'Je wou toch dat boek van Coolen lenen.'

Ik knikte.

'Pak het dan,' zei ze, 'd'r is hier nou iemand aan wie je kunt vragen of je dat mag lezen.'

Enigszins verbaasd liep ik naar de kast waarin *De vrouw met de zes slapers* stond. Toen ik ermee terugkwam, bromde seedy eye: 'Neem maar mee.'

Achteloos stempelde het meisje het boek af. Met Newman en Coolen verliet ik zo snel mogelijk het boekenboudoir. Bij de koopmansbeurs keek ik nog eenmaal om. Achter het raam van de roomse leeszaal stonden ze mij na te kijken.

20

Op de winteravonden kon ik, als ik aan mijn bureautje mijn huiswerk maakte, over de dakgoot heen in hun woonkamer loeren. Brandde boven de tafel de kroonluchter, dan hadden ze bezoek. Zo zelden als die lamp vroeger brandde, zo vaak brandde hij nu. Even na acht uur kwam mijn vader altijd kijken 'wie daar nu weer vanwege de kerkenraad met z'n dikke reet is neergestreken'.

Brandde de kroonluchter, dan deed mijn vader in mijn kamertje het licht uit. Dan konden wij beter zien welke ouderlingen waren afgevaardigd om Ginus op andere gedachten te brengen.

'Moet je nou toch zien,' zei mijn vader op een van die avonden, 'daar zitten Robbemond en Schellenboom. Twee kometen aan 't firmament! Ik geloof trouwens al z'n leven dat ze de broeders alfabetisch op hem afvuren. Ze beginnen er aardig doorheen te raken. Nog zeven letters, nou ja, zes want ik geloof niet dat ik één broeder ken van wie de naam met een x begint. En broeders met een IJ... nee, hij heeft 't ergste gehad, denk ik, tenzij ze weer met Admiraal en Boudesteyn beginnen.'

Mijn vader blies een rookwolkje tegen het raam.

'Wat is het toch jammer dat we niet kunnen horen wat er allemaal gezegd wordt. Ik krijg het morgenochtend in 't baarhuisje natuurlijk wel in geuren en kleuren uit zijn eigen mond opgedist, maar 't zou me toch heel wat waard... kijk nou toch hoe driftig die Schellenboom zijn bijbel openslaat.'

Mijn vader veegde de bewasemde ruit schoon, bromde: 'Ik snap niet dat Ginus zo rustig kan blijven. Moet je zien hoe hij erbij zit. Als een steenuiltje in de avondschemering. Maakt zich nergens druk om, heeft al z'n bijbelteksten over vergeving paraat. Hij weet dat ze hem niks kunnen maken. In 't baarhuisje zit hij elk vrij ogenblik in z'n bijbeltje te studeren en je kunt praten en praten en nog eens praten, maar d'r zit geen millimeter beweging in. Hij blijft er maar aan vasthouden dat een almachtige God rechtstreeks vergeeft en dat daar helemaal geen offerande van Christus aan te pas hoeft te komen en dat de Here Jezus dat zelf ook steeds gezegd heeft. En overal heeft hij z'n woordje op klaar.'

Mijn vader stond verbitterd naar de overkant te staren, en blies telkens grote rookwolken tegen het raampje. Hij mompelde: 'Scharloo had er veel beter aan gedaan om 't maar zo te laten, om d'r geen werk van te maken. Dan was 't vanzelf wel weer overgegaan. Nou bijt Ginus zich er helemaal in vast, en hoe meer ze met 'm praten, hoe gewiekster hij weet te pareren wat ze 'm voor de voeten werpen. Je kan hem echt niet te lijf gaan met de tekst: "Gelijk Mozes de slang verhoogd heeft, zo moet ook de Zoon des Mensen verhoogd worden, opdat een ieder die in hem gelooft, eeuwig leven hebbe", want dan rollen meteen alle bijbelteksten uit z'n mond waarin over verhogen gesproken wordt, en dan zegt hij: "Zie je wel, met verhogen wordt nooit nergens de kruisiging bedoeld, en al wordt er in dit geval met het woord verhoogd misschien gezinspeeld op de kruisiging, dan nog staat er niet dat ieder die vanwege dat verhogen gelooft, gereinigd wordt van z'n zonden – nee, d'r staat alleen maar dat ieder die gelooft in Hem eeuwig leven heeft."'

'Maar... maar...' zei ik.

'Ja,' zei mijn vader, 'wij weten wel beter, maar ja, hij is... je kan hem niet bereiken, 't is net alsof hij... ja, hoe moet je dat nou zeggen, hij is als een bout die muurvast zit en waar je zelfs geen beweging meer in krijgt als je 'm met een beetje kruipolie bewerkt... d'r is geen verwrikken of verwegen aan. Je kan er donder op zeggen dat Schellenboom daar beneden nou weer aankomt met Markus 10 vers 45: "Want de zoon des mensen is niet gekomen om zich te laten dienen, maar om te dienen en zijn leven te geven als losprijs voor velen," nou, duidelijker kan 't toch niet, zou je zeggen, maar al komt hij aangedaan naar 't baarhuisje omdat hij een kindergrafje heeft gegraven, je krijgt hem er niet mee plat. Dan zegt hij doodleuk dat er in die tekst niks niemendal gezegd wordt over de vergeving der zonden, ik weet nog goed... wacht, even goed kijken, nou is Schellenboom erbij gaan staan. Kijk z'n vangarmen omhooggaan! Alsof hij er God zelf uit de hemel bij wil halen! En nou komt Robbemond ook overeind! Zo'n dooie pier, zo'n rustige man, als je 'm in een kist zou neervlijen, kwam hij er nooit meer uit... en nou...'

Ik ging naast mijn vader staan en keek aandachtig naar beide broeders. Ze gesticuleerden heftig met hun armen. Naast de kachel, waarvan de antracietgloed duidelijk te zien was, soesde de hond in zijn mand. Hij kwam overeind, ontblootte zijn tanden en sprong op het vloerkleed. Ik kon niet horen of hij gromde, maar het leek waarschijnlijk. Schellenboom wierp tersluiks een blik op de hond en ging weer zitten. Hij bladerde even in zijn bijbeltje, las een tekst voor, Ginus zei iets terug en Schellenboom verhief zich weer.

'Zo meteen gaan ze op de vuist,' zei mijn vader ongerust, 'die Schellenboom is een vreselijke driftkop, die heeft voor hij van huis ging alvast flink geoefend op zijn vrouw. En Robbemond... moet je zien, zit maar steeds op z'n voorhoofd te wijzen. Dalijk vallen er klappen. Nou, als dat gebeurt ren ik erheen, ik ben 't echt niet eens met Ginus, maar ze moeten wel met hun poten van hem afblijven... moet je nou toch zien hoe rustig hij erbij zit. Alsof hij zo uit bed komt, alsof hij bijkomt van een natte droom. Dat is wat hem zo sterk maakt. Hij wordt niet kwaad, hij raakt niet boven zijn theewater, hij blijft heel rustig redeneren.'

Ginus aaide de hond, sprak hem toe en het dier keerde terug naar zijn mand, rolde zich op en sloot de ogen. Mijn vader zei: 'Ik weet nog goed dat ik hem, terwijl hij de banken in de kapel in de was zette en ik de vloer dweilde... o, nee, 't was andersom, hij dweilde, ik... nou ja goed... dat ik hem Johannes 10 vers 45 voor de voeten wierp. Daar zegt Kajafas dat het beter is dat één man sterft voor het volk zodat niet het gehele volk verloren gaat. Zegt hij, terwijl hij z'n dweil uitwringt: "Daarmee bedoelt Kajafas alleen maar dat de Romeinen als ze Jezus zijn gang hadden laten gaan, een hele volksopstand hadden moeten neerslaan, en dat het dus beter was dat Jezus intijds aan de Romeinen werd overgeleverd." En hij dweilde rustig verder en ik wreef die banken en ik kwam nog maar weer eens aanzetten met Markus 10 vers 45 en hij zei: "Die losprijs... z'n leven geven... je zou dat ook nog heel anders kunnen verstaan. Denk eens aan 't verhaal over de vrouw die het kleed van Jezus aanraakt en dan zegt Jezus: 'Er is kracht van mij uitgegaan.' Als Jezus zegt dat hij zijn leven geeft, kan hij die kracht bedoeld hebben. Telkens als hij iemand genas, ging er weer kracht, ging er weer leven van hem uit, gaf hij leven weg.

Maar hoe je Markus 10 vers 45 ook verstaat: één ding kun je er beslist niet in lezen: dat hij door z'n leven aan 't kruis te geven de zonden der wereld wegnam. Dat staat er gewoon niet. We lezen dat erin, omdat we lezen met een kruisbril op. Maar d'r staat niks anders dan dat hij zijn leven wil geven als losprijs voor velen. Het woord zonde, het woord vergeving, het woord kruis, het woord zoenbloed, je kunt het in die tekst niet vinden." '

Mijn vader sloot grimmig zijn mond, staarde met vuurrode wangen naar de verlichte woonkamer waarin Schellenboom en Robbemond om de tafel heen cirkelden. Terwijl hij af en toe in de bijbel bladerde, die helder afstak tegen het rode pluchen tafelkleed, zat Ginus bedaard naar de cirkelende broeders te kijken. Schellenboom balde zijn vuisten, de hond keek even op, zijn staart bewoog en Schellenboom liet zijn armen weer slap hangen. Ginus wees naar een bijbeltekst. Mijn vader zei: 'Wedden dat hij ze nu op Markus 12 vers 33 wijst. Daar zegt Jezus dat de naaste liefhebben meer is dan alle brand- en slachtoffers. En kijk 'm praten! Nou haalt hij er nog allerlei teksten bij uit het Oude Testament waaruit volgens hem blijkt dat God helemaal geen offers wil, dus ook geen offer aan het kruis... och, och, dat iemand zo verblind kan zijn, terwijl de apostel Paulus 't allemaal zo duidelijk zegt... maar ja, daar wil hij niet aan, die vergiste zich volgens hem. Hij staat erop dat je hem een tekst van Jezus zelf levert waarin onze Zaligmaker kort en goed zegt dat hij kwam om via zijn plaatsvervangend... zijn borgtochtelijk lijden aan 't kruis de zonden der wereld weg te nemen. Nou, 't is jammer, maar zo'n tekst is niet te vinden, dus Schellenboom en Robbemond, ga nou maar naar huis, want echt hoor, d'r is geen eer aan hem te behalen, hij wil 't gewoon niet anders zien... warempel... alsof ze me horen... daar gaan ze al... nou, ik ben blij toe, zo'n Schellenboom... z'n handjes zitten nogal los... het zou niet de eerste keer zijn dat hij op huisbezoek een paar rake klappen uitdeelt.'

Mijn vader liep langzaam naar de deur van mijn zolderkamertje, zei: 'En nou maar hopen dat ze 'm verder met rust laten. Ze moeten hem gewoon laten betijen. Blijven ze de deur bij hem platlopen, dan blijft hij erover piekeren, dan blijft hij in de bijbel studeren en komt ie elke keer nog beter beslagen ten ijs. Doen ze net of hun neus bloedt, dan is voor hem de lol er ook gauw af, dan kan hij 's nachts weer gewoon over z'n dochter gaan liggen tobben. Als ze nou, wanneer ze 't hele alfabet aan broeders gehad hebben, maar niet zo stom zijn om 'm weer vanaf de kansel te vermanen, als ze dat nou maar uit hun zieke hersens laten. Dat je een mokkel straf aanpakt omdat ze onder de keukentafel met een roomse scharensliep ligt te kroelen, daar kan ik helemaal inkomen, maar hij... zo'n doodgoeie vent, zo'n echte christen, zo'n moordknul... altijd twee keer elke zondag naar de kerk, en z'n vrouw, dat kwieke Blijleventje... Spreuken 31 vers 10... 't kan niet beter. Nou ja, goed, die dochter, die wil niet deugen, die is veels te mooi, en die weet veels te goed dat ze veels te mooi is. Die maakt alle jongens stapelgek, 't zal straks z'n redding nog zijn. Als hij daar z'n handen aan vol heeft, vol krijgt, is hij het zoenbloed gauw genoeg vergeten, nou ja... vergeten... Zo, hij heeft het mooie licht uitgedaan, 't wordt voor ons zo langzamerhand ook bedtijd.'

21

'Ik heb er wel moed op,' zei mijn vader de volgende dag, 'dat 't nou afgelopen zal zijn. Misschien dat er nog wat ouderlingen zullen nadruppelen, maar 't gros heeft Ginus gehad. Ouderlingen met een T heb je niet...'

'Wel waar,' zei mijn moeder, 'Theunissen.'

'Ja, maar die sturen ze niet, die heeft minder hersens dan een vlokreeftje, nee, nee, ze gaan meteen op de V over, want U-ouderlingen... nee, die zijn er niet, dus hij krijgt Van Vuuren en Vroombout, dan Wijnhorst en Van 't Wout en op 't end Zevenhuizen en Zoeteman. En dan? Wat gaan ze daarna doen?'

Het voltrok zich zoals mijn vader geprofeteerd had. We zagen Van Vuuren en Vroombout met opengeslagen bijbels onder de kroonluchter zitten. We aanschouwden hoe broeder Wijnhorst en broeder Van 't Wout stram door de achterkamer marcheerden. Wijnhorst sloeg zijn zondagsschoolbijbeltje open, las er, zichzelf met een vinger bijwijzend, een perikoop uit voor. Daarna verzonken beide broeders staande in gebed.

Tijdens de kerstdagen en de jaarwisseling werden de pogingen om Gilkinus tot andere gedachten te brengen tijdelijk opgeschort. Halverwege de maand januari zag ik op een avond echter de broeders Zevenhuizen en Zoeteman in de lichtkring van de kroonluchter verschijnen. In onze huiskamer damde mijn vader met mijn grootvader. Toen ik hem kwam waarschuwen dat er bij Ginus weer twee broeders waren opgedoken, zei hij: 'Die sla ik over. Morgen hoor ik in 't baarhuisje wel hoe het gegaan is, knappe jongens als ze hem nou nog een tekst onder z'n neus kunnen duwen waar hij minder dan een halfjaar op gestudeerd heeft.'

Terwijl hij dat zei en schuin over zijn schouder naar mij keek, zag ik hoe mijn grootvader – hij had zwart – een witte damsteen weggriste en in de mouw van zijn donkergrijze jasje liet verdwijnen. Mijn vader merkte er niets van.

In die kwakkelwinter leek het erop dat de kerkenraad er vooralsnog van afzag om tot afsnijding over te gaan. In januari lazen wij echter in het kerkblad dat binnenkort het H.A. zou worden gevierd. Op de zondag die daaraan voorafging werd, toch nog onverwacht, de tweede vermaning van de kansel gelezen. Dominee Baarvink, die deze tweede vermaning bits de kerk in slingerde, keek niet eenmaal op terwijl hij las. Wilde hij voorkomen dat hij, als hij af en toe zou opkijken, Ginus en zijn vrouw zou zien zitten, die beiden doodkalm en met opgeheven hoofd op de tweede rij naar zijn kraakstem luisterden?

> 'Geliefden in den Here. De kerkenraad was reeds eenmaal in de droeve noodzakelijkheid aan de gemeente mede te delen dat een broeder zich heeft schuldig gemaakt aan de loochening van de enige offerande van Christus en dat hij wegens zijn kennelijke onboetvaardigheid niet slechts van het Heilig Avondmaal is afgehouden, maar dat de kerkenraad ook verder met hem had te handelen. Nu is hiertoe van waarachtige bekering bij deze broeder niets gebleken, maar zijn integendeel de menigvuldige bestraffingen en vermaningen zonder gevolg gebleven. Daarom wordt met de afsnijding thans voortgevaren, en, na ingewonnen advies der classis, voor de tweede maal hiervan mededeling gedaan, thans met het noemen van de naam des zondaars: Gilkinus van Diepenburch, wonende Pieter Schimstraat 4. Wij wekken u met de meeste ernst op hem gedurig liefderijk te vermanen en naarstig voor hem te bidden, of het den Here behagen mocht hem tot bekering te leiden, opdat de zonde worde weggedaan met behoudenis van den zondaar.'

De week daarop bleek dat datgene wat de zondag daarvoor vanaf de kansel had geklonken – '...niet slechts van het Heilig Avondmaal is afgehouden...' – enigszins prematuur was geweest. Toen pas geschiedde wat reeds gebeurd heette te zijn.

Het Heilig Avondmaal werd gevierd. Voor in de kerk waren enige rijen stoelen verwijderd. Op die plaats stond nu een lange tafel. Deze was overdekt met een wit beddenlaken dat her en der opbolde omdat zich daaronder ovaalvormige schalen bevonden met keurig in vierkante partjes gesneden hoopjes witbrood alsmede zilveren karaffen met rode wijn erin. Voorafgaande aan de viering werd het gortdroge formulier voorgelezen dat als inleiding van het H.A. diende. Vlak voordat het opklonk, fluisterde mijn vader: 'Nou krijgen we eerst dat idioot lange formulier, ja, 't mot wel, want Jezus las ook zo'n formulier voor toen hij het Avondmaal instelde.'

Toen Baarvink het formulier voorlas, stootte mijn vader mij opeens aan bij de passage: '...deze drinkbeker is het Nieuwe Testament in mijn bloed, hetwelk voor u en voor velen vergoten wordt, tot vergeving der zonden.'

'Zie je wel,' fluisterde hij toen Baarvink aanstalten maakte om de kansel te verlaten teneinde naar de avondmaalstafel te schrijden, 'zie je wel, Jezus heeft wel degelijk zelf gezegd dat zijn bloed vergoten werd tot verzoening der zonden... Ginus, nou heb ik je liggen, wacht maar, morgenochtend spuug ik je in 't baarhuisje meteen op je vestje.'

Terwijl hij bleef mompelen, rezen twee broeders op uit de ouderlingenbanken. Zij schreden behoedzaam naar de lange avondmaalstafel. Hun nieuwe zwarte schoenen kraakten. Het was alsof ze allebei hoognodig moesten en met toegeknepen billen probeerden te voorkomen dat ze zich te vroeg zouden ontlasten. Op het moment dat ze de avondmaalstafel bereikt hadden, grepen ze het witte beddenlaken. Ze tilden het op, schreden achteruit en liepen vervolgens naar elkaar toe. De uiteinden van het laken naderden elkaar en daardoor vouwde het zich als vanzelf op langs de daarin gestreken, messcherpe scheidingen.

Doordat het witte beddenlaken zo sereen was verwijderd, kon nu de H.A.-tafel in zijn luisterrijke pracht aanschouwd en bewonderd worden. Hoe glansden de zilveren bekers en karaffen! En wat waren al die vierkante blokjes witbrood onberispelijk in carré opgestapeld!

De dominee verliet de kansel en schreed naar de H.A.-tafel, de twee ouderlingen liepen intussen naar het middenvak van de kerk. Met een eigenaardige, ter hoogte van het schoudergewricht uitgevoerde geldtelbeweging gaven zij aan de kerkgangers te kennen dat deze lidmaten uitverkoren waren om zich naar de eerste tafel des Heren te begeven.

Lang niet iedereen in de aldus aangegeven banken stond op. Kinderen bleven uiteraard allemaal zitten. Je moest eerst belijdenis des geloofs gedaan hebben voor je aan het H.A. mocht deelnemen. Zo stond dat nu eenmaal ondubbelzinnig in de Heilige Schrift. Voorts bleven ook altijd, om onopgehelderde redenen, belijdende lidmaten zitten die dit keer een gang naar de avondmaalstafel blijkbaar niet aandurfden (waarom gingen ze dan wel ter kerke?) en er waren ook kerkgangers, sommigen van hen zelfs al stokoud, die nog altijd 'de vrijmoedigheid niet hadden gevonden om belijdenis des geloofs te doen' en derhalve niet aan mochten zitten, ofschoon ze soms al veertig jaar elke zondag trouw tweemaal ter kerke waren gegaan.

Degenen die opstonden schuifelden voorzichtig naar de avondmaalstafel. Stuk voor stuk passeerden ze de hoge bekers die aan de beide uiteinden van de tafel op de hoek prijkten. Elke avondmaalsganger deponeerde een geldstuk in een van die bekers. Omdat de bekers griezelig hoog waren, legde elk geldstuk een lange weg af eer het op de bodem arriveerde. Daardoor kwamen de geldstukken luid rinkelend neer en kon je, mits je over een scherp gehoor beschikte, vrij goed vaststellen welk muntstuk in de beker was gegooid.

Zat iedereen uiteindelijk – en dat had doorgaans heel wat voeten in de aarde, want de twee dienstdoende ouderlingen konden nooit precies voorzien hoeveel kerkgangers zich uit de aangegeven banken naar de avondmaalstafel zouden spoeden; daardoor noodden ze soms te veel kerkgangers met hun geldtelbeweging naar 'de eerste tafel' en die moesten dan weer terugschuifelen – dan nam de dominee een langwerpig stukje witbrood dat nog niet in blokjes was gesneden, hief het naar het plafond, brak er een stukje van af en zei: 'Het brood dat wij breken, is een gemeenschap met het lichaam van Christus. Neemt, eet, gedenkt en gelooft, dat het lichaam van onzen Here Jezus Christus gegeven is tot een volkomen verzoening van al onze zonden.' Daarna gaf hij dat stukje aan de broeder of zuster die rechts van hem aan tafel zat. Vervolgens gaf hij de schalen met de voorgesneden stukjes witbrood door. Had iedereen uiterst voorzichtig zo'n stukje witbrood in de mond genomen en daarop zo behoedzaam gesabbeld dat je nauwelijks enige beweging van de kaken bespeurde, dan nam de dominee een zilveren beker op en zei: 'De beker der dankzegging, waarover wij de dankzegging uitspreken, is een gemeenschap met het bloed van Christus. Neemt, drinkt allen daaruit.

Gedenkt en gelooft dat het kostbaar bloed van onzen Here Jezus Christus vergoten is tot een volkomen verzoening van al onze zonden.' Daarop reikte hij de beker aan de man of vrouw die rechts van hem zat. Die avondmaalsganger nam een piepklein teugje, draaide de beker een heel klein eindje rond en gaf hem aan degene die naast hem zat. Die nam dan ook weer zo'n wonderlijk klein teugje en draaide de beker ook weer een klein beetje. Aldus hoefde niemand zijn lippen aan de beker te drukken op de plaats van zijn voorganger.

Had iedereen aan tafel een stukje brood weggekauwd en een minuscuul teugje genomen, dan begaven de kerkgangers zich schuifelend naar hun plaatsen terug. Ondertussen schreden de dienstdoende ouderlingen langs banken met kerkgangers die nog niet aan de beurt waren geweest. Met de geldtelbeweging op schouderhoogte werd hun te kennen gegeven dat zij aan 'de tweede tafel' konden gaan.

Meestal werd deze wonderlijke plechtigheid zo'n zeven à acht keer herhaald. Zelden was de kerk zo vol dat de plechtigheid eindigde met een halfvolle 'negende tafel'. De meeste tijd vergde het schuifelen van en naar de avondmaalstafel. Wie de bizarre plechtigheid had aanschouwd zonder enige voorkennis van het ritueel, zou waarschijnlijk tot de conclusie zijn gekomen dat de geldtelbeweging en het langdurige schuifelen de eigenlijke viering uitmaakten, waarna de deelnemers met een stukje brood en een slokje wijn weer op verhaal konden komen.

Een week na voorlezing van de tweede vermaning werd ons tijdens die anders zo voorspelbare, serene avondmaalsviering gedemonstreerd hoe 'afhouden van het H. A.' kon uitpakken. Ginus en zijn vrouw zaten in het middenvak op de tweede rij. De kerkgangers uit het middenvak werden met de geldtelbeweging aan de 'eerste tafel' genood. En net als de meeste andere belijdende leden stonden ook Ginus en zijn vrouw heel rustig op. Ze schuifelden door de bank naar het gangpad. Wij zaten op de gaanderij en keken neer op de kerkgangers in de diepte. Mijn vader mompelde verschrikt: 'Here Christus, wat gaat hij nou verhapstukken?'

Achter zijn vrouw aan schuifelde Ginus naar de H. A.-tafel. Ouderling Schellenboom schreed langs de banken van het middenschip en maakte bij elke volgende bank zijn geldtelbeweging. Hij was zich er blijkbaar niet van bewust dat hij moest ingrijpen. De andere dienstdoende ouderling, broeder Baatenburg, schreed aan de overzijde van het middenschip door het gangpad. Anders dan Schellenboom besefte hij maar al te goed dat er onmiddellijk gehandeld diende te worden. Onbesuisd riep hij: 'Jan, Jan, houd hem tegen,' en sloeg toen verschrikt een hand voor zijn mond. Hij holde door het middenpad naar voren, en kwam blijkbaar al dravend tot de conclusie dat het tijdens een kerkdienst, en zeker bij de viering van het H. A., allerminst gepast is om te rennen. Hij ging over tot een eigenaardige vorm van gebukt snelwandelen die onweerstaanbaar deed denken aan de wijze waarop kippen zich voortbewegen. Die gooien hun kop naar voren en lopen daar dan onderdoor. Zo snelde ook ouderling Baatenburg tussen de banken. Ouderling Schellenboom stond volledig verstard – hij was halverwege zijn geldtelbeweging, waardoor zijn vingers zich in gekromde stand doodstil op schouderhoogte bevonden – in het gangpad. En hij bleef daar doodstil staan, de mond half geopend, turend naar broeder Gilkinus van Diepenburch, die inmiddels de avondmaalstafel bereikt had en die enkele geldstukken, zo te horen twee stuivers, in de hoge beker wierp. Gevolgd door andere kerkgangers, die ook stuk voor stuk met luid rinkelende stuivers helemaal volgens het evangelie hun toegangsprijs tot het H. A. voldeden, bereikten Ginus en zijn vrouw een plekje, schuin tegenover de dominee. Zij gingen rustig zitten. In de ouderlingenbanken werd inmiddels druk overlegd. Sommige broeders rezen al op, Scharloo balde zijn vuisten. Ten slotte begaven twee vooraan zittende broeders, Van Aalst en Deurloo, zich vanuit de ouderlingenbanken naar de H. A.-tafel. Zij arriveerden daar op hetzelfde moment als de snelwandelende Baatenburg. De laatste ging onmiddellijk tot actie over. Hij greep Ginus aan de rugzijde bij zijn schouders en siste: 'Weg jij.'

'Broeder Baatenburg, laat mij dit opknappen,' zei Deurloo.

Hij boog zich voorover naar Ginus, fluisterde hem iets in het oor. Ginus schudde zijn hoofd. Deurloo bleef fluisteren. Ten slotte stond Ginus op en schuifelde langs de kerkgangers die inmiddels aan de avondmaalstafel waren gezeten (ze moesten allemaal weer opstaan om Ginus door te laten) terug naar het gangpad. Ook de vrouw van Ginus stond op. Broeder Deurloo zei: 'Zuster, u mag blijven zitten.' Waardig antwoordde ze: 'Ik ga met mijn man mee.'

Ginus wachtte tot ook zij het gangpad had bereikt. Hij gaf haar een arm en samen liepen ze doodkalm naar een uitgang. De koster sprong op, rende naar de deur waar Ginus en zijn vrouw op afliepen en hield die deur gedienstig voor hen open.

22

'Ik sprong 'm om half acht in 't baarhuisje meteen op z'n nek,' zei m'n vader, 'ik gooide 'm meteen voor de voeten dat er in Mattheus 26 vers 28 staat: "Want dit is het bloed van mijn verbond, dat voor velen vergoten wordt tot vergeving der zonden." '

Nerveus nam hij een trekje, gromde vervolgens: 'En weet je wat hij toen zei... kun je nagaan hoever hij al heen is... hij zei: "In Markus 14 vers 24 staat: 'Dit is het bloed van mijn verbond, dat voor velen vergoten wordt.' Dat heeft Jezus gezegd," zei hij, "en niks meer. Mattheus heeft er eigenmachtig aan toegevoegd: '...tot vergeving der zonden.' Die had, toen hij het evangelie schreef, al een kruisbril op."

"Ginus," zei ik tegen hem, "als je zo begint... als je eigenmachtig een stukkie tekst schrapt dat je niet bevalt, ja dan krijg je natuurlijk altijd gelijk." Zegt hij: "Het is niet dat dat stukkie tekst mij niet bevalt, maar die toevoeging van die vier woorden in Mattheus klopt gewoon niet met wat Jezus verder zegt, het is zonneklaar dat die vier woorden eraan geplakt zijn. Waarom staan ze niet bij Markus? Als Jezus dat echt gezegd zou hebben, zoiets belangrijks, is het toch onbegrijpelijk dat 't bij Markus ontbreekt." '

Mijn vader streek met zijn vinger over 't schaatslitteken.

'D'r is gewoon geen praten tegen, ik heb toen maar niks meer gezegd. En ook niet toen we om kwart over tien in 't baarhuisje koffiedronken.'

Hij zweeg een poosje en ik overwoog al om weer naar mijn zolderkamertje te gaan, toen hij zei: 'Net even over half elf gooi ik de deur van het baarhuisje open, en wie komt daar rustig aanstiefelen over de eerste klas?'

'Geen idee,' zei mijn moeder.

'Nee, je kunt het niet raden, want hij heeft geen sterveling bij me liggen, dus waarom zou hij zich op 't graf wagen? Hij was ook nooit niet eerder geweest. En toch kwam hij bedaard aanstappen en ik dacht meteen: hou je poot stijf, ik geloof toch waarachtig niet dat u edele er aankomt om alvast eens poolshoogte te nemen voor een blommig plekje in de eerste klas. Nou, Ginus glipte naar buiten en ik ook en ik deed de deur van het baarhuisje dicht en 't eerste wat ik dacht was: waar is die verrotte reiger. Je bent er niet tuk op dat zo'n man merkt dat er bij jou een tamme reiger rondstapt die in open graven staat te koekeloeren en die de bezoekers schrik aanjaagt met z'n godsgruwelijk gekrijs. Enfin, de reiger, zag ik, stond tot aan z'n knietjes in de spoorsloot. Wat zo'n beest daar doet snap je ook niet. Vissen vangen? In die stinksloot? Maar ik weet: als hij daar bewegingloos in het water staat te turen, heb je er urenlang geen kind aan. M'n tweede zorg was: Rampenne. Ik had zo'n gevoel dat ook hij ergens rondsloop, maar ik zag hem niet. Ik hoop maar dat Ginus 'm zolang aan de praat houdt, dacht ik. Als die twee mekaar nou met vliegende velletjes bezighouden achter de rododendrons heb ik daar verder geen omkijken naar.'

Mijn vader goot zijn koffie op het schoteltje, zei verontschuldigend: 'Die koffie is zo verrekte heet,' en slurpte het vocht van het schoteltje af. Hij zei: 'Dat is beter. Nou, om kort te gaan, die ouwe ziet me, hij steekt zijn hand hoog op, ik loop voorzichtig op hem af en ik prakkiseer: waar moet ik hem ontvangen? In het baarhuisje? Maar ja, ga nou maar eens met zo'n hoge piet in het baarhuisje zitten. Daar is die laagbouw echt niet op berekend. Je kan hem moeilijk die versleten keukenstoel aanbieden en zelf op de kinderbaar gaan hangen. En andersom gaat ook niet. Zal ik hem dan naar de kapel loodsen, dacht ik. Maar daar is het om deze tijd van het jaar altijd steenkoud. Als je er wat zegt, komt 't van alle kanten terug, want 't is net een echoput, en die paar harde kerkbanken die er staan... moet die ouwe man daarop zitten? Ik wist echt niet wat ik moest doen. Je kunt toch ook niet met hem in het natte gras op de helling van de spoorsloot gaan zitten.'

'Je had toch een baarkleed over het natte gras kunnen leggen,' zei mijn moeder.

'Daar zeg je zowat, nou, daar heb ik niet aan gedacht. Nee, 't enige wat erop zat was om naar hem toe te lopen – ja, moet je weten dat de hele tijd al de eerste paar verzen van Romeinen dertien door m'n hoofd gonsden... "de machten en overheden die boven ons gesteld zijn..." – en tegen hem te zeggen: "Goedemorgen, meneer Schwartz, weet u waarom het zo prettig is als je in je slaap overlijdt?"

En hij zei: "Ook goedemorgen, ik zou 't niet weten."

En ik zei: "Dan merk je pas de volgende morgen dat je dood bent."

Terwijl hij daar smakelijk om lachte, zag ik dat we precies bij 't graf van vrouw Kraaijenvanger waren aangeland, maar hij stond gelukkig met z'n rug naar het Jezusje toe. Zoals dat eruitzag! Van top tot teen zat dat scharminkel onder de duivenpoep.'

'Waarom maak je dat dan ook niet schoon?' vroeg mijn moeder.

'Ten eerste staat dat kruis van vrouw Kraaijenvanger niet in onderhoud, en ten tweede hoop ik dat dat Jezusje vanzelf wegrot als 't de hele dag door wordt ondergescheten.'

'Je kan er toch best af en toe een natte lap over halen?'

'Nee, want dan duurt 't langer voor 't er vanzelf af dondert.'

'Ja, maar nou schaamde je je.'

'Welnee, ik wou alleen niet dat de burgemeester er een blik op wierp, dus ik slenterde een endje verder en hij kwam achter me aan, en ik dacht de hele tijd: hou je poot stijf, en ik dacht ook: het is een goed teken dat ze iedere keer een stapje hogerop gaan. Als ze me ronduit konden zeggen: je bent verplicht om het te doen, hoefden ze de burgemeester niet op m'n dak te sturen, dan kon Alers het echt wel alleen af. En wat ik ook nog dacht was: krijg ik straks na de burgemeester de commissaris van de koningin? En als die onverrichter zake het graf af stapt, rijdt er dan op een goeie dag zo'n geruisloze limousine voor waaruit een net dametje stapt met een duur hoedje op en opengewerkte handschoentjes aan en een voile voor? Dan zou ik toch knap onthand zijn, want waar zou ik dat Juliaantje moeten ontvangen? Meneer de doodgraver, zou ze zeggen, en ik zou zeggen... ik zou warempel niet eens weten hoe je zo'n mens aanspreekt...'

'Majesteit,' zei ik.

'Weet je 't zeker? Nou goed, dan zou ik deftig zeggen: "Majesteit, ik graaf geen mens dood, ik ben grafmaker."

"Meneer de grafmaker," zou ze dan beginnen, en ik zou d'r dan meteen pal bovenop zeggen: "Majesteit, akkoord, maar enkel en allenig met een flinke dragline."'

Mijn vader pauzeerde weer even, streek met zijn hand over zijn voorhoofd.

'Nou, zover is het nog niet,' zei hij, 'maar ik zat er toch mee in m'n maag dat ik geen plekje wist waar ik de burgemeester netjes kon ontvangen, maar ik geloof niet dat hij daar nou zoveel last van had. Hij zei tegen me: "Het ziet er hier erg verzorgd uit," en hij begon rond te kijken en ik dacht: o, Christus, dalijk ziet hij dat smoezelige Jezusje, dus ik draai een beetje om hem heen, zodat hij dat groezelige Jezusje niet kon zien, en we stonden daar, en het was gelukkig niet zo erg koud, 't februarizonnetje scheen al aardig en hij zei: "De pastoor zit in zak en as."

"Dat hoeft anders helemaal niet," zei ik, "de klus is makkelijk zat te klaren. Twee draglines en twee kleine vrachtwagentjes en je bent spekkoopman."

"Draglines?" vroeg hij.

"Ja, burgemeester," zei ik, "hebben ze u dat niet verteld? Geef mij twee draglines en ik heb het hele zaakje in een mum van tijd geklaard." Kijk, en daar had ik nou bepaald geen strop aan dat ze 'm wel op me af hadden gestuurd, maar niks tegen 'm hadden gezegd over een dragline. Hij dacht natuurlijk dat hij met éne brok onwil te maken zou krijgen, dat hadden ze 'm voorgespiegeld, en dat hij dan heel ernstig op mijn gemoed zou moeten gaan werken.

"Dus je zou 't wel willen doen," zei hij, "maar met twee draglines. Waarom twee?"

"Met de één graaf je putten op het nieuwe kerkhof. Met de ander graaf je netjes op 't oude kerkhof graf voor graf af. Je laadt de grond van die oude graven op een vrachtwagentje, je rijdt ermee naar 't nieuwe kerkhof en je deponeert die oude grond in die nieuwe putten. Ondertussen laad je de nieuwe grond op een tweede wagentje en daarmee rij je naar het oude kerkhof en je vult die oude graven met dat nieuwe zand."

"Wacht, wacht," zei hij, "ik zie 't nog niet helemaal voor me."

"Het is zo simpel," zei ik, "twee draglines, twee vrachtwagentjes..."

"Bedenk je dat nu of heb je 't daar met meneer Kloet al over gehad?"

"Met meneer Kloet? Ik heb 't er indertijd met de pastoor al over gehad. En met meneer Alers. En natuurlijk ook met meneer Kloet."

"Wat vinden zij ervan?"

"Ach, ze hebben allemaal in hun hoofd dat het... ja, hoe moet ik dat nou netjes zeggen... dat de overledenen het niet prettig vinden om machinaal verhuisd te worden. En ze denken ook stuk voor stuk dat al die bewoners van die galerijflats d'r wel eens aanstoot aan zouden kunnen nemen als je dooien opgraaft met een dragline en dan met knekels tussen de nieuwbouw door gaat rijden."

"Dat denk ik, eerlijk gezegd, ook wel."

"Niemand hoeft het te weten."

"Zoiets komt altijd uit."

"Een paar donkere avonden en je zou al een heel eind zijn. Eer dat er een beetje ophef over komt, heb je bijna iedereen over."

"Ik denk toch... ik zou toch..."

Hij stond in het zonnetje maar zo'n beetje te monkelen. Hij begon weer rond te kijken, hij liep een paar stappen terug en ja hoor, z'n ogen gleden over dat aartsvieze Jezusje heen.

"Burgemeester," zei ik, "laatst streken d'r hier twee grote pikzwarte vogels neer. Zegt de één tegen de ander, lees jij eens goed wie d'r hier begraven ligt. Dus die ander spelt die naam, en die eerste roept: Gezien Jan? Wegwezen hier."

Daar moest hij gelukkig zo om lachen dat hij als een hondje achter me aan liep. Maar ja, toen hoorde ik opeens de stem van Ginus, en kwam d'r al zo'n klein wit velletje aanwaaien, en dat moest uitgerekend op z'n jas terechtkomen.

"Wat is dat nou?" zei hij, en hij trok het van z'n jas af en hij las wat erop stond en zei toen heel verbaasd: "Er staat vergeving op."

Toen moest ik hem wel uitleggen dat Rampenne – hij kende hem goed, dat scheelde weer – bijna elke dag langskomt en ons van ons werk houdt en daar blijkbaar aan m'n compagnon vergeving voor gevraagd had. Ik stond 'm wel te knijpen dat er nog meer blaadjes zouden komen aanvliegen met zoenbloed en kruishout erop, dus ik probeerde hem een andere kant op te loodsen. Gelukkig kwamen we langs het zwarte steentje van Piet Roest en hij las hardop wat er in gouden letters op stond, Roest Rust, en hij schoot in de lach, en ik zei: "Ja, ja, die Piet, nog niet eens veertig en opeens piept hij er zonder wat te zeggen tussenuit." Toen schaamde hij zich geloof ik dat hij in de lach was geschoten. Braaf liep hij achter me aan en zei toen: "Maar is het nou echt zo zwaar om het zonder dragline te doen?"

"Zwaar? Het is onbegonnen werk. Hoeveel mensen daar liggen weet niemand, want niemand weet of ze daar ooit graven geschud hebben, maar d'r liggen in ieder geval een paar honderd man. Ruim je elk avond één graf, en meer haal je op een avond echt niet, dan heb je knekels van drie lijken bij elkaar die allemaal door elkaar heen liggen. Die moet je dus de avond daarop sorteren en eventueel in drie kleine kistjes doen. Al met al ben je zeker twee avonden bezig met één graf. Dus reken maar uit. Dat is jaren werk."

"Werkelijk? Maar in die oude graven is toch niet veel meer over?"

"Nee, veel niet. Knekels. Maar die liggen wel schots en scheef door mekaar, je weet echt niet meer van wie wat is, en soms tref je er opeens eentje waar de wormen in een wijde boog omheen zijn getrokken. Daar ben je klaar mee! Wat doe je met een gemummificeerd lijk? Laat je daar een hele nieuwe doodkist voor aanrukken? En soms is 't ook net andersom. Ik heb dat hier wel gehad. Dan moet je iemand opgraven omdat 't de nabestaanden opeens achteraf spijt dat ze 'm goedkoop in een derdeklas huurgraf weggemoffeld hebben, dan moet zo iemand alsnog in een eersteklas eigen graf begraven worden. Laatst nog zo'n geval. Je begint te graven. Je vindt hier en daar nog een restje van een kist en verder niks, helemaal niks. Het was nota bene een sleepbootkapitein van Smit & Co, hij was in z'n gala-uniform ter aarde besteld. Ik denk: ik zal toch allicht wel wat koperen knopen of het embleem van zijn pet vinden, maar niks, helemaal niks. Daar sta je dan toch raar van te kijken. Wat moet je dan overzetten?"

"Hoe heb je dat toen opgelost?"

"Kan ik ervan op aan dat u het niet doorvertelt? Ik heb maar wat botten opgedolven uit de knekelput bij de vierde klas. Je moet toch wat. Ik wist er anders ook geen raad op. Nou, die knekels hebben ze toen in een nieuwe kist gedaan, ze hebben d'r losjes een uniform omheen gedrapeerd en ze hebben 'm toen pontificaal, weer met toespraken en een dominee en psalm 103, herbegraven in de eerste klas."

"Maar als je op dat roomse kerkhof zou stuiten op lege graven, zou 't daar toch niet zo erg zijn?"

"Nee, da's waar, daar niet," en met dat ik dat zei kwam er weer een velletje van Rampenne aanvliegen en gelukkig kon ik 't grijpen voor 't op de jas van de burgemeester terechtkwam en d'r stond wel degelijk Johannes 1 vers 30 op, dus waar die twee over boomden was duidelijk, en de burgemeester zag wel dat ik dat blaadje verfrommelde, maar zei er niks over. Hij zei: "Ik denk dat je 't maar gewoon zou moeten doen. Je krijgt alle hulp. Het is, dat begrijp ik heel goed, een vreselijke klus, maar het probleem is simpelweg: het moet gedaan worden. En er is, behalve jij, niemand anders, echt helemaal niemand anders die 't ook maar bij benadering in jouw geest zou kunnen doen."

'En zo begon hij,' zei mijn vader, 'toch nog op mijn gemoed te werken, en ik zei elke keer tegen hem: ik ben bereid om het te doen, maar alleen met behulp van een dragline, en daar was ie dan elke keer weer even door uit het veld geslagen. Hij had zich terdege voorbereid op één en al onwil, maar niet op een dragline. En hij maar smoezen. Dat we elkaar toch elke drie weken zagen bij de mannenvereniging Schrift en Belijdenis en dat we mekaar toch als gemeenteambtenaren, als collega's, als broeders in de ogen konden kijken... ja, ja, dat was z'n tactiek... net doen alsof we samen, op voet van gelijkheid, die klus te klaren hadden, hij als burgemeester, ik als grafmaker. Samen onze schouders eronder." '

Plechtig zette mijn vader zijn mok weg, opvallend rustig nam hij een trekje van zijn sigaret. Toen klonk zijn stem alsof hij uit de bijbel las: 'Zo'n opdracht... je legt er geen eer mee in, laat staan dat je er een lintje voor krijgt. Wie zo'n klus klaart, schaart zich bij de verschoppelingen, zijn naam mag niet klinken. Hij zal worden overgegeven tot smaadheid en tot een spreekwoord, tot een spotrede en tot een vloek. Hij draagt de schande met hen die in de kuil zijn nedergedaald en hij zal verbroken worden met hen in wiens ogen de verworpene veracht is.'

Mijn vader zat een poosje met zo'n eigenaardige, monkelende glimlach voor zich uit te kijken en zei toen met z'n gewone stem: 'En toch had hij het nog bijna voor elkaar, want je staat daar samen in 't lekkere warme zonnetje en je denkt: ach, laat ik die arme, oude man maar ter wille zijn. Uiteindelijk wordt hij ook maar gestuurd. Ze zadelen hem ook op met een rotklusje. Haal jij die grafmaker eens even over om het rooms-katholieke kerkhof te ontruimen en te verplaatsen. En ondertussen sta je 'm dan ook te knijpen dat die reiger ineens opduikt en begint te krijsen, dus je denkt: als ik ja zeg, gaat hij wel weg, en je knijpt hem vanwege Rampenne en Ginus... ja, ja, en dan komt er ook nog bij dat ik die Schwartz echt aardig vind... ik bedoel: ik heb al zoveel burgemeesters meegemaakt. Het zijn altijd van die hotemetoten, van die bazen, maar deze... niks geen baas, gewoon een hele fidele kerel. Komt altijd trouw naar het Zeemanshuis. Voor de mannenvereniging. Is niet grozig, niet uit de hoogte, heeft niks potentaterigs. Dus ik was bijna nog overstag gegaan, want voor je 't weet heb je zomaar opeens ja gezegd, 't kan opeens gebeurd zijn, 't is een woordje van niks, 't rolt vanzelf uit je mond, maar ja, dan zit je er wel aan vast. Enfin, ik liep voetje voor voetje naar de uitgang, want ik wilde hem dolgraag 't graf af hebben, en hij volgde me, en terwijl we zo gemoedelijk naast mekaar tussen de graven slenterden, kriebelde 't woordje al in m'n keel, lag het al een poosje op m'n tong, 't wou er al uit, maar toen zagen we opeens in een flits Ginus achter de rododendrons omlopen en de burgemeester zei tegen mij: "Ach, die man! Gisteren van het Avondmaal gestuurd. Hoe gaat 't nou met hem?"

"We hebben 't er vanmorgen eventjes over gehad," zei ik, "maar toen is hij aan 't werk gegaan. Het zal hem allicht zwaar geraakt hebben. Ze hebben hem er nog niet onder, maar het scheelt niet veel," en met dat ik dat zei, dacht ik: mij hebben ze d'r warempel wel bijna onder, ik had al haast ja gezegd, en Ginus stapte op ons af en de burgemeester gaf hem een hand en ze raakten met elkaar aan de praat over het Heilig Avondmaal, en opeens zei de burgemeester tegen Ginus: "Als jij nou eens op de mannenvereniging Schrift en Belijdenis een inleiding zou houden over jouw denkbeelden omtrent de vergeving der zonden? Ik bedoel: we zijn daar onder elkaar. Ouderlingen zijn er niet bij, want die hebben 't veel te druk met kerkenraadsvergaderingen en huisbezoek en dat soort dingen, dus we kunnen met z'n allen rustig praten. Jij vertelt ons hoe jij erover denkt en wij van onze kant stellen na de pauze wat gerichte vragen en vertellen eventueel hoe wij erover denken."

"Dat is gewoon een mirakels goed idee," zei ik, en ik dacht meteen: het moet toch al gek gaan willen wij hem met veertig degelijke bijbellezers daar in het Zeemanshuis niet op andere gedachten kunnen brengen, en terwijl ik dat dacht en Rampenne goddank van 't graf zag gaan, zei de burgemeester losjesweg tegen mij: "Dus broeder, je doet het?" Had hij me daar toch nog bijna bij de beer! Want ik zei zonder erbij na te denken – we stonden warempel weer in de buurt van 't graf van vrouw Kraaijenvanger en ik zag een reuzenklodder verse duivenpoep aan de kin van Jezus hangen – en me zorgen makend over die snertreiger: "Ja, natuurlijk," en hij zei: "Mooi zo, dat is dan afgesproken," en ik keek naar die verse klodder duivenschijt, en het leek wel of de hele zon erin verzoop, zo glansde en schitterde die akelig dunne witte stront in het licht, en ik dacht: voor de sodommieter, nou zit ik er toch nog aan vast, en daarom zei ik schielijk: "Maar wel met een dragline."

"Ik zal 't er nog eens goed over hebben met meneer Kloet, meneer Alers en meneer pastoor," zei hij.

Toen hij weg was, heb ik m'n hart maar even uitgestort bij Ginus, en hij zei: "Ik begrijp niet dat je bij die anderen zo makkelijk je poot stijf kon houden, maar bij de burgemeester bijna overstag bent gegaan," en ik zei tegen hem: "Zo'n pastoor, ja, 't is een reuzevriendelijke man, je zou 'm je laatste cent geven, maar je moet toch nooit vergeten dat hij in dienst is van ontzaglijk geboefte. Als ze de lengte hadden, zouden ze ons zo weer de brandstapels op sleuren, dus daar zeg je nooit geen ja tegen, en meneer Kloet en meneer Alers, dat zijn onze directe chefs, en ik ben nog nooit iemand tegengekomen die z'n directe chef geen grote hufter vond, dus daar zeg je ook gemakkelijk nee tegen, maar zo'n vriendelijke, oude burgemeester, zo'n man die al haast aan z'n pensioen toe is en die op je gemoed werkt, en die je elke drie weken bij Schrift en Belijdenis ziet, en van wie je weet: die krijg ik eerstdaags te begraven... da's toch heel wat anders." '

23

'Het is verrekte jammer,' zei mijn vader een paar dagen later, 'maar we hebben het er niet door gekregen. De burgemeester niet, ik niet, en samen ook niet. Ze wouen er in 't Zeemanshuis niet van horen. Terwijl het toch... maar ja, hij is nooit lid geweest van Schrift en Belijdenis, dus ik kan er inkomen dat ze zeggen: dat broedertje hoeft bij ons geen inleiding te houden. Maar daarom hoeven ze toch nog niet zo over hem tekeer te gaan? Daarom hoeven ze de burgemeester en mij toch niet steeds voor de voeten te werpen dat hij van huis uit christelijk gereformeerd is? Goed, ik ben 't ook helemaal niet met 'm eens, maar 't is een gouden jongen, d'r zit geen greintje kwaad bij, en hij is nou eenmaal in z'n gemoed ten volle overtuigd... nee, zoals ze in 't Zeemanshuis over hem tekeergingen... en ook over die dochter. "Hij loochent de godheid van Christus," zeiden ze. Maar dat is helemaal niet waar. Het enige wat hij de hele tijd naar voren brengt is dat je in 't evangelie nergens kunt vinden dat Jezus zelf zegt dat hij kwam om aan het kruis te boeten voor onze zonden. Da's alles, en je kan zeggen wat je wil, maar gelijk heeft ie, het staat nergens, het staat alleen maar bij Paulus. Dus wat willen ze nou? "Hij loochent de godheid van Christus, hij zegt dat Jezus een gewoon mens was..." Nou ja, laat ik er maar over ophouden, 't is alles... kijk, 't zou zo goed zijn geweest als hij in 't Zeemanshuis z'n zegje had mogen doen... hij is nou zwaar... ze hebben 'm lelijk te pakken gehad met dat Avondmaal, dat heeft de kou in z'n botten gejaagd... liet je 'm vroeger met de eg voor de zondag nette strepen trekken in 't grind, dan kreeg je kaarsrechte lijnen... en nou, 't lijkt soms alsof hij zwaar beschonken is... en als hij een graf graaft moet je er met je neus bovenop gaan staan, anders wordt het een of ander diep gat waar je zo die oude dubbele hit van de scharensliep in kunt begraven... ach, ach... en zoals hij er soms bij zit in het baarhuisje. Twee werkmansknuisten onder z'n hoofd, anders valt het eraf. Nou ja, 't schijnt dat er donderdag een professor komt van de Vrije Universiteit. Misschien dat zo een de zaak nog een beetje weet recht te breien.'

Die donderdagavond stond mijn vader vrijwel dadelijk na het eten voor het raam van de koekoek in mijn zolderkamertje.

'Licht uit,' zei hij.

'Ik moet m'n huiswerk maken,' zei ik.

'Dat doe je straks maar als die VU-man is geweest.'

'Nee, ik heb zoveel...'

'Ga dan maar hiernaast zitten, ik moet zien hoe die prof hem aanpakt.'

'Je hoort toch niets, dat zei je zelf laatst nog, je hoort er niets van.'

'Geeft niet, je kunt aan die gezichten zien wat er zoal omgaat,' grauwde mijn vader, 'je kunt al hun gebaren zien, je hoeft helemaal niet te kunnen horen wat er gezegd wordt.'

'Het is half zeven, die prof komt pas om acht uur.'

'Helemaal niet, die prof moet vanavond nog met de trein terug naar Amsterdam, die staat daar zo meteen op de stoep.'

'Nou, ik ga wel hiernaast zitten,' zei ik verongelijkt.

'Ik roep je wel als hij komt.'

Mijn natuurkundesommen had ik al gemaakt en een paragraaf *Schwere Wörter* had ik al in mijn hoofd gestampt, toen mijn vader opgewonden de deur opensmakte.

'Daar is hij,' riep hij, 'kom kijken, 't is een rooie vent, rooien en valen zijn donderstralen, kom kijken.'

Achter mijn vader stak ik de overloop over naar mijn eigen, pikdonkere zolderkamertje. In het helgele licht van de kroonluchter zaten Ginus en zijn bezoeker tegenover elkaar aan tafel. Op het roodpluchen kleed lagen twee opengeslagen bijbels.

'Die vent,' zei mijn vader, 'weet je wie dat is? Die rooie? Da's professor Schippers. Waarom sturen ze die nou op 'm af? Die heeft een boek geschreven, *De Gereformeerde Zede*. Da's toch geen dogmaticus? Hij heeft z'n kop wel mee, als je al dat haar zou afscheren kon je er twee kussens mee vullen, nou, eens kijken of hij Ginus een beetje op z'n gemoed kan werken, of hij al die rarigheid uit z'n hoofd kan praten.'

Vooralsnog was er niets anders te ontwaren dan twee mannen die, rustig pratend, tegenover elkaar aan tafel zaten. De vrouw van Ginus bracht koffie. Terwijl ik daar naast mijn vader naar de overkant stond te turen, gonsden enkele psalmregels door mijn hoofd. 'Zo Gij in 't recht wilt treden, o, Heer en gadeslaan, ons ongerechtigheden, ach wie zal dan bestaan?' Het was alsof God, terwijl wij Ginus en zijn gesprekspartner begluurden, ons op zijn beurt bekeek, en driftig Zijn hoofd schudde. Tegelijkertijd leek het alsof dat hele immense heelal waarin wij leefden, slechts als decor diende voor dat huiskamertje in de Pieter Schimstraat waarin twee mannen vredig een gesprek voerden en waarin de hond naast de gloeiende kachel met gesloten ogen opgerold in zijn mand lag.

'Het gaat er nog niet erg heet aan toe,' zei mijn vader, 'zo te zien is het een en al vriendelijkheid, botertje aan de boom, nou, ik ben blij toe voor Ginus, die kan momenteel niks meer hebben...'

Met zijn voorhoofd drukte mijn vader zo hard tegen het raampje van de koekoek dat de sponningen knarsten.

'Pas op,' zei ik, 'zo meteen vliegt de ruit eruit.'

'Welnee,' zei mijn vader. 'Moet je kijken... moet je zien... ze gaan bladeren... zou die rooie dan toch... Ginus zou er raar van staan te kijken als die rooie uit het evangelie nog een woordje wist op te hengelen waaruit valt op te maken... zoenbloed... kruisdood... plaatsvervangend lijden... borgtocht... zonde... vergeving...'

Mijn vaders stem stierf weg, als de langzaam omhoogkringelende damp van de onaangeroerde kopjes koffie die naast de twee opengeslagen bijbels stonden. Mijn vaders stem kwam echter weer terug: '...zonde... zonde... Jezus' verzoenend sterven... waar zitten ze nou te bladeren? Ver achterin, zo te zien. In de brieven van de apostel Paulus? Dacht jij, rooie sodommieter, dat je hem daarmee kunt overtuigen? Paulus? Handelingen 27... doch de hoofdman geloofde meer den stuurman en den schipper, dan hetgeen van Paulus gezegd werd...'

Mijn vader zweeg even; de sponningen piepten onheilspellend, toen vervolgde hij: 'Haal de trouwbijbel eens van beneden. Als we meebladeren, kunnen we misschien zien waar die rooie...'

Hij wachtte niet tot ik de trap afdaalde, hij rende zelf naar beneden, kwam even later de trap weer opstommelen, riep: 'Bladeren ze nog?'

'Ja,' zei ik.

'Mooi zo,' en mijn vader drukte zijn neus weer tegen het glas en bladerde mee in de grote trouwbijbel.

'Waar zouden ze nou zitten,' bromde hij ongeduldig, 'ik wou dat ik... ja ze zitten ver achterin, maar waar? De brief aan de Hebreeën? Zou je daar iets uit kunnen halen om hem van zijn zottigheid af te helpen... de rij geloofshelden... nee, nee, ze zitten volgens mij nog verder... in die kleine pokkenbriefjes achterin... van Jakobus en van Petrus en van Johannes... nou, die laatste twee brieven van Johannes, daar staat in ieder geval geen reet in... en die snertbrief van Judas... kan ook rechtstreeks naar de vuilnisbak... zou die rooie daar wat uit willen halen... man, laat naar je kijken... of zitten ze al in Openbaringen... nee, zover zijn ze nog niet, ze zitten in die briefjes te snuffelen na Hebreeën... wat een pest dat je nou niet kan horen wat er gezegd wordt... kijk, kijk, nou wijst die rooie een bijbeltekst aan, en nóg een, en nóg een, nou zal je 't toch hebben, want Ginus... moet je kijken, Ginus heeft er zo te zien eventjes geen verhaal op, die rooie heeft hem te pakken, maar waarmee dan?'

Mijn vader bewoog zijn rechtervoet opgewonden over de vloer. Het leek of hij een hoef schraapte. Hij bladerde wild in de trouwbijbel. En zoals altijd wanneer hij hevig opgewonden was, begon hij opeens te hinniken. Het was of de hond, in de diepte, het hoorde. Die ging rechtovereind in zijn mand zitten en richtte zijn melancholieke blik naar boven.

'Waar heeft hij 'm nou mee... ik begrijp er niks van... zo'n VU-mannetje... zou die nou echt...' En weer stierf de stem van mijn vader weg. Onafgebroken tuurde hij naar de overkant.

De rode professor was opgestaan, dronk staande zijn koffie op, zette het lege kopje neer en gaf Ginus een hand.

'Zou die rooie nou al klaar zijn?' vroeg mijn vader teleurgesteld, 'zou hij z'n bovenkamer nou al geschoond hebben? En daarvoor zit ik dan weken en maanden in het baarhuisje als Brugman te praten, 't zal niet waar zijn... nou ja, 't zou wel heel goed zijn voor Ginus... kan hij weer rechte strepen trekken, een net graf graven, en een beetje ordelijk stenen schuren, maar... maar...'

Aan de overkant werd door de mannen, die inmiddels beiden stonden, nog vriendelijk nagepraat. Je kon zien dat de professor het onderhoud wilde beëindigen. Hij neeg telkens zijn hoofd in de richting van de woonkamerdeur. Ginus bladerde nog in de Schrift, de professor sloeg zijn bijbel opeens met een klap dicht, deed één pas, opende de woonkamerdeur en weg was hij.

'Die wil verrot graag niet al te laat terug zijn bij moeders,' zei mijn vader, 'geef hem eens ongelijk.'

Ook mijn vader sloeg zijn bijbel dicht. Hij zei: 'Nou, ik zal morgen in 't baarhuisje wel horen met welke tekst... och, wat zou ik graag weten... ik zal 't morgen wel horen... nog een hele avond en een hele nacht wachten... nee, dat gaat niet, dat kan niet, ik ga d'r gewoon nog eventjes heen, 't is nog vroeg in de avond, misschien wil Ginus nog wel een stevig potje dammen om een beetje op verhaal te komen.'

Mijn vader daalde de trap af. Ik hoorde onze voordeur dichtslaan. Nog geen minuut later ging de voordeur alweer open. Ik hoorde de stem van mijn vader, toen de stem van Ginus. De laatste zei: 'Ik dacht: ik ga nog effetjes naar m'n chef toe, misschien wil hij nog wel een potje dammen, dan kan ik hem meteen vertellen waar die prof mee aankwam.'

Terwijl ze zich installeerden achter het dambord, ging ik de woonkamer binnen. In de hoge leunstoel naast de kachel verschanste ik mij met *Mijn leertijd op het land* van Fritz Reuter. Al voor de damstenen ordelijk op het bord stonden, zei Ginus: 'Weet je wat die prof zei? Hij zei: "Petrus heeft als discipel een paar jaar lang met Jezus opgetrokken. Dus als er iemand is die weet wat onze heiland gezegd en bedoeld heeft, is hij het wel. Jezus heeft ongetwijfeld veel meer gezegd dan er in het evangelie terecht is gekomen." Nou, je wilt zo'n man graag ter wille zijn, dus ik zei tegen die prof: "Dat klopt, Johannes zegt dat Jezus nog vele andere dingen gedaan heeft, Johannes 21 vers 24."

"Nou, zie je wel," zei die prof, "dus als we daarvan uitgaan, kunnen we er ook van uitgaan dat hij tegen Petrus, al staat dat dan niet met zoveel woorden in de Schrift, precies gezegd heeft waar Hij voor kwam. En diezelfde Petrus zegt in zijn eerste brief: 'Want ook Christus is eenmaal om de zonden gestorven als rechtvaardige voor onrechtvaardigen, opdat hij u tot God zou brengen."'

'O, dus jullie zaten in de brieven van Petrus te bladeren toen jullie...' zei mijn vader, en zijn stem stierf weg, en ik wist waarom. Hij besefte dat Ginus uit zijn opmerking kon opmaken dat wij boven hadden staan gluren, maar Ginus luisterde niet naar mijn vader, schoof zijn witte damstenen over de zwarte velden en mompelde: "...die zelf onze zonden in zijn lichaam op het hout heeft gebracht, opdat wij, aan de zonden afgestorven, voor de gerechtigheid zouden leven..." '

'Ja, ja,' zei mijn vader, 'da's 1 Petrus 2 vers 24 en in vers 21 staat...'

' "...daar ook Christus voor u geleden heeft, en u een voorbeeld heeft nagelaten, opdat gij in zijn voetstappen zoudt treden..." '

'Nou,' zei mijn vader, "t is in- en intreurig dat ik niet op het idee gekomen ben om jou met die brieven van Petrus om de oren te slaan. Dan had ik je eindelijk kunnen overtuigen...'

'Overtuigen,' zei Ginus, 'mij overtuigen? Hij heeft me helemaal niet overtuigd. Als je die twee brieven van Petrus goed leest... ik heb me daar al zo vaak over verbaasd... in die twee brieven komt het woord kruis niet voor, d'r staat helemaal niks in over Jezus' kruisdood.'

'Wel waar,' zei mijn vader, 'je zei het zelf net nog... die onze zonden op het hout heeft gebracht.'

'Het hout? Bedoelt Petrus met "het hout" zijn kruis? Maar waarom zegt hij dat dan niet? En waarom zegt hij: "Die onze zonden in zijn lichaam op het hout heeft gebracht?" '

'Ja, maar dat staat in die beroerde Nieuwe vertaling,' zei mijn vader. 'In de Oude vertaling staat: "Die zelf onze zonden in zijn lichaam gedragen heeft op het hout." '

'Alsof dat duidelijker is.'

'Natuurlijk wel, hij heeft onze zonden aan het kruis gedragen.'

'Je leest weer met je kruisbril op,' zei Ginus verontwaardigd, 'd'r staat niet kruis: d'r staat hout. Welk hout, wat voor hout?'

'Het kruishout,' zei mijn vader.

'Waarom staat dat er dan niet? Waarom staat er niet: die ter wille van de vergeving van onze zonden, aan het kruis werd genageld? D'r staat: "...die onze zonden in zijn lichaam..." In zijn lichaam? Onze zonden in zijn lichaam? Wat wordt daar in vredesnaam mee bedoeld? Daar is toch niks van te begrijpen? En dan staat er daarna: "Opdat wij, aan de zonden afgestorven, voor de gerechtigheid zouden leven." D'r staat helemaal niks over vergeving, niks, helemaal niks, en in die andere tekst ook al niet, d'r staat alleen maar: "Christus heeft voor u geleden en u een voorbeeld nagelaten opdat gij in zijn voetstappen zoudt treden."'

'Maar d'r staat ook, in hoofdstuk 3 vers 18: "Want Christus heeft ook eens voor de zonden geleden..."

'Ja, en wat staat daar achter,' schreeuwde Ginus opgewonden, 'wat staat daar achter? Daar staat achter: "Opdat Hij ons tot God zou brengen." Dus er staat per se niet: opdat Hij daarmee zou zorgen voor de vergeving van onze zonden... dat staat er nou juist niet... d'r staat: "Opdat hij ons tot God zou brengen." Dus Jezus heeft geleden voor onze zonden om ons tot God te brengen zodat wij zouden begrijpen dat God, tot wie wij door hem gebracht zijn, ons vergeeft, gelijk wij... zoals wij vergeven. Zo is het, en niet anders.'

'Ik had er wel een beetje moed op,' zuchtte mijn vader, 'dat die rooie je hersens weer netjes in de plooi had gestreken, maar 't valt helaas bar tegen.'

'Toen hij binnenkwam, zei hij tegen me dat het niks nieuws was wat ik dacht, dat het al eerder, al minstens duizend jaar geleden, ook werd gezegd en dat de kerk dat toen als ketterij heeft veroordeeld. Maar hij zei ook dat het eeuwen heeft geduurd voordat het in de kerk precies duidelijk was hoe de vork in de steel zat met die verzoening en dat de een of andere Engelse bisschop, Anselmus van... zo'n Engels plaatsje... kom, help me eens, nou ja, doet er ook niet toe... die Anselmus heeft pas in de twaalfde eeuw... een plaatsje met van dat mooie haakwerk erin... kom nu, help nou eens...'

'Haakwerk?' vroeg mijn vader verbaasd.

'Ja, haakwerk... kant...'

'Canterbury,' zei ik.

'Precies, Canterbury,' zei Ginus, 'Anselmus van Canterbury... nou weet ik het weer, die roomse knakker is d'r voor 't eerst mee aangekomen... die heeft in de twaalfde eeuw de verzoeningsleer op papier gezet... pas toen, want daarvoor leerden ze... maar da's ook niet zo vreemd, want er klopt geen barst van... Christus is gestorven opdat Hij ons tot God zou brengen... dat is wel even heel iets anders.'

Ginus verschoof onrustig zijn damstenen. Het leek niet waarschijnlijk dat er echt gespeeld zou worden.

'Zo'n man...' zei hij, 'zo'n prof... denkt mij eventjes te overbluffen... met de twee brieven van Petrus... alsof het daar zwart op wit staat... 't was overigens wel een aardige vent, daar gaat niks van af, maar Petrus, die brieven... 't is juist zo ontzettend eigenaardig dat er in die twee brieven zo bitter weinig over het leven en het sterven van Jezus te vinden valt. Je zou toch zeggen dat dat het meest aangrijpende moet zijn dat Petrus in zijn leven heeft meegemaakt... de kruisiging... de opstanding... de hemelvaart... en hij schrijft er niks over. Je vindt geen woord over het kruis, echt geen woord.'

'Wel waar,' zei mijn vader.

'Nee,' zei Ginus, 'd'r staat alleen maar: "die onze zonden in zijn lichaam op het hout heeft gebracht..." Zonden brengen op het hout... daar is toch niets van te begrijpen... Als daar eigenlijk mee bedoeld is: die voor de vergeving van onze zonden aan het kruis heeft geleden, is het toch wel heel eigenaardig om dat zo godsgruwelijk onduidelijk te zeggen. Op het hout. In zijn lichaam. Wat moet je je daar in vredesnaam bij voorstellen? Onze zonden in zijn lichaam?'

24

'Als hij nou verder z'n bakkes maar houdt,' zei mijn vader, 'komt het best in orde met hem. Die VU-man is 's avonds bij hem weggegaan met het idee dat hij hem aardig tuk had met Petrus. Dat heeft die rooie vast en zeker ook aan onze ouderlingen gerapporteerd en als die zich verder nou ook een beetje koest houden, zijn we van alle narigheid af. Met Ginus gaat het in ieder geval weer stukken beter, die zit alweer aardig hoog op het paard. Als je tegen hem zegt: schuur netjes alle letters van die zerk van Duifje Dirkzwager af, hoef je 'm niet meer te knijpen dat hij per ongeluk de steen ernaast een beurt geeft. En z'n grindstrepen zijn vandaag de dag ook weer aardig recht.'

Mijn vader bleek een en ander toch te optimistisch ingeschat te hebben. Zeker: het onderhoud met professor Schippers had Ginus goedgedaan. Uit diepten van ellende rees hij op. Strijdvaardiger dan voor die gedenkwaardige avondmaalszondag hield hij nu soms rustig op de Markt of in de Hoogstraat een ouderling of diaken aan, en begon dan een gesprek. Herhaaldelijk heb ik hem, driftig gebarend, in het prille voorjaarszonlicht op de Havenkade of op het dak van de Rioolbemaling een ouderling zien aanklampen en toespreken. Het leek of hij nu zelf het conflict met de kerkenraad zocht, alsof hij nu zelf niet meer wachten kon, alsof hij onvervaard aanstuurde op de derde vermaning die hem, als hij zich niet bekeerde, wellicht al voor de zomer vanaf de kansel te beurt zou vallen.

In zijn woonkamer verschenen op winderige voorjaarsavonden ouderlingen die vaak al eerder waren geweest en die soms zo lang met Ginus discussieerden dat mijn vader het geduld niet opbracht om een hele avond naar hem te gluren.

'Het is een stomme eendvogel,' zei mijn vader herhaaldelijk, 'het laatste wat hij doet is z'n bakkes houden, hij zit ze gewoon te treiteren, die ouderlingen, hij is er gewoon op uit om ze alle hoeken en gaten van het Nieuwe Testament te laten zien. Je snapt het niet. Het is net alsof hij bezeten is. Met mij wil hij er op het graf ook de hele tijd over praten. "Ginus," zeg ik dan, "hou je smoel, of anders laat ik jou het ruimen helemaal alleen opknappen." Het is jammer dat hij daar zo'n pesthekel aan heeft. Ik heb er zelf ook een pesthekel aan, en als hij dat nou niet had, kon ik die rotklus helemaal aan hem overlaten. Maar ja, bij hem komt er ook bij... hij rookt niet, en als je niet rookt... steek je een sjekkie op, dan heb je veel minder last van de stank.'

Op een warme, heiige zondag in de voorzomer geschiedde wat blijkbaar onvermijdelijk was. Twee geweldige bossen rozerode gladiolen sierden de avondmaalstafel. Achter die bossen daverde op de kansel de kraakstem van dominee Baarvink:

'Geliefden in den Here. De kerkenraad was reeds een- en andermaal in de droeve noodzakelijkheid aan de gemeente mede te delen dat broeder Gilkinus van Diepenburch zich bij voortduring schuldig maakt aan de loochening van de enige offerande van Christus en dat hij wegens kennelijke onboetvaardigheid niet slechts van het Heilig Avondmaal is afgehouden geweest, maar dat de kerkenraad ook tot zijn afsnijding had voort te varen. Aangezien tot hiertoe nog immer van waarachtige bekering bij dezen broeder niets is gebleken, maar integendeel de menigvuldige bestraffingen en vermaningen zonder gevolg zijn gebleven, wordt in de droeve zaak der afsnijding verder voortgevaren en u voor de derde en laatste maal hiervan mededeling gedaan en u te kennen gegeven dat hij, tenzij hij zich alsnog bekeert, nog voor het einde van dit jaar van de gemeenschap der kerk zal worden uitgestoten. Wij wekken u voor het laatst met den meesten ernst op, om hem te vermanen, en voor hem vurig te bidden, of het den Here behagen mocht, hem alsnog tot bekering te leiden, opdat hij zich niet tot het uiterste verharde.'

Toen we beduusd de kerk verlieten, zei mijn vader: 'Ik zal proberen hem aan zijn verstand te spijkeren dat hij nu beter de eer aan zichzelf kan houden. Voor ze hem echt in de ban doen, kan hij zich maar beter aan de gemeenschap der kerk onttrekken.'

'Dat zal hij heus wel doen,' zei mijn moeder, 'hij zal het er toch niet op aan laten komen?'

'Als hij dat wel doet, zou hij de eerste zijn van wie ik dat meemaak,' zei mijn vader, 'zelfs vrouw Spijker is er indertijd nog uitgestapt voor ze haar na de derde vermaning in de ban deden en die had toch...'

Mijn vader hield helaas bijtijds voor zich waaraan vrouw Spijker zich schuldig had gemaakt. We liepen over de brug van de Noordvliet. Het water rimpelde onstuimig en vervaarlijk in het scherpe licht van de lage lentezon. En diezelfde uitbundig schijnende, maar nog allerminst warme zon zette op het Marktplein de hele voorgevel van lunchroom Strijbos in gloed. Op een van de brede vensterbanken zat schrijlings een meisje. Boven haar hoofd tuimelden, vlogen, buitelden kleine witte wolkjes die opdoemden vanachter de televisieantennes en schoorstenen. Razendsnel verdwenen ze in de richting van de Nieuwe Waterweg.

Ik kon merken dat de adem van mijn vader stokte. Mijn adem stokte ook. 'Wie is dat?' fluisterde hij. Dadelijk gaf hij zelf het antwoord: 'Zijn dochter.' Hij voegde er op gedempte toon aan toe: 'Moet je d'r zien zitten. Weet vast en zeker nog van niets.' Mij leek dat ze daar, had ze wel geweten wat over haar vader was voorgelezen, niet anders had gezeten. Losjes – haar voeten raakten maar nauwelijks de grond, het leek of ze zweefde – hing ze op de brede vensterbank. Ze rookte een sigaret. Het was of de zon zelf haar het hof maakte, of alle licht ervan op haar viel. Ze leek zo sprekend op haar vader dat je bijna niet begrijpen kon dat ze desondanks een meisje was. Een meisje dat nooit en te nimmer gedeerd of geraakt kon worden door zo'n miezerige kerkelijke vermaning. Zo iemand was immers onaantastbaar, ongenaakbaar.

Waarom zat ze daar? Op wie wachtte ze? Nooit zal ik het weten, maar nooit ook zal ik die winderige, stralende voorjaarsdag vergeten, zo'n dag waarop je, was het geen zondag geweest, je vlieger uit de kast zou hebben gehaald. Ik heb geen foto nodig om haarscherp te zien hoe ze daar zat, in haar openvallende rode jasje, onder die dartelende, helderwitte wolkjes die, steeds maar aangevuld vanuit een onuitputtelijke voorraad, in adembenemende vaart de hemel bleven bezeilen.

25

In de gloeiende zomerzon slenterde ik, nadat ik een bezoek aan het zwembad had gebracht, over de basalthelling langs de rivier. De veerboot werd geladen. Voordat de rode lijnbus naar de eilanden de pont opreed, liep een hond op een sukkeldrafje onbekommerd over de brede loopplank. Ik hoorde een dekknecht vloeken, vervolgens schreeuwen: 'Daar heb je die pleurishond weer. Nou is het verdomme wel genoeg geweest. Nou grijp ik hem onderweg bij z'n kladden en smijt ik hem overboord. Kan hij eindelijk verzuipen, dat kreng.'

Ik zag hoe de hond doodgemoedereerd tussen de fietsers die op het dek inschikten, naar de achtersteven kuierde. Weer hoorde ik diezelfde stem, blijkbaar in antwoord op iets wat een passagier had gezegd, getergd uitroepen: 'Welnee, die hond hoort bij niemand, die hond komt hier altijd in z'n uppie aanlopen, gaat dan aan boord, huppelt er op 't eiland weer af, loopt daar een poosje her en der zijn kostje op te scharrelen en vaart dan weer zonder betalen terug. Het is godgeklaagd.'

Ik kon niet horen wat de passagier naar voren bracht.

'Welnee,' zei de stem, 'hij vaart al jaren met ons heen en weer. Elke keer zie je hem over het dek schuifelen. Het moet nou eens afgelopen zijn.'

De rode lijnbus reed de veerboot op. Was die eenmaal aan boord, dan ging steevast de loopplank omhoog. Pal achter de bus, zodat ik niet zichtbaar was voor het personeel, glipte ik de veerboot op. Het was altijd een hele kunst om gratis over te varen, maar als je niet gezien werd terwijl je aan boord ging, lukte dat doorgaans. Mij was het overigens niet te doen om een gratis vaartochtje. Zonder er verder bij na te denken was ik aan boord gegaan. Pas toen ik, uitkijkend naar de hond, mij tussen de fietsers door wurmde, begreep ik dat ik hem tegen de dekknecht beschermen wilde. Het dier was nergens meer te zien. Ik schuifelde langs de auto's. De veerboot was afgeladen. Als het zo ongelofelijk druk was, kon je erop rekenen dat je, mits je maar uit de buurt van de kaartjesverkoper bleef, niet hoefde te betalen. Overigens had ik geen geld op zak. Dat had ik in die tijd nooit.

Toen zag ik achter een opgerolde berg touw de hond. Hij zag mij ook. Hij kwispelde en blafte verheugd. En dadelijk hoorde ik die harde stem. 'Waar is dat ellendige pleurisbeest. Nou zal 't toch gebeuren, nou gaat dat mormel eraan. D'r staat een zware ebstroom. Gaat hij halverwege overboord, dan redt hij het nooit om naar de wal te zwemmen. Nou zal ik hem... nou zal ik hem...' en ik zag de dekknecht opduiken vanachter de hoge stuurcabine. Rijwielen driftig opzijduwend, bewoog hij zich in de richting vanwaar het geblaf geklonken had. De hond zag hem naderen, begreep terstond dat hij in gevaar verkeerde. Hij sprong op de dekkisten en rende naar de voorplecht. Daar haalde een andere dekknecht de tros binnen. Deze liet het touw los, probeerde de hond te grijpen, maar het dier schoot onder zijn armen door en slalomde behendig, tussen de fietsers door, mijn richting uit. Eén fietser zette echter zijn voorwiel dwars op het moment dat de hond wilde passeren. Het dier jankte, probeerde over het wiel heen te springen. Dat lukte hem niet. Twee andere fietsers zetten ook hun voorwiel dwars en toen stond hij, midden op het dek, doodstil, zijn kop enigszins gebogen, zijn oren plat naar achteren, wanhopig naar mij te kijken. Ik kon hem zacht horen janken. Om dichterbij te komen, moest ik mij langs het wagentje van een petroleumboer wringen. Vervolgens stuitte ik op een ondoordringbare haag fietsers. Alleen via een omweg, deels over de dekkisten, kon ik hem naderen. Ik bereikte hem echter pas toen de vloekende dekknecht allang bij de fietsers stond die hem met hun voorwielen hadden ingesloten.

'Nou gaat ie overboord,' schreeuwde de dekknecht.

'Is dat echt nodig?' vroeg een fietser.

'Nou en of! Vaart altijd maar heen en weer alsof het niets kost.'

'Daar heeft toch niemand last van?'

'O, nee? Kakt en piest aan 't dek waar 't hem maar uitkomt. We zijn dag en nacht in de weer om de zaak een beetje schoon te houden. Elke snerthit die aan boord komt vindt 't, goddomme, nodig om hier op 't dek altijd de hele mikmak onder te schijten. En zo'n hond idem dito.'

'Zo'n hit is natuurlijk bang,' zei de fietser.

'Bang? Van wie? Van ons? Hij heeft goddome het recht niet om bang te zijn. Laat hij bang zijn op de wal. En die pokkenhond is al helemaal niet bang, die kuiert hier rond alsof hij thuis is... kakt en zeikt naar 't hem uitkomt... bang... het is godgeklaagd. Kom hier met dat ellendige mormel. Nou is het voorgoed afgelopen, nou gaat hij eens en voor al onverbiddelijk overboord. Hier is de beste plek. Midden op de Maas. Kan hij 't nooit niet halen om naar de wal te zwemmen. Verzuipt hij eindelijk, dat loeder.'

Ik duwde een voorwiel opzij, en vanuit zijn gekromde houding sprong de hond. Mijn armen spreidde ik al uit voor ik eraan dacht om dat te doen. De hond dook erin en ik omklemde hem, en probeerde achteruit te lopen.

'Wel God allejezus,' schreeuwde dekknecht, 'wil je wel eens met je gore rotpoten van die klerehond afblijven. Kom hier, geef op die kankerhond, het is jouw hond helemaal niet, geef hier, hij mot overboord.'

'Nee,' zei ik.

'Wat nee? Kom hier! Ik heb jou wel aan boord zien piepen vlak achter de bus aan. Koop eerst maar eens een kaartje.'

'Is het jouw hond?' vroeg een fietser.

'Nee, hij is van onze buren,' zei ik.

'O, zodoende,' zei de fietser.

De aanlegsteiger kwam naderbij. Nog even en we zouden het eiland zo dicht zijn genaderd dat de hond, zelfs als hij overboord werd gegooid, zwemmend de wal zou kunnen bereiken. Ook de dekknecht besefte dat. Woest duwde hij fietsers opzij. Hij deed twee passen, was vlak bij me en gaf me een keiharde vuistslag tegen mijn linkerschouder. Daardoor moest ik de hond wel loslaten en de dekknecht griste het jankende dier uit mijn handen, knelde hem vast tussen linkerarm en romp, en hield ondertussen de nek in een houdgreep.

'Niet doen,' schreeuwde ik, 'niet doen.'

'Het is jouw hond helemaal niet, vuile kleine etterbak,' raasde hij, 'het is die klotehond van die verdomde godloochenaar uit de Pieter Schimstraat, nou zal 't eindelijk eens afgelopen zijn, verdomme nog aan toe, altijd maar weer overvaren of 't niks kost, elke week minstens twee, drie keer, en dat al jarenlang.'

Eer hij de reling kon bereiken, moest hij zich tussen stilstaande fietsers een weg banen. Die schikten in, lieten hem bereidwillig en meestal zelfs glunderend passeren. Het was alsof ze zich bij voorbaat verkneukelden over het schouwspel dat hun zo dadelijk geboden zou worden: een hond in doodsnood in de zware golfslag van de rivier. Terwijl ik volgde, ging ik er steeds van uit dat de dekknecht er op het laatste moment voor zou terugschrikken om de hond overboord te smijten. Mij leek het ondenkbaar dat zoiets gebeuren kon. Het was zomer, het was warm, de zon scheen uitbundig. Het eiland glansde paradijselijk aan bakboord. Het was een beetje heiig. Aan de hemel hingen onbeweeglijke witte wolkjes. Je zou niet kunnen vliegeren. Je kon loom in het gras liggen en naar de golfslag staren. Niets kon mens of dier deren op zo'n stralende zomerdag.

Toen de dekknecht de reling bereikte en aanstalten maakte om op een van de witte kisten te klimmen, was ik te ver achter hem om een arm of been te grijpen. Naast een laag fietsje stond een grauw schoolmeisje. Ik vroeg haar niets, greep haar bagagedrager en ramde met het voorwiel het klimmende linkerbeen van de dekknecht. Het was net voldoende om hem – hij had het andere been al boven op de kist staan – uit zijn evenwicht te brengen. Hij kantelde, zwaaide even, greep toen met zijn graaiende rechterhand de reling. Uiteraard verslapte daardoor zijn greep op de hond, die hij tussen arm en romp gekneld hield. De hond keek naar mij om. Nooit zal ik zijn blik vergeten. Zoals hij keek! Alsof alle hoop allang vervlogen was.

'Kom dan,' riep ik, 'kom dan.' Hij worstelde om los te komen. De knecht zwaaide nog even, hervond toen z'n evenwicht, trok zijn linkerbeen op, verhief zich in zijn volle lengte op de kist, greep de hond in zijn nekvel en slingerde hem overboord. Uit de monden van de toekijkende fietsers ontsnapte een gemeenschappelijke, diepe zucht, een zucht van bewondering, van opluchting, van verbazing.

Ik bereikte de reling, keek overboord, zag de hond nergens, moest de impuls weerstaan om erachteraan te springen. Ik zag alleen maar het kolkende, schuimende water, hoorde alleen maar het gekrijs van de steeds opnieuw in het kielzog duikende kapmeeuwen. Naast mij stond de dekknecht. Ook hij keek overboord. Het was alsof hij al zijn woede tegelijk met de hond overboord had gesmeten. Hij stond enigszins bedremmeld naar de in het zonlicht schitterende golven te staren, zei toen timide: ‘Daar is hij.’

Rustig zwemmend, alsof hij slechts een smal slootje over moest steken, ploeterde de hond door de golven. Hij zwom helaas niet in de richting van Rozenburg, hij zwom terug, en daarom schreeuwde ik: ‘Hierheen.’

De hond hoorde mij, verlegde dadelijk zijn koers.

‘Als je maar weet dat z’n baas een verdomde godloochenaar is,’ zei de dekknecht, ‘hij verdient het voor honderdtien procent dat z’n hond verzuipt. Altijd maar overvaren. Alsof ’t maar niks kost.’

Het dier was inmiddels al ver achter geraakt. Hij zwom in kaarsrechte lijn naar het eiland Rozenburg, kwam echter, toen wij al aanlegden, in een of ander verraderlijk strominkje terecht dat vlak langs de oever trok. Daardoor werd hij weer ver van de walkant afgevoerd. In grote vertwijfeling stond ik het aan te zien, popelend van ongeduld om van boord te gaan. Ik keek of er aan de oever geen roeibootje lag. Ik zag helaas niets.

Met een harde klap kwam de brede loopplank op de kade terecht. Toen ik al langs de waterkant van het groene eiland rende, hoorde ik iemand roepen: ‘Hé, je moet nog een kaartje kopen.’ Verderop, daar waar de walkant flauw afhelde naar het water, zag ik de hond in de rivier zwemmen. Af en toe verdween zijn kop in het water. Toen doemde er een reusachtige, roestige, hoog op het water liggende vrachtvaarder op. Er was niemand aan dek. Ondanks het feit dat er weinig wind stond, wapperden er uitbundig allerlei bont gekleurde vlaggen aan een lijn die van voor- naar achtermast gespannen was. Aan de vlaggenmast op de achtersteven hing een merkwaardig stuk bruin textiel. Was het een vlag? Het ontplooide zich telkens even in het briesje dat van zee kwam, leek dan nog het meest op mijn vlieger. De vrachtvaarder kwam razendsnel naderbij. Achter hem werden de drijvende lichtboeien geteisterd door zijn kolossale boeggolven. Ze zwaaiden wild heen en weer op de rivier. De eerste boeggolf bereikte nu de ploeterende hond, tilde het dier hoog op, overspoelde hem volledig, maar droeg hem ook vele meters in de richting van de walkant. En niet zodra had die eerste golf de hond opeens veel dichter bij de basaltoever afgeleverd, of een tweede boeggolf deed er nog een schepje bovenop. Gedragen door die elkaar vlug opvolgende boeggolven kwam de hond nu, terwijl ik langs de oever naar hem toe holde, snel naderbij. Een nieuw gevaar dreigde. Hij kon door een boeggolf keihard op de basaltblokken gesmeten worden. Haastig deed ik schoenen en sokken uit. Ik stroopte mijn broek op. Over de glibberige basaltblokken liep ik omlaag. De eerste boeggolf sprong op tegen mijn benen. Ik liep gewoon door, het water in. Tweemaal moest ik mijn broek nog opstropen voor de hond, gedragen door de onstuimige watermassa's, binnen handbereik kwam. Toen ik mij bukte om zijn halsband te grijpen, werd ik overspoeld door een nieuwe boeggolf. Ik gleed uit op de blokken, maar de volgende golf duwde me terug zodat ik, al was ik doornat tot boven mijn middel, weer overeind stond. Ik hief de druipende hond uit het water en beklom de basaltoever, er ondertussen steeds op verdacht dat een nieuwe boeggolf mij treffen kon. De hond was zo uitgeput dat hij met gesloten ogen in mijn armen lag. Doordat de dikke vacht doornat was, woog hij loodzwaar. Hoewel hij bijna dood leek, probeerde hij toch manhaftig te kwispelen. Het lukte hem niet, alleen het uiterste puntje van zijn staart bewoog flauwtjes heen en weer. En dat puntje bleef bewegen, bleef voortdurend bewegen, terwijl ik struikelend en kruipend de basalthelling steen voor steen overmeesterde.

Eenmaal hoger op de helling, daar waar het taaie kweekgras opschoot, kon ik mij wat gemakkelijker naar boven bewegen. Doodmoe vlijde ik mij neer tussen de bloeiende grashalmen. De hond ademde zwaar. Ik legde hem naast mij op de tredeplant zilverschoon die daar uitbundig groeide. Ik ging zitten en keek uit over de rivier waarop de veerboot allang weer aan de oversteek was begonnen. Ik wist niet wat ik doen moest. Aan boord gaan van de veerboot was uiteraard onmogelijk. Ik had geen geld voor de overtocht en hoefde er, na al wat er gebeurd was, niet op te hopen voor de tweede maal zonder kaartje te kunnen overvaren. Bovendien was het ondenkbaar om de hond alleen achter te laten op Rozenburg. En samen met hem terug kon al helemaal niet.

Lang zat ik daar aan het water. Allerlei schepen voeren voorbij in het zomerzonlicht. Het was of ik, doordat ik niet terug kon en ook niets wist te bedenken om een einde te maken aan de eigenaardige patstelling waarin mijn leven opeens was komen te verkeren, een onverklaarbare staat van gelukzaligheid bereikte. Onbeweeglijk naast mij liggend droogde de hond langzaam op, daarbij maar steeds dapper proberend of hij alweer wat meer spierkracht en staartlengte tot zijn beschikking had om mee te kwispelen. Er kwam een moment waarop hij overeind krabbelde en zich vervolgens uitschudde. Zodra hij dat gedaan had, zette hij zijn voorpoten op mijn schouders en begon me uitbundig te likken.

Ik streelde over zijn nog altijd vochtige vacht.

'Je bent er nog,' zei ik tegen hem, 'je bent er nog,' en z'n staart begon wild te golven. 'Ja, ja, je bent er nog, ik weet alleen niet hoe we nu terug moeten. Misschien moeten we maar wachten tot het donker is. Of tot die dekknecht geen dienst meer heeft. Misschien moeten we daar maar op wachten. Ze zullen bij mij thuis wel ongerust worden. Bij jou thuis ook?'

Toen de middag al voorbij was, de avond al was begonnen, legde de veerboot weer aan op Rozenburg. De eerste man die van boord ging, kwam over de rivierdijk naar ons toe lopen. De hond begon te grommen, rees op, wilde ervandoor gaan. Ik zei: 'Blijf maar zitten, ik ben bij je, er kan hier niets gebeuren, we zijn twee tegen één.'

De man, het was een dekknecht, bereikte ons.

'Moet je niet terug?' vroeg hij.

'Ik heb geen geld voor een kaartje,' zei ik.

'Niet zo best.'

'Nee.'

'Worden ze thuis ongerust als jij hier blijft zitten?'

'Ja.'

'Nou, kom dan mee.'

'En de hond dan?' vroeg ik.

'Die hond,' zei hij, 'die pokkenhond is toch niet van jou?'

'Hij is van de buren,' zei ik, 'ik ga niet terug zonder hond, ik wacht wel tot het donker is. Dan kan ik met een beetje geluk wel terugvaren zonder dat ik gesnapt word.'

'Kom nou maar mee,' zei hij, 'het is echt wel in orde, m'n compagnon heeft z'n gram nou echt wel gehaald, 't is alleen maar... die baas, z'n baas is een godloochenaar, ik heb het zelf in de kerk gehoord... heus, m'n maatje heeft z'n gram nou echt wel gehaald, 't is mooi geweest, kom nou maar.'

Ik stond op, zei tegen de hond: 'Kom maar, het is veilig.'

De hond wilde niet. Ik moest hem in m'n armen nemen. Hij begon hevig tegen te stribbelen toen ik over de loopplank aan boord ging.

'Niet doen,' zei ik, 'zo meteen donder je uit m'n armen en kom je weer in het water terecht.'

Ook toen we voeren moest ik hem steeds toespreken en hem met beide armen stevig omvatten. De hond bleef doodsbang. Pas toen we weer op de wal waren, kon ik hem op straat zetten. Hij bleef angstvallig naast mij lopen. Zelfs toen we de dijktrap waren afgedaald, sloeg hij niet af naar de Pieter Schimstraat maar bleef hij mij volgen. Daarom keerde ik halverwege onze straat op mijn schreden terug en liep ik met hem naar de Pieter Schimstraat. Ik belde aan bij de Diepenburchs. Machteld deed open, keek mij niet aan, zei alleen maar tegen de hond: 'Zo, ben je daar.' De hond stapte naar binnen, wilde echter toen hij zag dat ik aanstalten maakte om weg te lopen, weer naar buiten gaan, maar snel en behendig sloot zij, zonder mij ook maar één blik waardig te keuren, de voordeur.

26

'Gebruik de zomerdag,' zei mijn vader, 'ga er eens op uit, haal je vlieger te voorschijn.'

'Er staat veel te weinig wind.'

'Dan maak je de staart maar korter.'

'Ik ben te oud om te vliegeren.'

'Te oud? Je bent te oud om de hele dag met je neus in de boeken te zitten. Dacht je dat er ook maar één jongen van jouw leeftijd is die op zulke stralende zomerdagen van 's morgens vroeg tot 's avonds laat zit te lezen? Wat moet er van je terechtkomen? Dacht je dat je tot je tachtigste zo kunt blijven doorlezen? Dacht je daar later je geld mee te kunnen verdienen?'

Hij schudde zijn hoofd en voegde eraan toe: 'In de zomer zouden ze al die bibliotheken moeten sluiten.'

Gelukkig bleven de bibliotheken open. Op stille, warme zomeravonden kon ik de twee verre leeszalen bezoeken. In de Katholieke Bibliotheek trof ik op die avonden steevast de bleke, bitse bibliothecaresse. Om te voorkomen dat ze met een stuurs gezicht een boek van mijn stapel zou afkeuren, koos ik werken van katholieke schrijvers: Bernanos, Mauriac, Green. Ook dat bleek niet altijd afdoende; zelfs *Sous le Soleil de Satan* van Bernanos werd bruusk afgevoerd.

Van Bernanos mocht ik wel alle andere werken lenen, en die zomer las ik in mijn zolderkamertje het hele oeuvre van deze vulkanische geest. Keek ik 's avonds op van mijn lectuur, dan zag ik de lege woonkamer in het huis aan de Pieter Schimstraat.

'Ze sturen geen ouderlingen meer,' zei mijn vader, 'ze laten het er verder bij zitten, ze zouden ook wel gek zijn als ze zo'n doodgoeie knul in de ban zouden doen. Dat hij er een paar rare denkbeelden op nahoudt, nou en? Wie niet? Mij hoor je toch niet klagen? Terwijl ik er nog 't meeste last van heb. Ik hoor 'm d'r elke dag over, maar daarom hoor je mij toch niet zeggen: Ginus sodommieter op. Ik laat hem z'n zegje doen, en dan doe ik m'n zegje en dan graaft hij opgeruimd een graf en schuur ik met m'n splinternieuwe schuurmachine álle letters van een steen af. Het is fantastisch, zo'n machine! Even wat power en je kan helemaal niets meer lezen. Dat zal ze leren, al die rijke stinkerds die over vogelpoep klagen. Och, ik wou dat je die stenen zelf kon wegschuren. Wat is het toch een pest, grafstenen! Als jullie maar allemaal donders goed beseffen dat ik, als ik later dood ben, géén steen op m'n graf wil. Als jullie 't toch in je stomme kop durft te halen om een steen op m'n graf te zetten, kom ik er briesend weer uit, en draai jullie al je poten uit en sla jullie met de bloedende einden om je kop.'

Alsof, naar het woord van de psalmdichter, een blij vooruitzicht hem streelde, wreef hij vergenoegd in zijn handen. Hij zei: 'Nee, ze laten Ginus verder met rust, en over het roomse graf zeurt ook niemand meer. Eindelijk is dan toch tot hun botte hersens doorgedrongen dat ze voor zo'n klusje niet bij mij moeten aankloppen. Blij toe! Je zal daar avond aan avond papen moeten rapen! Nee, nee, daar beginnen we niet aan, al betalen ze goudgeld.'

Na die stralende zomer volgde een gouden herfst. Het enige verschil was dat het 's avonds alweer vroeg donker werd. Op zo'n avond zwoegde ik, inmiddels gevorderd tot de vierde klas van HBS-B, op mijn mechanicavraagstukken. Mechanica viel mij zwaar. Al die geheimzinnige krachten op schuine hellingen – ik kon er geen greep op krijgen. Worstelend met die weerbarstige materie keek ik af en toe vertwijfeld uit het raam van mijn zolderkamer. Halverwege mijn tweede vraagstuk begon plotseling de kroonluchter aan de overzijde te branden. Het licht bescheen een tonsuur. Daaronder was niet veel meer te zien dan een grauwe gestalte met een helderwit boordje. De gestalte ging aan tafel zitten. De hond ging even tegen hem op staan en werd gul bedeeld met een knuffel. Ook Ginus nam plaats aan tafel.

Toen de vrouw van Ginus koffie voor hen neerzette, sprong ik op. Snel daalde ik de trap af.

'Ginus heeft bezoek,' riep ik.

'Wat zeg je me nou,' zei mijn vader. Hij zette het boek van C. Baardman waarin hij had zitten lezen open tegen een stoelpoot zodat hij later zou weten waar hij gebleven was, en rende achter mij aan de trap op.

'Wie hebben ze nou weer op z'n dak gestuurd?' riep hij.

'Het is niet iemand van onze kerk,' zei ik.

Mijn vader stormde voort, leek mijn antwoord niet gehoord te hebben. Drie reusachtige passen en hij had het zoldervenster bereikt. Hij keek aandachtig omlaag. Vanuit zijn middenrif wrong zich een gekwelde kreet omhoog.

'De pastoor,' riep hij, 'ik geloof al z'n leven dat 't de pastoor is. Als hij nou eens even z'n snoet zou laten zien... maar ja, wie kan het anders zijn. D'r is hier maar één zo'n paap. Wat heeft die daar te zoeken? Komt hij met Ginus over de vergeving mekkeren... welnee, natuurlijk niet, verrek, die komt alleen maar om Ginus zover te krijgen dat hij dat akkefietje... hoe durft die paap! Achter mijn rug om! Daarom is hij natuurlijk ook naar de Pieter Schimstraat afgedaald! Hij heeft 't niet aangedurfd om op 't graf te komen. Dacht: dan krijg ik toch eerst met die grafmaker van doen. Moet ik niet hebben, moet ik omzeilen. Nou dan maar op een avond naar de Pieter Schimstraat. Moet je nou toch zien. Daar zit vast en zeker onze pastoor. Voor hij Ginus op z'n dak viel heeft hij z'n omgekeerde boordje nog netjes laten wassen en stijven.'

Mijn vader stond een poosje naar de twee mannen te turen, die rustig pratend, en af en toe een slokje koffie nemend, onder dat lieflijke, gele schijnsel van de kroonluchter zaten.

'Ginus...' zei mijn vader, en toen zweeg hij weer een poosje. Hij ijsbeerde door mijn kamertje 'Hou jij ze even goed in de gaten, ik ga m'n shag halen, ik kan dit niet aanzien zonder een rokertje, dat gaat echt niet.'

Terwijl ik mij weer over mijn mechanicavraagstukken boog, keek ik af en toe over de dakgoot heen. Er was niets anders te zien dan twee mannen die vertrouwelijk met elkaar praatten.

Mijn vader keerde terug, begon een sigaret te rollen. Hij vroeg: 'Zitten ze er nog?'

Een antwoord bleek overbodig. Hij was al bij het raam, keek naar buiten, maakte zijn sigaret af, stak hem aan en blies dikke rookwolken tegen het ruitje. Wilde hij zichzelf het zicht ontnemen op iets dat hem verbijsterde? Hij zei: 'Nou zal je 't toch meemaken. Nou gaan ze op 't gemoed van Ginus werken. Nou gaan ze 'm zachtjes aanpraten dat hij die papen moet rapen. En dat terwijl hij zo'n pesthekel heeft aan ontruimen. Zelfs het woord zal hij nooit in de mond nemen. "Chef," zegt hij altijd, "chef, laat mij nou graven en schuren en strepen trekken en blaren harken en gras maaien, als jij dan 't keren maar voor je rekening neemt." Ruimen noemt hij altijd keren. Gek hè, dat heeft hij vroeger eens gehoord en dat krijg je er niet uit. Chef, als jij 't keren maar doet. Het is toch een beetje een handicap voor 'm dat hij er zo bar slecht tegen kan om een dooie te zien. Laatst nog kwamen ze aanzetten met een drenkeling. Wie het was, niemand wist het. Zo eentje komt dus in 't lijkenhuisje terecht. Nou, dan cirkelt hij daar in een grote boog omheen, dan wil hij niet naar binnen. Al 't kwade water dat eruit gelekt kwam, heb ik toen op m'n eentje moeten opdweilen. Terwijl ik gebukt bezig was, viel de hand van de dooie van de lijkbaar af. Sloeg hij me zo op m'n kop. Het is gek, maar dan schrik je toch even. Terwijl ik er niks van heb als er een dooie boven me ligt... ik weet nog goed dat er eentje lag, ook zo'n drenkeling, die begon opeens vreselijk te boeren... ja, dat heb je soms... gasontwikkeling in zo'n lijk... dus ik zeg tegen 'm: "Hou je kop, anders sla ik je dood." '

Mijn vader nam vergenoegd een trekje van zijn sigaret, blies de rookwolken weer tegen het venster, zei: 'Zou die pastoor hem nou zover weten te krijgen? Het is een doodgoeie knul, als je een beetje op hem inpraat, heb je hem zo waar je wezen wil, behalve, gek genoeg, over de vergeving der zonden. Eigenaardig hè, dat er in zo'n plooibaar iemand zo'n harde kern kan zitten, zo'n brok graniet. Maar ja, ik weet 't nog van vroeger, je had ook van die boerenpaarden, van die Belzen met schoften als viaducten... je kon er alles mee doen, ze waren als was in je handen, maar zagen ze zonlicht blikkeren op een stalraampje, dan was er opeens niks meer met ze te beginnen. Dan waren ze helemaal gepantserd. Onder die plooibaarheid zit koppigheid. Gek dat die er zo duidelijk uitkomt als je een paard met een ezel kruist. Zo'n muildier, we hadden d'r indertijd eentje... al sloeg je 'm verrot, als hij niet wilde, wilde hij niet. Ja, Ginus doet me vaak aan een paard denken... zeg het niet tegen je moeder, maar neem van mij aan: van een paard kun je heel wat meer houden dan van een vrouw, heel wat meer... och, och, ik weet nog goed... toen ik nog als boerenknechtje op de Leeuwenwoning werkte, hadden we daar toch een lief paard... kwam er op een keer een dwerggeitje langs, dat speels met z'n horentjes naar hem stootte... het paard is nooit meer de oude geworden... het luistert zo nauw bij die beesten, ze zijn zo teergevoelig.'

Hij blies weer een rookwolk tegen het raam.

'Moet je zien hoe genoeglijk ze zitten te keuvelen. O, als dat maar niet... het is toch zeker mijn akkefietje, daar moeten ze wel met hun poten van afblijven, echt, ik wil 't best doen... met een dragline... nou, dan is de zaak toch rond, dan moeten ze toch niet... Ginus, beste knul, hou je poot stijf, niet doen, niet doen... denk aan al die brandstapels... 't zijn papen, 't is uitschot, 't zijn en blijven varkens... eigenlijk moest je een paar zogende zeugen op 't graf hebben, had je dan een drenkeling die je niet kunt identificeren dan zou je 'm bij die zeugen kunnen gooien... nou, die eten 'm schoon op, die laten niks over... Op Sicilië, de maffia... als ze een lijk kwijt moeten... in 't varkenskot ermee... ik begrijp trouwens toch niet waarom wij onze lijken niet gewoon aan de zeugen voeren... hoefde je geen kerkhoven aan te leggen, was je verlost van die ellendige grafstenen, hoefde je nooit te ruimen... Ginus, hoor je me, hoefde je nooit te keren... moet je nou toch kijken, zelfs die hond ligt in z'n mand nog te kwijlen... wat moet ik nou doen? Als hij ja zegt, ben ik de pineut, want dan begint hij aan de klus en dan zegt hij al na een week of twee: "Chef, 't valt me zo zwaar, dat keren, 't valt me zo enorm zwaar, zou je me niet een handje willen helpen?" En dan kan ik wel nee zeggen, en dan zal ik ook wel beginnen met nee te zeggen, maar dan zal het er toch op uitdraaien dat ik 'm niet alleen laat ploeteren, en dan zit ik er dus toch nog aan vast... Ginus, jongen... wat moet ik doen? Zal ik gewoon op hem afstappen? Zal ik gewoon aanbellen en zeggen: ik zag toevallig dat je een omgekeerd boordje op bezoek hebt, ik kom er maar even bij want... wel verrek, moet je nou zien.'

Mijn vader zweeg. Opkijkend van mijn vraagstukken kon ik, over de dakgootrand heen, ontwaren hoe het licht van de kroonluchter scheen op een groot boek waarvan de afzonderlijke bladzijden haast doorschijnend leken als ze werden opgeheven teneinde ze om te slaan.

'Ze hebben de Schrift erbij gehaald,' zei mijn vader plechtig, 'ze gaan het hebben over 't onzevader en de vergeving der zonden. Het heeft geen zin meer om erheen te stappen. Of Ginus heeft al ja gezegd, en dan kun je niet meer terug, dan is het beklonken, of Ginus heeft gedacht: ik wil het er eerst eens met de pastoor over hebben dat ze mij, omdat ik Gods almacht verkondig, vanaf de kansel nu al driemaal vermaand hebben en met grof geweld van het avondmaal hebben afgehouden. Eens kijken wat zo'n pastoor daar nou van zegt. Dan zal ik eens zien of ik hem een beetje ter wille kan zijn.'

Mijn vader drukte zijn sigaret uit tegen het raam, mompelde: 'Ze hebben nog steeds geen mot.'

Toen de pastoor opstond en de kamer verliet, zei mijn vader: 'Eigenaardig hè, komt er een dominee of komen er twee ouderlingen, of komt er zo'n rooie prof van de VU, dan hebben die allemaal hun eigen bijbeltje bij zich. Maar zo'n pastoor... zou die wel een bijbel op zak hebben? Ik heb er geen cent vertrouwen in dat hij 'm uit het hoofd kent, maar hij heeft zelfs niet één keer Ginus' trouwbijbel naar de overkant van het tafelkleed getrokken om iets in de Schrift aan te wijzen. Wat zou hij nou gezegd hebben? Maar ja, om daar nou heen te stappen. Ik wil Ginus ook niet de indruk geven dat ik hem avond aan avond bespioneer. Met een beetje goeie wil hoor ik morgenochtend in het baarhuisje wel... als Ginus nou maar niet gezegd heeft dat hij het wil doen... in vredesnaam... laat het niet gezegd zijn... dan zit ik er toch nog aan vast... je zal 't zien... ben ik toch nog de pineut... mag ik, voor een prikkie per lijk, op duizend vrije avonden duizend dooien overhevelen... o, o, wat hebben ze je weer bij de beer.'

27

Glunderend kwam mijn vader de volgende dag even na vijf uur thuis. Hij wachtte niet tot hij zijn avondkoffie voorgezet had gekregen, hij zat zelfs nog niet eens toen hij zei: 'Ginus heeft tegen de pastoor gezegd dat hij d'r eerst met mij over moest praten voor hij wat kon toezeggen.'

Mijn vader nestelde zich in zijn leunstoel, greep zijn vloeitjes, tastte naar zijn pakje shag en vervolgde: ' "Meneer pastoor," heeft hij gezegd, "meneer pastoor, ik kan niet achter de rug van m'n directe chef om, buiten m'n chef om, zonder overleg met m'n chef..." en die pastoor natuurlijk meteen: "Nee, dat begrijp ik, dat begrijp ik best, maar je baas stelde zulke hoge eisen, dus wij dachten..." '

Mijn vader likte uitbundig aan het vloeitje.

'Nou ben ik toch benieuwd of daar in de Pieter Schimstraat dat hele circus voor een tweede keer verschijnt. Eerst Alers, dan Kloet, dan de burgemeester. Ik heb hem in ieder geval gezegd dat hij er in geen duizend jaar aan beginnen moet. En zou hij 't toch overwegen, dan alleen met een dragline. Kijk, daar had Ginus nog niet aan gedacht, dus dat hielp aardig om hem over de streep te trekken, want in z'n hart... dat voelde ik wel... in z'n hart had hij al besloten dat hij het wel wilde doen als ik er niks op tegen had. Omdat hij, nou hij d'r zo beroerd aan toe is vanwege al die vermaningen – zelfs op straat spreken ze hem erover aan, en meestal spreken ze niet eens maar spuwen ze hem meteen op z'n vestje, of ze sissen "godloochenaar" tegen hem – dat hij verrekte blij is dat hij niet overal in het verdomhoekje zit. Tenminste: zo ziet hij dat. Hij denkt dat 't een hele eer is dat zo'n pastoor de Pieter Schimstraat weet te vinden om 'm te polsen voor dat godsgruwelijke karwei. Hij beseft niet dat de pastoor met z'n handen in z'n haar zit... nou ja, haar... dat de pastoor op z'n kale plek krabt omdat hij duizend lijken moet verkassen.'

Mijn vader pauzeerde even om zijn sigaret aan te steken, zei toen:

'Je zal 't niet geloven maar de pastoor is hem bijgevallen over de almacht van God. Ik zeg tegen Ginus: dat heeft hij alleen maar gedaan omdat hij opgescheept zit met duizend lijken die verhuisd moeten worden. Als hij jou daarmee zover krijgt dat jij je schouders d'r onder zet, wil hij maar wat graag de enige offerande van Christus loochenen. En Ginus zegt tegen mij: "Hij begon er zelf over. Hij zei dat hij zo her en der op straat een en ander over mij gehoord had, maar dat hij nu graag eens van mijzelf wilde horen wat er aan de hand is. Dus ik heb 't hem haarfijn verteld en toen zei hij: 'Ik begrijp niet dat ze u in uw kerk daar zo hard over vallen. Zoals u het verstaat, kun je 't heel goed zien. U zegt immers ook dat Christus je wijst op de vergeving der zonden die van de vader uitgaat.' "

"Ginus," zeg ik, "geloof mij nou, die pastoor heeft je alleen maar naar de mond zitten praten omdat hij lelijk aangehaald is. Hij moet 't op de een of andere manier zien te flikken een heel kerkhof te verhuizen, en denkt daarom: ha, die Ginus, die Gilkinus, die zullen we eens even flink onder z'n kin kietelen."

"Nee, chef," zegt Ginus, "dat zie je helemaal verkeerd. Ik heb een uur met die man over het evangelie zitten praten en over de brieven van Paulus, en hij ging echt niet in alles met me mee, helemaal niet, maar hij luisterde tenminste. En hij behandelde me niet als oud vuil, zoals dominee Baarvink en Scharloo. Hij liet me niet voelen dat hij doorgeleerd had zoals al die predikanten doen en zoals die professor deed. Hij was vreselijk vriendelijk..."

"Allicht, allicht, want hij wil jou aan 't ruimen... aan 't keren..."

"Nee, niet waar, hij was... nee, ik had niet verwacht dat 't zo'n aardige man zou zijn, zo'n vreselijk aardige man. Weet je wat hij tegen me zei? Hij zei: 'U kent de bijbel stukken beter dan ik, dat merk ik wel, ik ben nog nooit iemand tegengekomen die de bijbel zo goed kent, maar hebt u ooit wel eens het woord van Onze Lieve Heer overdacht uit Mattheus 25. Daar zegt Onze Lieve Heer dat al wie zich het lot van zieken, hongerenden en gevangenen aantrekt en ze bezoekt, spijst en geneest, Hem zelf bezoekt, spijst en geneest en dat al diegenen die dat niet hebben gedaan Hem zelf hebben gekrenkt. Jullie protestanten,' zei hij, 'zeggen al vier eeuwen lang: door het geloof alleen, maar Jezus zelf zegt totaal iets anders, die zegt: wie de minsten spijst, en huisvest en kleedt, heeft mij gespijsd en gehuisvest en gekleed en zal ingaan tot mijn koninkrijk, maar wie de minsten vertreedt, zal verworpen worden.' "

"Goede werken, Ginus," zeg ik tegen hem, "de pastoor kwam aanzetten met de goede werken, straks zegt hij nog: wie duizend lijken verkast, verkast duizend keer Onze Lieve Heer."

"Nee, nee," zegt Ginus, "hij wou alleen maar onderstrepen dat het allemaal niet zo eenvoudig is en dat je het evangelie op veel verschillende manieren kan lezen en uitleggen en dat de een de ander niet hoeft te verketteren omdat je er verschillend tegenaan kijkt. Dat was alles wat hij bedoelde."

"Welnee," zeg ik tegen Ginus, "hij bedoelt maar één ding: ik zit opgescheept met duizend dooie papen. Hoe krijg ik die netjes over?"

"Als je zo tegen me blijft smoezen," zegt Ginus tegen me, "stap ik tussen de middag naar dat Antoniuskerkje en zeg ik: meneer pastoor, ik doe het."

Dus toen had hij me beet en kon ik alleen maar tegen hem zeggen: "Ik hoop één ding: dat je nooit rooms wordt." En hij zegt: "Hoe kom je erbij? Ik rooms? Wierook? Van die foeilelijke Mariabeeldjes? Ik rooms? Biechten? Het heilig oliestel? Nog in geen tienduizend jaar. Maar 't was een vreselijk aardige man, echt, ik heb nog nooit zo prettig en zo rustig en zo gemoedelijk over de Schrift kunnen praten. Zelfs met jou niet, want jij raakt ook altijd een beetje verhit, jij wordt ook altijd een beetje nijdig."

"Ja, natuurlijk," zeg ik, "want jij zit helemaal vastgeklonken aan dat ene zinnetje uit het onzevader."

"Dat dacht je maar: d'r zit veel meer aan vast. De rechtvaardiging door 't geloof alleen – waar zegt Jezus dat? Nergens, helemaal nergens, hij heeft die woorden, of zelfs iets wat er ook maar in de verte op lijkt, nooit in de mond genomen."

"Laten we d'r in vredesnaam over ophouden," zeg ik, "en laat ik je op je hart binden: laat 't uit je bolle kop om achter mijn rug dat hele kerkhof te ruimen. Bedenk wel: die roomsen drinken allemaal als tempeliers. Bier, wijn, jenever, ze zijn nergens vies van, mijn vader zei altijd: de roomse kerk ligt altijd tegenover de kroeg, dus ze liggen er, omdat ze zo mirakels goed van innemen waren, allemaal nog net zo bij zoals ze gekist werden. Het is geen kwestie van een paar knekeltjes die je even in een handomdraai bij elkaar raapt."

“Nee, daar was ik ook al bang voor,” zegt Ginus, “en al waren ze wel verteerd, ik vind ’t ook vreselijk om een graf te keren waar alleen nog maar botten in liggen.”

“Als je dat maar goed voor ogen houdt,” zeg ik tegen hem.

“Zal ik doen,” zegt hij, “het is echt geen werkje voor mij.”

“En voor mij ook niet,” zeg ik.

“Maar voor wie dan wel,” zegt hij.

“Onze zorg niet,” zeg ik.

“Nee, maar ik heb ’t toch met die pastoor te doen.”

“Ik zou ’t met jou te doen hebben als je daaraan begon,” zeg ik, “heel erg te doen. Maar als je maar weet dat ik je helemaal alleen laat tobben, dat ik zonder dragline geen poot voor je uitsteek.” ’

28

Op een van de laatste dagen van mijn zomervakantie zei mijn moeder: 'Ik voel me niet erg lekker. Zou jij vandaag je vader koffie willen brengen?'

Met enige spijt legde ik, om de plaats te markeren waar ik gebleven was, een afgebrande lucifer in *Du Protestantisme à l'Eglise* van Louis Bouyer. Ofschoon ik het boek blindelings uit de theologiekast had gegrepen in ruil voor *Stad met roze huizen* van Clare Lennart, dat de bleke bibliothecaresse ter zijde had gelegd, en ik er zonder al te veel verwachtingen in was gaan lezen, werd ik er hevig door geboeid.

Even later liep ik met een thermosfles in een rieten tas de afrol op naar de Zuiddijk, richting Boonersluis.

'Zo,' zei mijn vader, toen ik het baarhuisje betrad, 'had je moeder vandaag geen zin om zelf koffie te brengen?'

'Ze zei dat ze zich niet zo erg lekker voelde.'

'Ach kom... ze wou natuurlijk dat je eens een poosje ophield met lezen. Hele dagen lezen... dat kan nooit goed zijn, wat denk jij daarvan Ginus?'

Ginus zat schrijlings op de houten kinderbaar. Hij keek op, hij zweeg. Mijn vader zei tegen mij: 'Hij is vandaag niet in z'n hum, hij heeft vanmorgen warempel nog amper een woord gezegd. Zou hij doofstom zijn geworden? Gaat hij Rampenne achterna? Moeten we met kleine blocnootjes gaan werken?'

Mijn vader gaf hem een stevige slag op zijn schouder.

'Wat is er toch met je? Wat scheelt eraan? Wat heb je op je lever?'

Ginus keek ons even aan, sloeg zijn ogen neer, schoof onrustig heen en weer over de kinderbaar, schudde zijn hoofd.

'Zeg het nou maar,' zei mijn vader, 'voor de draad ermee. Wacht, ik schenk je een sterke bak in. Een beetje spraakwater kan nooit kwaad.'

Terwijl mijn vader de kan openschroefde, vroeg Ginus: 'Als je zo'n hele dag leest, wat lees je dan?'

'De boeken van Antoon Coolen, Herman de Man, Theun de Vries,' antwoordde mijn vader voor ik iets kon zeggen.

'Wat zijn dat? Romans?' vroeg Ginus.

'Ik geloof het wel,' zei ik.

'Waarom lees je geen echte boeken? Over halogenen of over stroomsterkte of over sterrenkunde of over scheikunde en natuurkunde?'

'Dat krijg ik allemaal al op school, en deze boeken moet ik lezen voor het eindexamen.'

'Veel lezens...' zei Ginus.

'...is vermoeiing des vleesches,' zei mijn vader.

'Prediker 12 vers 12,' zei Ginus.

'Wat je zegt,' zei mijn vader.

'Raar dat er staat: "vermoeiing des vleesches",' zei Ginus, 'je zou verwachten: vermoeiing des geestes. Veel spitten is vermoeiing des vleesches, maar lezen...'

Het was alsof hij opeens, onverwacht, door een vuistslag werd getroffen. Hij kromp in elkaar. Mijn vader zei: 'Hij was eventjes door de halogenen afgeleid, maar nou schiet de ellende weer voluit door z'n bast heen. Man, wat schort er toch aan? Stort je hart nou eens uit. Wat is er? Zijn ze bij je aan de deur geweest om je aan te zeggen dat ze je binnenkort echt in de ban zullen doen? Nou ja, wat dan nog, hou de eer aan jezelf, ga de kerk uit, je kan zo terecht bij de hervormden, daar loopt er één rond, dominee Smits, die over 't verzoenend sterven van de Heere Heere gezegd heeft: geef mijn portie maar aan Fikkie.'

Ginus schudde zijn hoofd. Mijn vader vroeg: 'Niet in de ban? Wat is het dan? Je dochter?'

Ginus knikte.

'Je moet het er warempel met twee paarden uittrekken,' zei mijn vader, 'hij is letterlijk met stomheid geslagen. Nou ja, dan moeten we maar proberen of we 't eruit krijgen door zelf 't een en ander te opperen. Hoeft hij alleen maar ja te knikken of z'n hoofd te schudden. Dus wat eraan schort heeft met je dochter te maken. Nou, laat me eens raden: een buik met benen soms?'

Ginus knikte.

'Ja, dat moest er een keer van komen,' zei mijn vader, 'je kan wel een beetje flikflooien, maar voor je 't weet gaat de ooievaar met een rooie kool aan de haal.'

Monter keek hij Ginus aan, die onrustig op de kinderbaar heen en weer bleef schuiven.

'Je ziet eruit alsof het eerstvolgende huurgraf voor jou bedoeld is,' zei mijn vader, 'maar zo erg is het toch niet? Als je dochter nou maar snel trouwt met die snuiter...'

Zonder dat Ginus zijn lippen opende, weerklonk er een smartelijke kreet in het baarhuisje.

'Wat krijgen we nou? Probeer je onze tamme reiger te imiteren? Weet je nog, die keer dat hij doodstil op de rand van 't graf in de diepte stond te turen en jij met de begrafenisstoet eraan kwam? Toen heb ik hem met een zodenspa een kolossale oplawaai verkocht. Zoals hij toen krijste... en nou krijs jij haast net zo... wil die snuiter niet met je dochter trouwen? Zit je daarom onze reiger na te apen?'

Ginus mompelde iets onverstaanbaars, keek hulpeloos naar zijn dampende mok koffie.

Mijn vader pakte de mok, drukte hem in zijn handen, zei: 'Alsjeblieft, neem een teug, en zeg ons dan eens wat eraan schort.'

'Ons...' zei Ginus.

'O, vind je dat m'n zoon weg moet?'

Ginus knikte.

'Is hij nog te jong voor dit soort narigheid? Wou je dat zeggen? Wat is het toch lastig als iemand opeens z'n spraakvermogen kwijt is geraakt. Het is goed dat ik jarenlang met Rampenne heb geoefend. Enfin, dus wat je wil zeggen is dat m'n zoon het baarhuisje uit moet.'

Ginus knikte.

'In de boeken van die lui die hij daarnet allemaal opnoemde, leest hij niks anders. Het gaat... ja, ja, ik lees soms ook wel eens een bladzijde, al heb ik liever een echt boek, een werk van Schippers of Baardman, het gaat haast altijd daarover. Eerst loopt zo'n meisje met een trantelige stap, dan staat er ergens opeens een vacante hooiberg. Daar komt zo'n meisje, als ze iemand bij zich heeft, per ongeluk in terecht, en in 't volgende hoofdstuk is ze opeens in positie. De vader kan haar wel vermoorden, en nog zo een en ander, maar als 't aposteltje komt is hij de eerste om het in de armen te sluiten en zijn dochter erbij... dus, heus, het komt wel weer goed, en vertel me nou eens... m'n zoon kan er echt wel tegen... die leest wel ergere dingen... 't is bovendien goed voor hem als hij ook eens wat hoort over 't ware leven... kom, doe je bakkes eens open, lucht je hart, ik heb er helemaal geen trek in om het stukje bij beetje uit je te trekken.'

Ginus dronk een slokje koffie, verslikte zich, hoestte hartverscheurend. Mijn vader klopte of zijn rug, zei: 'Pas nou op, het graf wat openligt in de derde klas, heb je zelf gegraven. Zit je daar soms om te springen? Dat je in een graf komt wat je eigenhandig...'

'Nee,' zei Ginus.

'Hij zegt wat,' zei mijn vader, 'je staat ervan te kijken, hij zegt wat, "nee," zegt hij.'

Mijn vader vlijde zich neer op een rieten stoel, vroeg: 'Wie is het? Kennen we die sodommieter?'

Ginus keek mijn vader aan, keek mij aan, opende zijn mond, wilde iets zeggen, maar er kwam geen geluid. Mijn vader schrok en mompelde: 'Je wou toch niet zeggen... je wou toch niet zeggen... zijn het er meer? Weet ze niet wie de vader is? Zijn 't er meer? Heeft ze niet alleen in verschillende hooibergen, maar ook met verschillende kerels...'

Mijn vader greep een langwerpig, zwart baarbalkje. Hij keek ernaar, hij zei: 'Dat moet nou nodig eens opnieuw gelakt worden. Ik zal 't vanmiddag eerst eens goed schuren. Zou ik dat met de nieuwe schuurmachine kunnen doen, of zou die te veel power hebben?'

Hij verplaatste het balkje van zijn rechterhand naar zijn linkerhand en weer terug. Hij zei: 'Ja, als 't er meer zijn, wordt het knap moeilijk. Vooral als ze het ook nog van mekaar weten. Heb je daar een beetje zicht op? Weten ze het van mekaar?'

'Ik weet het niet,' mompelde Ginus.

'Je zal d'r eentje uit moeten kiezen die... eentje van onze kerk... hoewel, als ze jou er straks uit mieteren... sjonge, jonge, je bent ook wel aangehaald, ze benauwen je aan alle zijden... weet je wat van die jongens... namen? Als we de blommigste nou eens uitzochten? Dan ga ik naar hem toe, zeg ik tegen hem: "Beste knul, als jij d'r laat zitten met een buik met benen moet je wel weten dat m'n compagnon en ik nog een heel diep graf hebben leegstaan." '

'Gisteren,' zei Ginus.

'Wat gisteren?' vroeg mijn vader, 'heb je het gisteren gehoord?'

'Ja, gisterenavond.'

'En toen?'

'Toen ze het verteld had, ging ze doodgemoedereerd naar bed.'

'En ze wou niet zeggen wie de vader...'

'Ze zei dat ze dat niet wist, dat het van vijf, van zes...'

'Allemachtig,' zei mijn vader, 'een hele schoolklas.'

Ginus begon opeens te snikken.

'Nee, nee,' zei mijn vader, 'niet janken hier, geen waterlanders. Niet hier in het baarhuisje. D'r wordt hier al genoeg gesnotterd. Het is al erg genoeg dat je hier soms na een begrafenis de motor boven de sloot moet aanzetten om 't grondwaterpeil weer een beetje te laten zakken. Hier in 't baarhuisje willen we het droog houden, dus stop daarmee. Ik begrijp best dat je er rot aan toe bent, maar simmen doe je maar thuis... als 't vijf of zes zijn is er heus wel eentje bij... je moet het juist van de zonnige kant zien, ja, ik weet donders goed, je loopt niet graag aan de zonnige kant van de straat, maar steek in dit geval maar eens over... als 't zes zijn, heb je warempel keus. Dan hoef je je geen schoonzoon door je strot te laten duwen die je niet bevalt. Dan kun je de minst beroerde uitkiezen.'

Ginus hief zijn spierwitte, betraande gezicht op naar mijn vader, wilde iets gaan zeggen, maar bracht slechts een luguber gejammer voort.

'Wou je soms zeggen dat er getrouwde kerels bij zijn?'

Ginus knikte.

'Allemaal?'

Ginus schudde zijn hoofd.

'Mooi zo, nou dan kunnen we aan de slag. Uit wat nog niet getrouwd is, kiezen we de blommigste. En dan ga ik er wel op af, dat is nou echt een klusje voor mij, daar ben ik geknipt voor. Als ik zo'n jongen heb toegesproken, is hij zielsgelukkig dat hij op zijn knietjes naar het stadhuis mag kruipen.'

Ginus richtte zich op, zei duidelijk verstaanbaar: 'Vannacht ben ik... ik kon niet slapen... naar het schuurtje gelopen. Ik heb daar een bijl gepakt en ben naar haar zolderkamertje gegaan. Ze werd niet wakker toen ik binnenkwam. Ik deed een paar stappen naar haar bed toe, ik heb die bijl... ik heb die bijl... d'r kwam een belletje spuug uit haar mond... dat klapte kapot... ik keek... ze lag zo rustig te slapen... één hand boven op de dekens, ze lag zo rustig te slapen...'

Weer barstte Ginus in snikken uit.

'God, allemachtig,' zei mijn vader, 'daar gaat hij weer, kom bij de vrijwillige brandweer, bluswater bij de hand onder alle omstandigheden... wat heb je met die bijl gedaan. Heb je hem weer netjes teruggebracht naar 't schuurtje?'

Ginus knikte.

'Goddank! Wat heb je dan te grienen? Stop ermee, van huilen krijg je hoofdpijn. Pas op, of anders geef ik je een enorme hijs voor je kop. Dan weet je tenminste waarom je huilt.'

Mijn vader trommelde met het baarbalkje op de betonnen vloer. Hij zei: 'Zo, dus je wou met een bijl... nou, nou, maar ik moet zeggen: als mijn dochter door de een of andere flierefluiter met jong geschopt was, zou ik hem ook wel een klein klapje met een bijl willen verkopen, zo'n hufter zou ik 't nooit vergeven.'

'En je dochter?' vroeg Ginus.

'Of ik 't m'n dochter ook niet zou vergeven, ik weet het niet... ik weet wel dat ik 't jou, als je nou niet als de sodommieter ophoudt met janken, ook nooit meer zal vergeven... vergeven, hé, daar schiet me nou een pak lucifers op, jij... als d'r nou één is die moet vergeven, die z'n dochter moet vergeven, dan jij wel.'

Ginus keek mijn vader verbaasd aan.

'Ja,' zei mijn vader, 'jij hebt geen keus. Als jij haar niet vergeeft, vergeeft God jou niet dat jij die bijl midden in de nacht uit je schuurtje hebt gehaald om je dochter daarmee in een derdeklas huurgraf te werken dat je zelf gegraven hebt. Wat heb ik nou anders maandenlang tot vervelens toe van je gehoord? Volgens jou vergeeft God gelijk wij vergeven. D'r komt geen zoenbloed aan te pas.'

Ginus slikte, staarde naar de grote baar die aan de muur hing.

'Nou zie je eindelijk de consequenties eens onder ogen van je malle geloof,' zei mijn vader, 'nou begint het eindelijk tot je botte hersens door te dringen dat 't soms helemaal niet zo eenvoudig is om te vergeven, dat 't soms zelfs onmogelijk is, en dat je dan dus nooit, als je gelooft zoals jij gelooft, door God vergeven kunt worden. Hij vergeeft alleen als wij vergeven, zeg jij steeds. Dus vergeven wij niet, dan vergeeft Hij ook niet. Maar zo zit 't niet in elkaar, zo zijn we niet getrouwd, God vergeeft ons omdat Zijn Zoon aan het kruis geboet heeft voor onze zonden, en niet omdat wij vergeven. Weet je wat ik denk: ik denk dat de Here God jou een pittig lesje geeft. Hij heeft je dochter zwanger gemaakt om je eens flink onder de neus te wrijven dat jij lang niet altijd bij machte bent om te vergeven, ja, dat er zelfs omstandigheden zijn waarbij je gewoon niet vergeven kunt.'

Mijn vader zwaaide met het baarbalkje, tikte ermee tegen de poten van zijn rieten stoel, zei: 'Het zou niet slecht zijn als je, dankzij dit akkefietje met je dochter, eindelijk die gekkigheid over vergeven uit je kop zou zetten. Dan heb je een goeie kans dat ze ervan afzien om het laatste en langste deel van dat banformulier vanaf de kansel voor te lezen. Je zou 't alleen al voor ons, kerkgangers, over moeten hebben, want 't is een allemachtig lang stuk, zo'n dienst duurt zomaar tien minuten langer. Je moet wel rekenen dat ze, als het in de kerkenraad rondgaat wat er met je dochter is gepasseerd, er opeens haast achter gaan zetten om je uit de tabernakel te smijten. Die dochter van je, da's nou net waar ze op zaten te wachten, dat hadden ze nou net nog nodig om korte metten met je te maken.'

'Vergeven,' zei Ginus, 'ik wou dat ik wist wat dat was. Is het vergeten? Nee, want vergeten kun je zoiets nooit meer. Het is wat anders, maar wat?'

'Zal ik je eens vertellen wat vergeven is,' zei mijn vader, 'we doen hier de hele dag niks anders.'

'We doen hier de hele dag niks anders?'

'Zand erover.'

'Zand erover,' echode Ginus.

'Over zand gesproken,' zei mijn vader, 'zou je niet eens aan de slag bij die zandhoop in de tweede klas?'

Ginus keek mij aan, vroeg: 'Hoe oud ben jij nu eigenlijk?'

'Wel, allemachtig,' zei mijn vader, 'je wou toch niet zeggen dat je eraan denkt om mijn zoon met jouw dochter... Ginus, ga als de sodommieter naar de tweede klas voor ik een ongeluk aan je bega. Ik heb hier ook ergens een bijl liggen, als je dat maar weet.'

Toen Ginus vertrokken was, zei mijn vader: 'Voelde je 'm? Het flitste opeens door 'm heen: die jongen van m'n chef, dat zou d'r wel eens eentje voor m'n dochter kunnen zijn. Zo'n meid, zo'n afgelikte boterham, zo'n brievenbus...'

29

Ik herinner mij nog goed dat ik, op weg naar de Jabbokkerk, op die oktoberzondag onze voordeur opende. Een spin had een reusachtig web geweven tussen de deursponningen. Omdat onze straatkant nog in de schaduw lag en de oktoberzon uitbundig scheen op de huizen aan de overzijde, merkte ik het web pas op toen ik er al doorheen was gelopen. Tientallen spindraden besmeurden mijn zondagse pak. In mijn nek drentelde de vertwijfelde spin wiens web ik verwoest had. Voorzichtig pakte ik hem tussen duim en wijsvinger. Ik zette hem op de drempel van het huis van onze nieuwe buren. Desgewenst kon hij daar tussen de sponningen een nieuw web aanbrengen, gewapend met de bouwvakkerservaring die hij bij ons had opgedaan.

In de Jabbokkerk sierden de laatste gladiolen in reusachtige glazen vazen de avondmaalstafel. Bij de aanblik van die felgekleurde roze, gele, paarse, blauwe bloemkronen sloeg de schrik mij om het hart. Met bange voorgevoelens verwijderde ik nog wat spindraden van mijn revers.

Een kwartier later – ik was nog steeds bezig tersluiks spindraden te verwijderen – zei dominee Baarvink na de collecte dat hem een zeer droeve plicht wachtte. Hij zuchtte een paar maal nadrukkelijk, bladerde manhaftig in zijn bijbel, en begon toen te lezen:

> ‘Geliefden in de Here Jezus Christus. Het is u bekend, dat wij nu op onderscheidene tijden, bij zekere trappen u voorgehouden hebben, welk een grote zonde en zware ergernis onze medelidmaat Gilkinus van Diepenburch gedaan en gegeven heeft; teneinde hij, door uw christelijke vermaningen en gebeden, tot God zich mocht bekeren, en uit de strik des duivels (die hem gevangenhoudt tot zijn wil) los geworden zijnde, ontwaken mocht tot den wil des Heren. Maar wij kunnen u met grote droefheid niet verbergen, dat ons tot nu toe niemand is verschenen, die in het minst te ver-

staan gegeven heeft, dat hij, door de menigvuldige vermaningen aan hem gedaan (zo in het bijzonder, als voor getuigen, en in tegenwoordigheid van velen), gekomen zou zijn tot enig berouw over zijn zonde, of enig teken van ware boetvaardigheid aan zich heeft laten merken. Dewijl hij dan zijn overtreding, op zichzelf niet klein zijnde, door zijn hardnekkigheid dagelijks nog groter maakt, en wij u laatstmaal aangezegd hebben, dat wij, in geval hij, na zo lang geduld, dat de kerk met hem gehad heeft, zich niet bekeerde, gedwongen zouden zijn ons verder over hem te bedroeven, en tot de uiterste remedie te komen, zo zijn wij genoodzaakt nu tegenwoordig voort te varen tot zijn afsnijding, volgens het bevel en den last, ons gegeven in Gods Heilig Woord, teneinde hij hierdoor (zo het mogelijk is) tot schaamte over zijn zonden gebracht worde; opdat men ook dit door bederf aangetaste en tot nu toe ongeneeslijke lid het gehele lichaam der gemeente niet in gevaar stelle, en de naam Gods niet gelasterd worde.'

Mijn blik dwaalde naar het gebrandschilderde raam waarop Elia ten hemel voer. Elke keer als ik naar dat raam keek, schoot door mij heen: de hemelvaart van Elia, dat is het prachtigste verhaal uit de bijbel. Maar waarom? Elia gaat op weg naar de Jordaan, Elisa wil hem vergezellen, maar zijn meester zegt: 'Blijf toch hier.'

Toen verstoorde de stem van Baarvink mijn gemijmer alweer:

'Daarom, wij dienaars en opzieners der gemeente Gods alhier, vergaderd zijnde in den naam en de macht van onzen Here Jezus Christus, verklaren voor u allen, dat Gilkinus van Diepenburch, om de voorzeide oorzaken, uitgesloten is, en wordt uitgesloten, mits dezen, buiten de gemeente des Heren, en vreemd is aan de gemeenschap van Christus, van de Heilige Sacramenten, en van alle geestelijke zegeningen en weldaden Gods, die Hij aan zijn gemeente belooft en bewijst, zolang hij hardnekkig en onboetvaardig blijft in zijn zonden, en is daarom door ulieden te houden als heiden en tollenaar, naar het bevel van Christus, die zegt, in den hemel gebonden te zijn, al wat zijn dienaars binden op aarde.

Voorts vermanen wij u, geliefde christenen, dat gij u niet vermengt met hem, opdat hij beschaamd worde; nochtans hem niet houdende als vijand, maar bijwijlen vermanende, gelijk men een broeder doet.

Intussen spiegele zich een iegelijk aan dit en dergelijke voorbeelden, om den Here te vrezen, en naarstig voor zich toe te zien, indien hij meent te staan, dat hij niet valle, maar ware gemeenschap hebbende met den Vader en zijn Zoon Christus, mitsgaders met alle gelovige christenen, daarin volstandig blijve tot den einde toe, en alzo de eeuwige zaligheid verkrijge. Gij hebt gezien, lieve broeders en zusters, op welke wijze deze onze afgesneden broeder heeft begonnen te vervallen, en allengskens en meer gekomen is tot den val. Merkt dan aan hem hoe listig de satan is, om den mens te brengen tot het verderf, en af te trekken van alle heilzame middelen ter zaligheid.'

Ik keek weer naar het Elia-raam. 'Blijf toch hier.' Maar Elisa had mee gewild. Bij de Jordaan gekomen had Elia met zijn mantel op het water geslagen zodat beide profeten 'door het droge overstaken'. Aan de overkant had Elia gezegd: 'Doe een wens.' En Elisa had gezegd: 'Moge dan een dubbel deel van uw geest op mij zijn.'

'Zo wacht u dan,' las Baarvink, 'mede voor de minste beginselen des kwaads, en, naar de vermaning des apostels, afleggende alle last, en de zonde, die ons lichtelijk omringt, loopt met lijdzaamheid de loopbaan, die ons is voorgeschreven, ziende op den oversten Leidsman en Voleinder des geloofs, Jezus. Zijt nuchteren, waakt en bidt, opdat gij niet in verzoeking valt. Heden, zo gij de stem des Heeren hoort, verhardt uw hart niet, maar werkt uzelfs zaligheid met vrees en beven; en een iegelijk hebbe berouw over zijn zonde, opdat onze God ons niet wederom vernedere, en dat wij rouw zouden moeten hebben over iemand van ulieden, maar dat gij, eendrachtig in godzaligheid levende, onze kroon en blijdschap moogt wezen in den Here.'

Toen had Elia gezegd: 'Gij hebt een moeilijke zaak gewenst.' En hij had eraan toegevoegd dat de wens van Elisa in vervulling zou gaan als hij Elia zou zien terwijl die van hem werd weggenomen. Wat er daarna kwam, kende ik uit mijn hoofd: 'En, terwijl zij voortgingen, al wandelende en sprekende, zie, een vurige wagen en vurige paarden! en die maakten scheiding tussen hen beiden. Alzo voer Elia in een storm ten hemel. En Elisa zag het en riep uit: Mijn vader, mijn vader, wagens en ruiters van Israël.'

Onverstoorbaar las Baarvink verder:

> 'Doch aangezien het God is, die in ons werkt, beide het willen en het werken, naar zijn welbehagen, zo laat ons zijn heiligen naam, met belijdenis onzer zonden, aldus aanroepen:
>
> O, rechtvaardige God, barmhartige Vader, wij klagen onszelf aan vanwege onze zonden voor uw hoge majesteit, en bekennen wel verdiend te hebben de droefheid en smart, die ons is aangedaan, in de afsnijding van dezen onzen gewezen medelidmaat, ja wij zijn allen waardig, om van U afgesneden en verbannen te worden, om onzer grote overtreding wil, zo Gij met ons in het gericht wilt treden. Maar, o Here, wees ons genadig om Christus' wil, vergeef ons onze misdaden, want zij zijn ons van harte leed, en werk in onze harten hoe langer hoe meer leedwezen daarover, opdat wij, uw oordelen vrezende, die Gij laat gaan over de hardnekkigen, ons mogen benaarstigen, om U te behagen.'

Voorzichtig opende ik mijn ogen. Zou Baarvink dat gebed uit zijn hoofd kennen? Ik bespiedde hem. Het leek alsof ook hij zijn ogen open had en het gebed oplas.

> 'Geef, dat wij ons wachten voor alle besmetting der wereld, en dergenen, die van de gemeenschap der kerk zijn afgesneden, opdat wij ons hunner zonden niet deelachtig maken, en dat de afgesnedene beschaamd worde over zijn zonden. En aangezien Gij geen lust hebt in den dood des zondaars, maar daarin, dat hij zich bekere en leve; en de schoot uwer kerk altijd openstaat voor degenen, die wederkeren; zo ontsteek ons toch met enen goeden ijver, dat wij met goede christelijke vermaningen en voorbeelden zoeken wederom terecht te brengen dezen afgesneden persoon, mitsgaders al degenen, die door ongeloof of roekeloosheid des levens afwijken. Geef uw zegen tot onze vermaningen, ten einde wij daardoor oorzaak mogen hebben, ons weder te verblijden in degenen,

waarover wij nu rouw moeten dragen, en dat alzo uw heilige naam geprezen worde, door onze Here Jezus Christus, die ons aldus heeft leren bidden: Onze Vader, die in de hemelen zijt; Uw naam worde geheiligd. Uw koninkrijk kome. Uw wil geschiede, gelijk in den hemel, alzo ook op de aarde. Geef ons heden ons dagelijks brood. En vergeef ons onze schulden, gelijk ook wij vergeven onze schuldenaren. En leid ons niet in verzoeking, maar verlos ons van den boze. Want uw is het Koninkrijk, en de kracht, en de heerlijkheid in der eeuwigheid. Amen.'

Toen hij – zonder dat er zelfs maar iets van een hapering in het onzevader te bespeuren viel bij de regel waarmee alles was begonnen – het woord Amen de kerk door had laten daveren, viel er een grote stilte. Niemand kuchte, niemand bewoog. Als een afgepeigerde goochelaar haalde dominee Baarvink een grote witte zakdoek uit de plooien van zijn toga, wiste zich het voorhoofd af en keek toen de kerk in. Langzaam dwaalde zijn blik in de richting van de plaats waar Ginus en zijn vrouw zaten. Ten slotte bleef zijn blik op het echtpaar rusten. Omdat ik in het zijvak zat, kon ik Ginus min of meer in het gezicht zien. Hij keek met opgeheven hoofd naar dominee Baarvink. Lang staarden ze naar elkaar. Ten slotte sloeg dominee Baarvink even de ogen neer, maar dadelijk daarna keek hij, terwijl hij met zijn witte zakdoek zwaaide, hem weer aan en zei: 'Zou u zo vriendelijk willen zijn de kerk te verlaten opdat wij de eredienst kunnen voortzetten.'

De vrouw van Ginus wilde opstaan, maar Ginus weerhield haar, drukte haar terug in de bank. In het vak van de ouderlingen kwam nu beweging. Diverse broeders kwamen overeind. Dominee Baarvink riep: 'Om Christus' wil, ga.'

'Kom nou maar Ginus,' zei zijn vrouw, en ze trok hem overeind, en bereidwillig stonden de kerkgangers in zijn bank op om hem doortocht te verlenen. Ginus en zijn vrouw schuifelden naar het gangpad. Eenmaal daar aangekomen, liep Ginus, gevolgd door zijn vrouw, met opgeheven hoofd over de geluiddempende, gratis door de Verenigde Touwfabrieken geleverde, Verto-vloerbedekking in de richting van de weelderige gladiolen. Aangekomen bij de avondmaalstafel bleven Ginus en zijn vrouw pal voor de kansel een poosje staan. Buiten kwam de zon achter een wolk vandaan. Door het gebrandschilderde raam waarop Elia in zijn wagen bespannen met vurige paarden ten hemel voer, stroomde opeens het licht naar binnen. Het leek of Ginus en zijn vrouw verdronken in het zonlicht. De koster sprong op, haastte zich naar de knoppen waarmee de gordijnen op afstand bediend konden worden en drukte een knop in. De gordijnen van het Elia-raam sloten zich met een laag zoemend geluid. Ginus en zijn vrouw liepen verder. De koster wandelde snel naar de uitgang, hield de deur gedienstig open en wij zagen Ginus en zijn vrouw verdwijnen in de hal, die ook baadde in het oktoberzonlicht. Dominee Baarvink zei vermoeid: 'Gemeente, laat ons zingen psalm 118 vers 5:

Toen ik de heid'nen aan zag rukken,
heb ik in 's Heren kracht gestreên;
ik hieuw z'in 's Heren naam aan stukken,
vertrouwend op die naam alleen.'

30

'Ik begrijp niet,' zei mijn moeder tegen mijn grootvader, 'waar hij blijft. Hij is altijd om vijf over vijf thuis en nu is het al tien voor half zes.'

Mijn grootvader tikte ongeduldig met zijn zware wandelstok op het vloerkleed. Hij had zijn hoed opgehouden. Daaruit kon worden opgemaakt dat hij alleen maar even was komen aanlopen en zo weer weg zou gaan.

'Anders zeg ik wel tegen hem dat u vanavond niet kunt komen dammen,' zei mijn moeder, die het liefst zag dat hij meteen weer zou opstappen.

Mijn grootvader maakte echter geen aanstalten om op te staan. Hij roffelde met zijn stok op de vloer, bracht enkele eigenaardige geluiden voort die misschien nog het best met 'hi, hi' kunnen worden weergegeven en staarde naar het raam.

Vijf minuten later klonk het bevrijdende gerinkel van de regenpijp. Na enkele ogenblikken klosten de klompen van mijn vader over de granieten gangvloer. Met een hoogrood gezicht betrad hij de woonkamer. Het leek alsof hij de aanwezigheid van zijn stokoude vader niet opmerkte. Hem totaal negerend verzonk hij in zijn leunstoel. Terwijl hij zijn shag te voorschijn haalde, zei hij: 'Werd ik onderweg naar huis boven aan de afrol toch aangeschoten door dominee Baarvink! Weet je wat die tegen me zegt? "Broeder," zegt hij tegen me, "ik zou het heel erg op prijs stellen als u voortaan, als er iemand van onze kerk wordt begraven, weer zoals vanouds aan het hoofd van de stoet wilt plaatsnemen. Laatst, toen zuster Weltevreden ter aarde werd besteld, liep Van Diepenburch voor de stoet uit. De familie was daar hevig geschokt over."

"Daar heb ik anders niks van gemerkt," zei ik.

"Maar ik wel," zei hij, "en niet alleen zij waren geschokt, maar ik was het ook. Kijk, die afvallige... zou 't niet mogelijk zijn om er bij de gemeente op aan te dringen dat hij overgeplaatst wordt naar de plantsoenendienst? Het is voor alle lidmaten van onze kerk ronduit een afschuwelijk idee dat zo'n belialskind bij je begrafenis voorop kan lopen. En je graf kan graven, en dat graf ook weer kan dichtgooien. Daarom zou ik er erg voor willen pleiten dat hij overgeplaatst wordt. Voor uzelf, broeder, zou 't ook veel beter zijn."

"Voor mij beter? Zo'n moordknul weg, alleen omdat hij struikelt over één zinnetje uit het onzevader?"

"Alleen, alleen... hij loochent het enige zoenoffer van onze Zaligmaker. Broeder, broeder, dat is nu net het verschil tussen dood en leven, tussen hemel en hel. Ook voor u zou 't veel beter zijn als hij elders, tussen ongelovigen en afvalligen, te werk werd gesteld."

"Ik heb geen centje last van 'm, hij praat tegen mij nooit over de bijbel."

"Hij praat er tegen iedereen over, dus ongetwijfeld ook tegen u."

"Hij weet allang hoe ik erover denk, en ik weet allang hoe hij erover denkt, en daarom bakkeleien we daar nooit meer over, en verder doet hij me altijd denken aan een moorddadig trekpaard dat we vroeger op de Leeuwenwoning hadden. Hij neemt me geweldig veel werk uit handen. Ik zou hem voor geen goud willen missen. En zoals hij voor de stoet uit marcheert... zelfs de koningin zou 't hem niet verbeteren... hij ziet er in mijn uniform uit als een goudhaantje... nee, geen sprake van; goed, ik zal met 'm overleggen of we als er een gereformeerde begraven wordt... nou ja, waar maken ze zich eigenlijk druk over, alsof een dooie d'r nog maar een centje pijn van kan hebben dat Ginus aan 't hoofd van de stoet loopt."

"Het raakt... het krenkt de nabestaanden."

"Nou, wat mij aangaat, ik wil 't er best met Ginus over hebben dat ik voortaan de gereformeerden begraaf, al vind ik wel... laatst heeft de waterstoker z'n vrouw met twee lege emmers de deur uitgezet vanwege 't feit dat jullie hem de kerk uit geflikkerd..." '

'Man,' riep mijn moeder verschrikt, 'heb je dat echt gezegd? Geflikkerd?'

'Ja,' zei mijn vader kwaad, 'dat heb ik gezegd, en ik heb ook tegen Baarvink gezegd dat ik 't verrekte onchristelijk vind om iemand vanwege een meningsverschil over een zinnetje uit het onzevader ineens te behandelen als oud vuil. Het begint waarachtig op een soortement boycot te lijken. Nou mag hij ook al niet meer voor de stoet uit lopen.'

'Hi, hi,' zei mijn grootvader, en hij tikte luid met het kromme uiteinde van zijn stok op de stoelleuning. Het leek of mijn vader nu pas zijn aanwezigheid opmerkte. Hij keek hem nijdig aan en zei: 'Toen ik nog maar pas bij de gemeente was, en nog opperde bij Piet Verbrugge, de straatmaker, moesten we de hele KW-laan overnieuw bestraten. Was je daar ergens voor een deur bezig, dan ging die geheid om half elf open en kregen Piet en ik op een mooi blaadje twee kopjes koffie. Maar bij Baarvink bleef de deur pot- en potdicht. Geen denken aan dat de vrouw van Baarvink ons koffie bracht. We waren gewoon veels te min voor haar. En ik weet nog goed dat de deur openging en Baarvink zelf naar buiten kwam zetten. Hij zag mij, en je zag 'm denken: dat is geloof ik een lid van onze gemeente, die moet ik wel groeten, daar kom ik niet onderuit, en toen haalde hij het allerkleinste knikje dat in z'n lijf schuilging naar boven, en hij deed er de helft nog van af, en zoals hij toen z'n hoofd bewoog... z'n hoedrand is misschien twee millimeter uit z'n baan geraakt... en hij was nog niet weg of Piet Verbrugge zei tegen mij – ja, moet je net Piet hebben, die communist haat en vervloekt alles wat met de kerk te maken heeft – "Is dat nou een dominee van jouw kerk," en ik zei niks terug, want ik wou 'm gewoonweg de eer niet gunnen dat hij Baarvink door het slijk kon halen, preken kan hij tenslotte als geen ander, en Piet zei ook niks meer, maar elke keer als ik die dag per ongeluk naar 'm keek deed hij dat idiote kleine knikje na... zo'n klein knikje... je zag amper dat z'n hoofd en z'n hoed bewogen... en toch wist Piet 't met z'n pet nog na te doen ook... of ja, nadoen, hij hoefde eigenlijk helemaal niks te doen, dat was 't hem nou juist. Op 't eind van de dag wist ik als ik naar Piet keek niet eens of hij dat knikje nog steeds probeerde na te doen. Omdat 't zo'n verrekt klein knikje was, leek 't er, ook al bewoog Piet z'n pet niet, toch op. En dan voelde ik de vernedering van top tot teen door m'n hele zielement trekken. Zo'n man, die Baarvink... en wil nou dat ik Ginus... wat ben ik blij dat Alers en Kloet niet van onze kerk zijn, anders stevende hij daar op hoge poten heen en was ik Ginus zo kwijt, het is toch niet te geloven, of ik er maar voor wil zorgen dat hij niet meer voor de stoet loopt als er iemand van onze kerk begraven wordt, je zou zelf haast zin krijgen om je maar eens bij een andere kerk aan te sluiten, ik ga zondag maar eens kerken bij de christelijk gereformeerden, daar schijnen ze tegenwoordig een vreselijk best domineetje te hebben.'

'Hi, hi,' zei mijn grootvader.

'Als jij, want zo lang zal dat toch niet meer duren, binnenkort begraven wordt,' zei mijn vader bits, 'zal je 't toch goed moeten vinden dat Ginus voor de stoet uit loopt. Dan heb ik vanwege 't feit dat er naaste familie van mij begraven wordt, vrijaf, dus je weet waar je aan toe bent.'

'Hi, hi,' zei mijn grootvader, hij keek mijn vader leep aan en grinnikte uitbundig, alsof het vooruitzicht van zijn begrafenis hem een vorstelijk binnenpretje opleverde.

'Welja,' zei mijn vader, 'lach maar. Kijk je er soms naar uit dat je binnenkort onder de grond gestopt wordt? Als je maar weet dat 't dan nog niet afgelopen is met je. Laatst had ik nog een duur mokkel op 't graf. Die zegt tegen me: "Ach doodgraver, ik kan 't me haast niet voorstellen dat ik er straks niet meer ben, dat ik straks in een diep graf lig en dat alles dan voorbij is." "Mevrouw," zeg ik tegen haar, "denk niet dat alles dan voorbij is, het ergste moet dan nog komen, mocht je maar in dat graf blijven liggen, nee, 't ergste is dat je geruimd wordt." '

'Je vader kwam alleen maar zeggen dat hij vanavond niet kan komen dammen,' zei mijn moeder sussend.

'Komt best uit,' zei mijn vader, 'm'n hoofd staat er helemaal niet naar.'

Mijn grootvader grinnikte nog steeds, hij stond op en wandelde zonder enige vorm van afscheid het huis uit. Op straat stierf het driftige getik van zijn wandelstok langzaam weg.

31

Eind november kwam mijn vader op een donderdagmiddag al om kwart voor vijf thuis. Hij knalde zijn zware Fongers tegen de regenpijp. Tot in de Pieter Schimstraat moet het rinkelen te horen zijn geweest. Wij hoorden de pijp zelfs nog ijl nagonzen toen mijn vader de woonkamer binnenkwam. Hij liep niet naar zijn leunstoel. Hij stapte naar de keukendeur, trok die open, riep: 'Wat nou toch gepasseerd is!'

'Je koffie komt eraan,' zei mijn moeder.

'Twee omgekeerde boordjes hebben zitten confereren,' zei hij.

'Twee omgekeerde boordjes?'

'Ja,' zei hij korzelig over zoveel onbegrip, 'twee pastoors. Die grote, rooie lapzwans uit Nieuw Huys ter Lugt en dat wasbeertje van hier.'

'Nou en?' zei mijn moeder.

'Ze hebben het dik voor mekaar, het is niet... je kan er met je pet niet bij... het is... godsamme...'

'Niet vloeken.'

'Ja, maar die lui, die boordjes... ze hebben... het is...'

'Ga nou eerst eens zitten, dan breng ik je koffie.'

Mijn vader bleef staan, schopte tegen de drempel van de keukendeur, zei: 'Die Ginus... achter mijn rug om... had hij nou maar eerst eens even met mij gesmoesd. Nou zitten we er toch nog aan vast... moet je dalijk duizend papen schudden, ben je toch nog zwaar de pineut, Ginus, ik zeg nog tegen hem, ik zeg...'

'Je bent helemaal overstuur,' zei mijn moeder verbaasd.

'Belneent,' zei mijn vader, 'het zijn alleen die omgekeerde boordjes... die zitten nou alles achter onze ruggen om te urbiën en te orbiën, weet ik veel wat... en straks zit je er toch nog aan vast, alleen maar omdat die dochter van Ginus een wandelende brievenbus is en d'r geen enkele fatsoenlijke knul gevonden kan worden die met zo'n afgelikte boterham wil trouwen... nou ja, ik ben de laatste om dat niet te begrijpen... zo'n brievenbus... zo'n allemansgleuf... iedereen kon bij d'r terecht... zelfs ouwe kerels, wat ik ervan begrijp... zelfs lui uit Nieuw Huys ter Lugt... en nou... d'r schijnt enkel en allenig in Nieuw Huys ter Lugt een jonge knul te zijn... een zoon van Chardon... weet je wel, z'n vader heeft nog naar jouw zus gedaan... hoe is het mogelijk, zo'n paap...'

'Warempel, die? M'n vader heeft hem met een fietspomp de Herenlaan afgejaagd, m'n zus heeft er nog weet van gehad.'

'Precies, die is het. En daar dan een zoon van.'

'Ze kon het misschien slechter treffen.'

'Denk je? Zo'n paap?'

'Z'n vader heeft een aardig bedoeninkje.'

'Denk je dat hij zijn zoon wat meegeeft? Hij zit met z'n dikke reet boven op z'n bezit, z'n geld is zijn dierbaarste aandenken aan zijn vader, daarom is hij er reuzezuinig op... nee, die, nou ja, 't is mijn dochter niet, bij mij zou 't zo niet beuren, maar Ginus zit aan alle kanten in het nauw, die is echt... hij kan in geen enkele gereformeerde winkel meer terecht en bij de hervormden beginnen ze 'm ook met de nek aan te kijken... al wekenlang kan hij niet één rechte streep meer trekken... Ginus is echt aan 't eind, die weet van narigheid niet meer wat hij doen moet.'

'Maar vertel nou eens waarom je zo van streek bent.'

'Ik van streek? Hoe kom je d'r bij?'

'Als je niet van streek bent, ga dan eerst eens zitten.'

'Ik zal eerst eens een sjekkie draaien.'

'Daar kun je toch 't beste bij gaan zitten?'

'Waarom moet ik gaan zitten?'

'Je gaat altijd meteen zitten als je thuiskomt.'

'Het zal niet waar zijn.'

'Ja, en dan breng ik je koffie en steek je een sigaretje op. En nou? Je bent helemaal uit je doen.'

'Omdat ik nog sta? Wou je zeggen dat ik uit m'n doen ben omdat ik sta? Nou, dan zijn d'r wel meer uit hun doen.'

'Ga nou toch zitten.'

'Nou zal die fijn zijn. Moet ik gaan zitten. Waarom?'

'Omdat je altijd...'

‘Hoe kom je erbij.’

‘Ik schenk je koffie in.’

Mijn moeder schonk de koffie in, overhandigde de drank aan mijn vader die nog altijd in de deuropening van de keuken stond.

‘Wat moet ik met die koffie?’ vroeg hij.

‘Opdrinken.’

‘Hier? Staande? Kun je die koffie niet gewoon voor me op tafel zetten?’

‘Niet als je me hier in de weg staat.’

‘Sta ik je hier in de weg? Wou je zeggen dat ik je hier in de weg sta?’

‘Zo heb ik je nou nog nooit meegemaakt,’ zei mijn moeder, ‘je lijkt m’n vader wel.’

‘Ik jou vader? Wou je zeggen dat ik op je vader lijk? Op die doerak?’

‘Alleen nu maar,’ zei mijn moeder sussend.

Ze pakte kop en schotel bruusk van mijn vader af, duwde hem opzij, zette de koffie op het tafelkleed en liep de gang in.

‘Wat ben je van plan?’ vroeg mijn vader.

‘Eventjes een boodschap doen.’

‘Een boodschap? Om deze tijd van de dag?’

Hij zweeg, liep naar zijn leunstoel, liet zich erin vallen, zei verbouwereerd: ‘Je moeder gaat een boodschap doen.’

Mijn moeder wurmde zich in haar lange grijze mantel, kwam de kamer weer in, wierp een blik op mijn inmiddels zittende vader en liep weer terug naar de gang en trok haar mantel weer uit. Mijn vader trommelde met zijn witte knokkels op de leuning van zijn stoel. Mijn moeder vroeg: ‘Is je koffie niet goed?’

‘Waarom zou die koffie niet goed zijn?’

‘Omdat je niet drinkt.’

‘Mag ik m’n koffie alsjeblieft een beetje koud laten worden. Of wou je dat ik ’t meteen naar binnen giet. Dacht je dat ik daar een looien pijp had zitten?’

‘Man,’ zei mijn moeder, ‘vertel nou eens gewoon wat er aan de hand is.’

‘Ik heb het toch verteld. Twee omgekeerde boordjes...’

‘Ja, maar wat heb jij daar verder mee te maken?’

'Snap je dat dan niet? Je kunt toch zelf wel op je vingers uittellen hoe de vork in de steel zit. Wat gebeurt er? De dochter van Ginus is in verwachting. Moet dus trouwen, moet dus in een vloek en een zucht trouwen. Maar ja, wie is de vader? Zowat alle loslopende jongens van hier en ook nog een paar opgeschoten knullen uit Nieuw Huys ter Lugt hebben met haar in een hooiberg naar spelden gezocht... en behalve die knullen heeft ze ook nog een paar lui over zich heen gehad die thuis al een mokkeltje hebben zitten met een hok vol jongen... nou, dus die lui vallen sowieso al af... blijven alleen nog wat van die opgeschoten lummels over... uit Nieuw Huys ter Lugt dan, want van hier is er natuurlijk niet één bij die zo gek is dat hij met zo'n del naar 't stadhuis wil stappen. Ze geven allemaal niet thuis, dat begrijp je, dus blijft alleen dat spul uit Nieuw Huys ter Lugt over... daar weten ze nog niet zo precies... of ze zijn daar toch wat stommer, weet ik het...'

Hij zweeg en slurpte luidruchtig van zijn koffie. Mijn moeder zuchtte hoorbaar. Mijn vader zei: 'En nou weet ik warempel niet precies hoe het gegaan is. Kwam Ginus de pastoor tegen? Is de pastoor bij Ginus geweest?'

Hij keek mij opeens aan. 'Heb jij, toen je je huiswerk maakte, soms gezien dat de pastoor daar weer op bezoek is geweest?'

'Nee, want dan had ik wel gewaarschuwd.'

'Dat is je geraden ook,' zei mijn vader. 'Nou ja, of de pastoor naar Ginus... of andersom... ik weet het waarachtig niet... maar één ding is zeker: ze hebben samen zitten konkelefoezen, en als ik het goed begrijp heeft de pastoor gezegd: "Ginus..." ja, of hij hem bij z'n voornaam noemt weet ik eigenlijk niet... broeder zegt zo'n man ook niet. Wat zegt hij eigenlijk wel? Lastig dat ik dat niet weet, hoe moet ik nou m'n verhaal vertellen?'

'Hoe heeft Ginus 't je dan verteld?' vroeg mijn moeder.

'Je moet niet denken dat Ginus nog netjes vertellen kan. Je moet het er woord voor woord bij hem uittrekken.'

Mijn vader slurpte opnieuw luidruchtig van zijn koffie.

' "Ginus," zegt de pastoor... ja, maar misschien zei die pastoor dat wel helemaal niet, gedverderrie, hoe moet ik nou verder?'

Mijn vader pakte zijn blauwe pakje Van Nelle, greep naar zijn vloeitjes die op de schoorsteenmantel lagen en vervaardigde met grote toewijding een sjekkie.

'Wat ik ervan weet,' zei hij, 'is dat de pastoor tegen hem heeft gezegd dat hij wel met z'n compagnon uit Nieuw Huys ter Lugt wilde confereren. Omdat hij wel dacht dat hij z'n compagnon zover zou kunnen krijgen dat hij die jongen van Chardon eens flink driftig aan z'n taas zou trekken. Goeie kans, hele goeie kans, dat die jongen van Chardon wel overstag zou gaan, brievenbus of niet, maar ja, niks voor niks op deze wereld... hij in actie, Ginus ook in actie... nou ja, nog niet meteen, niet vandaag, 't was al goed genoeg als Ginus wou beloven... een klein klusje... een paar mensen voorzichtig opgraven, om ze daarna weer elders netjes in gewijde grond te stoppen... eventjes een paar avonden... en ja hoor, wat doet Ginus? Die zegt natuurlijk: da's best, meneer pastoor, want ja, Ginus zit vreselijk in 't nauw, is bij ons uit de kerk gelazerd, z'n dochter loopt met een buik met benen, z'n vrouw kan nergens meer terecht voor een broodje of warm water... o, o, en nou zal je zien: zit ik er straks toch nog aan vast.'

'Welnee,' zei mijn moeder, 'jij hebt toch niks beloofd?'

'Je kan zo'n onervaren jongen toch niet alleen laten tobben? En zeker niet nou hij van voren niet meer weet hoe hij van achteren leeft. Hij is totaal de kluts kwijt. Als hij dat roomse kerkhofje in z'n eentje moet verhuizen, komen al die papen op 't nieuwe graf in de war te liggen. Dan kun je nooit meer iemand terugvinden. Dan is er daar geen steen met zo'n Jezusje eraan waarvan je zeker weet dat de goeie eronder ligt. En ik neem toch aan dat elk Jezusje graag boven z'n eigen lijk te kijk staat, waar of niet?'

'Zou 't nou zo erg zijn als ze een beetje door mekaar komen te liggen?'

'Dat is m'n eer te na. Ginus is toch mijn maat. Zeggen ze straks als die hele bliksemse boel finaal door mekaar ligt: ja, zo heeft Ginus het van zijn baas geleerd. Kijken ze mij erop aan. O, o, daar gaan al m'n vrije avonden! Het is toch niet te geloven, één zo'n wilde dochter in al de Ter Lugtse hooibergen en je zit er godvergeme toch nog aan vast.'

'Wat een onzin! Laat hem alleen scharrelen.'

'Ik denk er niet over. Er staat geschreven: "En de naaste vriend zal een iegelijk van die opnemen, om de beenderen uit het huis te brengen, en zal zeggen tot dien die binnen de zijde van het kerkhof zijn:

'Zijn er nog meer bij u?' " Ik zal maar eens een beetje m'n licht gaan opsteken bij de pastoor. D'r zal hopelijk wel een of ander registertje zijn waarin staat wat ze daar zoal onder de grond hebben gestopt. Ik moet een beetje weten wie wat waar en hoeveel er over moeten. "Pastoor," zal ik zeggen, "zo luidt het woord des Heren: 'Ik zal de graven openen en zal henlieden uit hun graven doen opkomen.' " '

'Wacht daar nou even mee,' zei mijn moeder, 'straks gaat die bruiloft niet eens door. Die jongen van Chardon heeft nog geen ja gezegd als ik het goed begrijp. Die moet eerst nog bewerkt worden. En trouwens... een roomse jongen, met een gereformeerd meisje, daar komt geen bruiloft van, heus niet.'

'Gereformeerd meisje? Ginus is met z'n hele gezin de kerk uit gesodommieterd. Die is niet gereformeerd meer. Nee, da's geen belemmering. En als zo'n pastoor z'n eigen d'r achter zet... en je weet hoe die pastoor van Nieuw Huys ter Lugt is, da's een bloedhond, daar heeft die jongen van Chardon vast geen verweer tegen. Al springt hij hoog, al springt hij laag, trouwen zal hij.'

'Ja, maar die pastoor heeft er zelf helemaal geen belang bij dat die jongen van Chardon trouwt met de dochter van Ginus. Het is zijn kerkhof niet dat verhuisd moet worden.'

'Nee, maar het is wel een echte paap. En je weet hoe die papen zijn. Die komen al eeuwenlang op voor mekaars belangen. Door dik en door dun. Die zijn er alleen maar op uit om weer een meerderheid te krijgen in de Tweede Kamer. Doen ze een greep naar hun opgespaarde sloophout, maken ze er weer brandstapels van...'

'Kom nou toch.'

'Geloof je dat niet? Toen ik zelf nog in Nieuw Huys ter Lugt op de Leeuwenwoning werkte, zei zo'n paap altijd tegen me: "Buurman, je bent een fijne knul, als wij de protestanten weer gaan verbranden, zal ik ervoor zorgen dat jij gewurgd wordt voor je de vlammen in gaat." '

'Dat was natuurlijk een grapje om je te stangen.'

'Zou je denken? Dat soort grapjes... ik denk dat er vroeger ook wel eens een mof is geweest die gekscherend tegen een jood zei: "Aan het gas met jou," ja, dat soort grapjes...'

'Nou in ieder geval is het nog niet zover, ze hebben nog lang geen meerderheid.'

‘Nee, wat je zegt, maar dat kleinkind van Ginus... moet natuurlijk katholiek grootgebracht worden... weer eentje erbij... ik begrijp met de beste wil van de wereld niet dat hij daarmee heeft kunnen instemmen.’

‘Wat moet hij anders,’ zei mijn moeder laconiek.

32

Op zaterdag 23 december duwde ik de broodkar naar de spoorwegovergang. Een dag eerder was onze bakker komen vragen of ik, gezien de te verwachten topdrukte, wilde bijspringen. Was ik bereid in een vijftal straten over het spoor brood te bezorgen, dan zou dat een welkome ontlasting zijn voor zijn vaste personeel. Uiteraard zegde ik toe. Niettemin had ik een dag later bitter spijt. Het was nog tot daaraan toe dat het tien graden vroor, maar er kwam, rechtstreeks uit Siberië, een poolwind aanstormen waar niets tegen bestand bleek. Zo bitter, bitter koud was het dat ik mijn handen zelfs nauwelijks kon warmen aan de nagloeiende broden. Het wisselgeld bevroor tussen mijn vingers. Met dikke wanten aan kon ik echter geen geld teruggeven. Blijkbaar bood ik de aanblik van een ijspegel. Geschrokken noodde men mij elke keer als ik aanbelde in huiskamers waar de antracietkachels gloeiden als hoogovens. Het was onverstandig om je telkens bij die haarden te warmen. Keerde je terug in de poolkou, dan leek het alsof je versteende. Bovendien schoot ik niet op. Wel kreeg ik een goed beeld van de overvolle huiskamers in de lage huisjes op het Hoofd. Tussen de reusachtige fauteuils, waarin ik even mocht plaatsnemen om warme chocolademelk te drinken, ontbrak veelal loopruimte. Wie zich wilde verplaatsen, moest klauteren.

Ook die zaterdag was het weer een reuzegok wat de klanten zouden afnemen. Regeringswit? Gesneden melkbrood? Vloerbruin? We wisten het niet, ik voerde een reusachtig assortiment mee in mijn kar, maar was al na twee straten bijna door mijn gesneden brood heen. Dat was een ramp. Terwijl ik eerst heel hartelijk in al die huiskamers werd binnengehaald en van warme chocolademelk werd voorzien, werd ik bijna gelyncht als ik moest meedelen: 'Helaas, ik heb geen gesneden melkwit meer.' Gelukkig kwam rond het middaguur de bakker zelf langs om te kijken hoe het ervoor stond. Met een apart bestelkarretje werd alsnog een geweldige hoeveelheid gesneden brood aangevoerd.

Aan het einde van die bitter koude dag bereikte ik een hofje dat ingeklemd lag tussen de Gereformeerde Evangelisatiebibliotheek en wijkgebouw Hinnom. In dat hofje, laatste uitwijkmogelijkheid voor al diegenen die hun voet zelfs nog niet op de onderste trede van de maatschappelijke ladder hadden weten te plaatsen, werden altijd de duurste broodsoorten afgenomen. En uiteraard in gesneden vorm. Ontbrak een en ander in je assortiment dan mocht je van geluk spreken als je het hofje heelhuids verliet. Verhief een bewoonster haar stem om te klagen, dan vlogen terstond alle hofjesdeuren open en verschenen, gewapend met mattenkloppers en bezems, in mouwschorten gehulde heksachtigen. Dreigend rukten ze op naar je broodkar.

Omdat de bakker de kar had bijgevuld, gelukte het mij op die middag het hele hofje zonder noemenswaardige problemen te bedienen. Ik werd hier en daar zelfs binnengenood voor een kopje anijsmelk, maar ik sloeg de uitnodigingen af. Nog los van het feit dat ik de heksachtigen vreesde, had ik allang geleerd dat het beter was om buiten te blijven, waar de straffe noordooster, recht over de spoorlijn heen, de binnenplaats van het hofje opwoei. Daar ontstonden lugubere wervelingen. Op het troosteloze middenpleintje knisperden verlepte, modderige verjaardagsslingers die door de stormwind heen en weer werden gesmeten.

Door de ronddwarrelende versiersels liep ik naar het laatste huis in het hofje. Mijn hand rustte al op de voordeurbel toen er een rauw gekrijs opklonk. Er volgden gesmoorde kreten, en ik stond daar en ik luisterde, hoorde het gelispel van de rondwervelende slingers, maar hoorde ook hoe daarbinnen blijkbaar iemand werd geslagen. Degene die de rake klappen ontving, liet zich niet willoos aftuigen. De kreten van pijn waren duidelijk van twee mensen afkomstig. Ze werden afgewisseld met goed hoorbare scheldwoorden: vuile teringlijer, vieze, gore klootzak, etterlul, en met een opsomming van vreselijke ziektes. ‘Krijg de kanker, krijg de vliegende tering,’ riep een lage, zware altstem. Mij leek het, daar met mijn hand aan de bel, het verstandigst om met mijn bakkerskar zo snel mogelijk naar de spoorwegovergang te vluchten. Kwam ik, al was het maar door aan te bellen en argeloos te roepen 'de bakker' bij deze ruzie tussenbeide, dan dreigde het gevaar dat de kemphanen zich op mij zouden storten. Mij had de ondervinding toen al geleerd dat twee strijdende partijen hun onderlinge geschillen terstond vergeten zodra een vredestichter zich aandient. Die wordt dan door een monsterverbond van kemphanen in stukken gescheurd.

En toch was het mijn eenmalige bakkerseer te na om mijn hand, die reeds op de bel rustte maar de koperen knop nog niet beroerd had, terug te trekken. Zo krachtig mogelijk rukte ik aan de koperen knop. Net als in *De kleine Rudolf* ging de bel over met een klank als van gebarsten ijzer. In het huisje verstomden de geluiden. Even later werd de voordeur woest geopend. Een opgeschoten jongen, iets ouder dan ik, verscheen in de kleine deuropening. Zijn gezicht was bebloed. Zijn ravenzwarte haar zat evenwel nog in model. Hij had een Pat Boone-kapsel. Ik kon de Brylcreem ruiken.

'De bakker,' zei ik effen.

Hij keek me niet eens aan, stormde langs me heen, smeet de openstaande klep van de bakkerskar keihard dicht, roffelde toen wild met zijn vuisten op het hout en holde vervolgens weg in de richting van de spoorwegovergang. In het huisje bleef het doodstil.

'De bakker,' riep ik monter in het duistere gangetje. Niemand verscheen. Toch moest daar iemand zijn. Een vrouw, een meisje. Was ze gewond? Moest ik hulp halen? Weer trok ik aan de koperen knop en de bel luidde, nu de deur wijd openstond, als een gebarsten scheepsklok. Ik hoorde gestommel, maar er verscheen niemand.

'Alles goed?' riep ik, 'moet ik soms hulp halen?'

'Nee,' riep een lage meisjesstem.

'De bakker,' riep ik, 'nog iets nodig?'

'Ik kom eraan,' riep de stem.

Ik wachtte. De noordooster zwol aan, liet zich niets gelegen liggen aan mijn dikke winterjas, drong er dwars doorheen, beet zich vast op mijn huid. Ik stampte met mijn voeten om een beetje warm te worden, blies op mijn vingers, sloeg mijn armen tegen elkaar zoals ik dat groenteboeren en scharenslijpers altijd had zien doen op winterdagen. Terwijl ik aldus mijn ellebogen ritmisch bewoog, kwam ze naderbij in het gangetje. Het was er zo donker en ze was zo ongelofelijk veranderd dat ik haar eerst niet herkende. Zij herkende mij wel, keek me voor de eerste keer recht in mijn gezicht en zei hautain: 'Ik heb niets nodig.'

Toen zag ik wie het was en ik schrok hevig. Ze was totaal vormloos, wat nog geaccentueerd werd door de grijze, foeilelijke jurk die ze droeg. Haar gezicht was pafferig en wit. Haar haar, haar prachtige haar piekte. De krul was eruit. Het was onthutsend om haar daar zo te zien staan en pas toen ik: 'Machteld, jij...' had gestameld, besefte ik waardoor die vormloosheid werd veroorzaakt. Na de geboorte van haar kind zou ze er weer gaan uitzien zoals ze eertijds geweest was – veruit het mooiste meisje dat ik ooit had aanschouwd.

Ze stond daar, leunde zwaar tegen de deurlijst, beet mij nogmaals toe: 'Ik heb geen barst nodig. Hoor je me niet?'

'Dat kan niet,' zei ik, 'morgen is het zondag, en overmorgen is het kerst. Woensdag gaan de winkels pas weer open. Je moet voor drie dagen brood in huis nemen...'

'Ik heb niks nodig,' zei ze, 'laat hij maar wat kopen, die pleurislijer. Ik haal niks in huis, als er geen barst is, heeft die etter niks te vreten.'

'Ja, maar jij ook niet,' zei ik.

'Kan me geen lor schelen.'

'Ja, maar, maar...' stamelde ik.

'Wat maar?' beet ze me toe.

'Je kindje,' zei ik.

Even keek ze me sprakeloos aan, toen barstte ze los.

'Wat gaat jou dat aan, klein, smerig, geniepig etterlulletje, vuile, vieze gluurder, wat heb jij daarmee te maken, smerige, gemene, ellendige bemoeial. Leer jij je catechismusvragen maar en bemoei je verder met je eigen peststinkzaken. Wie denk je wel dat je bent?'

Ik keek haar aan. Zoals ze daar hing in die deuropening, met die vreselijke, loodgrijze, vormloze jurk aan die ook nog eens ongelijk afhing, was ze voor mij het toonbeeld van totale ontreddering, van onbegrijpelijke verloedering, van verbijsterende verslonzing. Toch voelde ik triomf. Ze praatte tegen mij. Eindelijk! Ze keek niet langs me heen, ze keek me aan, ze schold me uit, en ze bleek zich zelfs te kunnen herinneren dat ik op catechisatie foutloos de Heidelberger had kunnen opzeggen. Het kon allemaal nog goed komen. Van de ellendeling uit Nieuw Huys ter Lugt die haar geslagen had, zou ze scheiden, dat kon niet anders, en dan zou dat kind geboren worden en zou ze er weer gaan uitzien zoals vroeger, en dan zou er, op mij na, niemand zijn die haar nog wilde. Ze moet gezien, beseft hebben wat er in mij omging, want op dat geschonden, pafferige gezichtje verscheen heel even iets van verbazing. Toen echter brak een schelle lach los, die wedijverde met de klank van de ouderwetse hofjesbel, en ze deed een stap naar voren, greep mijn krulhaar, trok eraan en gaf me met haar vlakke hand een klap in mijn gezicht.

'Zo, daar,' zei ze, 'rot op. Of wou je nog meer?'

'Ja,' hoorde ik mijzelf uitbrengen.

'Je kan het krijgen,' gilde ze.

Ze beukte met haar beide knuisten op mijn borst. Ze schopte tegen mijn benen.

In het hofje werden de deuren opengeworpen. Op de drempels verschenen gewapende heksachtigen.

'Wat is er Machteld? Heeft die ellendeling geen gesneden brood meer? Heb je hulp nodig?'

'Nee,' schreeuwde ze, 'donder op, ik kan het alleen wel af.'

Een heksachtige stapte niettemin in haar richting en reikte haar een mattenklopper aan. Ze rukte het wapen uit de handen van de heks, aarzelde geen moment en ging mij ermee te lijf alsof ik haar Brylcreemechtgenoot was. Terwijl een regen van slagen op mijn rug neerdaalde, dacht ik: het valt reuze mee, het is helemaal zo erg niet, het doet amper pijn, het is eigenlijk wel prettig, je wordt er warm van. Onder die zo verwonderlijk goed te verdragen, verwarmende pijn, kwam een alomvattend gevoel van verrukking opzetten omdat ik geranseld werd door een meisje tegen wie ik jarenlang huizenhoog had opgezien. Ze had me botweg genegeerd, maar nu, nu negeerde ze me niet meer, nu sloeg ze mij waar ze mij maar raken kon, nu sloeg ze zichzelf, en mij erbij, warm met die mattenklopper, die minder goed bestand bleek tegen de slagen dan ik, want de eigenares schreeuwde opeens: 'Hou op. M'n goeie klopper gaat eraan.'

Toen zei een ander, kromgebogen heksje dat schuifelend naderbij trad: 'Ja, je kan beter stoppen. Het is er zo een die 't reuzelekker vindt om... die d'r met z'n hele hebben en houden op geilt om afgerost te worden. Moet je zien, hij staat gewoonweg te likkebaarden, het kwijl druipt uit z'n bek, o, o, wat walgelijk.'

De anderen vielen haar bij, schreeuwden: 'Gadverdamme, vuile viezerik.'

De kromme heks spuwde op de kleine, gele steentjes die het binnenpleintje van het hofje omzoomden en zei: ‘Perverseling.’

‘Uit de fikken van die goorling hebben we daarnet nog brood aangepakt,’ schreeuwde een andere heksachtige.

‘Ja, gadverdamme, weg met die viezerik, die vunzige, gore smeerlap.’

En ze drongen op, duwden me eensgezind met hun krijgshaftig naar voren gestoken rechterschouders het hofje uit en smeten de buitendeur ervan vervolgens met een geweldige smak dicht.

33

'Is dit goed zo?' vroeg mijn vader korzelig. Hij duwde mij een gelinieerd blaadje in handen dat hij van een notitieblok had afgescheurd.

Ik las: 'mijn heren graane zou ik reflecteren naar de functie van garfmakker hoogachtend.'

'Dat wou ik naar gemeentewerken in Delft sturen,' zei mijn vader. 'Ik hoorde dat ze daar naar een nieuwe grafmaker zoeken.'

'En dan hier weg?' vroeg ik verbouwereerd.

'Ja,' zei hij, 'samen met Ginus ben ik met de pastoor wezen praten, nou, 't aantal dooie papen die ze willen overzetten, viel me nogal mee, maar ze hebben zoveel vijven en zessen. Als ik het goed begrijp willen ze dat de een of andere kapelaan, een soortement heeroom... wat mag dat wel voor een snuiter wezen, een heeroom?... een beetje toezicht houdt als wij gaan graven. Komt er dus een of andere kerel met z'n neus bovenop staan als wij ons daar in de grond uitleven. Waarom? Vertrouwen ze ons niet? Denken die papen dat wij sieraden en gouden ringen achterover zullen drukken? Ginus kan 't niks schelen, die is helemaal murw gebeukt door alles wat ze 'm hebben aangedaan, die is blij toe dat ze 'm nog ergens pruimen, al is 't maar bij de roomsen, maar ik heb er geen cent zin in om daar te gaan ruimen met een kap... een heeroom die op je vingers kijkt... heeroom, alleen dat woord al, je krijgt het meteen Spaans benauwd. Nee, ik heb er vreselijk spijt van dat ik naar die pastoor ben toe gestapt. Nou ja, ik wist het wel, ik heb niet voor niks steeds gezegd: daar begin ik niet aan. En nou, goddomme, ben ik toch nog de pineut. Maar als ik nou op tijd naar Delft verkas, ben ik van alle narigheid af. Denk je dat ik 't red met dat briefje?'

'Nee,' zei ik, 'het is veel te kort, en ik zie nergens punten en komma's en je schrijft niet graane, maar gaarne, en je schrijft grafmaker in plaats van garfmakker.'

'Wat kan dat nou schelen? Dat zijn mijn alektische fouten.'

'Alektische fouten?'

'Ja, als je dorp wil schrijven en je schrijft drop, heb je alektische fouten. Da's iets heel bijzonders, dat komt zelden voor, maar ik heb daar last van,' zei mijn vader trots.

'Volgens mij ben je gewoon woordblind.'

'Woordblind? Ik? Hoe kom je erbij. Ik heb van jongs af alektische fouten gehad.'

'Ik denk niet dat ze in Delft als ze graane zien en garfmakker nog veel belangstelling...'

'Waarom niet? Dan weten ze meteen dat ik alektische fouten heb. Een mens is d'r niks minder om als hij daar last van heeft. Laten ze dat maar meteen weten, kunnen ze naderhand ook nooit zeggen dat ik ze besodommieterd heb.'

'Ja, maar... en zo is 't ook veel te kort, d'r moet in ieder geval bij dat je al jaren hier grafmaker bent, en wat je daarvoor hebt gedaan, en dat we gereformeerd zijn, en dat...'

'Nou, weet je wat, schrijf jij dan een nette brief. Dan schrijf ik die over en sturen we die weg.'

Ik schreef een lange sollicitatiebrief. Mijn vader schreef hem over en weer stond er dat hij graane in aanmerking kwam voor de functie van garfmakker. Bovendien had hij al mijn punten en komma's en hoofdletters weggelaten, zodat mijn brief opeens leek op een stuk *Raster*-proza. Ik zei tegen mijn vader: 'Zo gaat het niet. In de bibliotheek van het lyceum hebben ze een typemachine. Misschien vinden ze 't goed dat ik de brief daarop uittyp, dan ondertekent u die en kan hij naar Delft.'

'Ik vind 't best,' zei hij, 'het is tegen m'n principes om me anders voor te doen dan ik ben, en ze moeten daar eigenlijk meteen weten... wacht, kun je dat niet in de brief zetten... dat ik alektische fouten heb.'

'Wat schieten ze daar in Delft nou mee op als ze dat weten? Heb je alektische fouten dan graaf of hark je toch niet anders?'

'Nee, da's waar, nou laat dat dan maar weg uit die brief, dan zal ik ze dat wel onder de neus wrijven als ik daar bij gemeentewerken word uitgenodigd om te komen praten.'

We verstuurden de brief, kregen een briefje terug waarin de ontvangst ervan werd bevestigd, en hoorden vervolgens niets meer. Mijn vader zei af en toe: 'Ik geloof niet dat ze daar in Delft veel werk maken van m'n sollicitatie. Nou ja, ik weet eigenlijk niet eens of ik daar wel heen wil, ik heb 't hier best naar m'n zin, en 't is ook een rotstreek om Ginus alleen voor 't rapen van dat zootje papen te laten opdraaien... ja, 't zou een minne streek zijn om 'm in de steek te laten, het water is z'n onderlip toch al genaderd, en z'n Blijleventje moet naar 't Hoofd voor een halfje bruin en naar de Weverskade voor een beetje petroleum en naar 't Stort voor een balletje gehakt... het is toch warempel niet te geloven dat je gewoon overal uitgekotst wordt als je één zinnetje uit de bijbel een tikkeltje anders leest dan de dominee wil... Alleen die snuiter, die heeroom... dat zit me helemaal niet lekker, dat zijn nou dingen waar ik helemaal niet van houd, ik weet wel dat mijn vader altijd zei: "Wees vertrouwd, maar vertrouw niemand," maar ik ben d'r helemaal niet happig op om onder toezicht te ruimen. Als ik bij mezelf ruim, gaat het hek hermetisch dicht, mag er niemand 't graf op, zelfs Rampenne niet. En bij die roomsen... zomaar een pottenkijker... Wat denken die lui wel? Waar zijn ze bang voor? Lijkenschennis? Lijkberoving? Nou ja, als 't zover is en die heeroom staat op de rand van elk graf te koekeloeren waarin Ginus en ik bezig zijn, vinden we er wel wat op. D'r komt vast wel een of ander bot naar boven waar nog smerige resten aan vastzitten en dat er een beetje bloederig en vies uitziet. Dat steek ik hem dan toe en dan zeg ik: "Heeroom, zou u dat even willen aanpakken en opzij willen leggen, dit bot is veuls te groot dan dat 't van 't vrouwtje kan zijn dat hier begraven ligt." Het moet toch al gek gaan wil 't niet lukken om 'm dan kotsend 't roomse graf af te krijgen... als 't maar geen hele harde is, geen hele taaie, nou ja, we zien wel, 't is nog niet zover, d'r wordt nou al een paar jaar over gepraat, maar er gebeurt niks, 't is net alsof ze er de hele tijd toch voor terugdeinzen om aan die klus te beginnen.'

34

‘Ben je een dagje op stap met de vrijwillige brandweer en wat gebeurt er? Komen er uitgerekend twee Delftenaren een kijkje nemen op ’t graf,’ zei mijn vader.

‘Dus die zijn gisteren geweest?’ vroeg mijn moeder.

‘Precies. Terwijl wij in Antwerpen gedemonstreerd kregen hoe ze daar in de kazerne langs gladde palen naar omlaag suizen als er een brand is, hebben twee snuiters uit Delft een paar uurtjes over ’t graf rond lopen stekkeren. En wie troffen ze daar? Mag je één keer raden.’

‘Ginus natuurlijk.’

‘Ja, allicht, dat spreekt vanzelf, ’t zou gek zijn als ze die niet getroffen hadden. Nee, ze hebben iemand anders getroffen en die hebben ze ’t hemd van ’t gat gevraagd. Vooruit, nog één keer raden.’

‘Ai van Leeuwen misschien?’

‘Waarom zou die nou op ’t graf zijn?’

‘Om een zerk te brengen.’

‘Dan had hij dat heus wel van tevoren aangekondigd, nee, die was er niet, nee, weet je wie ze troffen? Weet je bij wie ze hun licht hebben opgestoken? Je zal ’t niet geloven en Ginus heeft er tegen mij eerst niks over gezegd, maar ik kon precies zien waar ze geweest zijn en wat er zoal besproken is.’

En mijn vader haalde uit de borstzak van zijn werkjasje een stapeltje kleine witte blaadjes.

‘Kijk,’ zei hij, ‘die heb ik overal gevonden. En daardoor kan ik tamelijk precies nagaan wat er zoal gezegd is. Hier, moet je zien, lagen her en der in het perkje op de keitjes gedrapeerd voor de steen van vrouw Klinge. Op een van die blaadjes staat: “Alle letters eraf.” En op een ander blaadje staat: “Heeft de grafmaker gedaan.” Dus wat is er gebeurd? Die lui uit Delft komen ’t graf op, ze vallen in de armen van Rampenne en die troont ze mee naar de steen van vrouw

Klinge en zegt tegen die kerels: "Kijk, hier zijn alle letters van een steen afgeschuurd. Dat is het werk van de grafmaker. Als jullie die in Delft nemen, schuurt hij daar ook alle letters van de stenen af."'

'Dat kan hij niet allemaal gezegd hebben,' zei mijn moeder.

'Niet met zoveel woorden. Maar wel met gebaren. Hij heeft z'n armen flink laten wieken en die Delftenaren zullen hem heus wel begrepen hebben. In ieder geval heb ik hier een blaadje waarop staat: "Niet nemen. Rotvent."'

'Ze zullen toch niet afgaan op wat zo'n rare man zegt?'

'Ik weet het niet. Ik denk niet dat 't goeie reclame voor me is. Rampenne! Kun je dit nou begrijpen? Al jarenlang komt hij haast elke dag even langs, en in al die jaren heb ik hem nog nooit met een riek 't graf afgejaagd. Je hoort mij niet zeggen dat ik altijd even vriendelijk tegen hem ben geweest, ik heb vaak genoeg tegen hem gebruld: "Markus 9 vers 25, 'gij stomme en dove geest, ik beveel u ga hier uit en kom niet meer terug'", maar ik heb nooit echt rot tegen 'm gedaan en toch is hij met die lui uit Delft langs alle stenen gestekkerd waarvan ik de letters heb afgeschuurd. Bij elk van die stenen vond ik wel een paar van die witte velletjes. En hij is ook nog met ze in de slootkant gekropen. Daar vond ik ook een velletje. D'r stond enkel op: "reiger". Dus hij heeft ze zo goed en zo kwaad als dat ging ook nog bijgebracht dat er op 't graf al jarenlang een tamme reiger rondstruint. Alsof dat mijn schuld is! Al sinds mensenheugenis probeer ik om op een fatsoenlijke manier van dat beest af te komen. Laatst kom ik voorop de stoet aanlopen bij een begrafenis... een gereformeerde, dat begrijp je... staat die reiger zo'n beetje kouwelijk in elkaar gedoken pal op de rand van 't graf. Ik zeg tegen hem: "sodommieter op", maar ja, ik had niks bij me om hem een jens te geven en Ginus zag ik ook nergens, die zat natuurlijk in 't baarhuisje de pest in te hebben dat hij niet voorop mocht lopen omdat er een sukkelaar van onze kerk werd begraven, dus ik denk: hoe krijg ik die reiger hier nou weg zonder al te veel misbaar. Nou ja, dat ging dus helemaal niet, die reiger bleef gewoon doodstil op de rand van 't graf de wacht houden en de mensen gingen er min of meer omheen staan... ze lieten wel een beetje ruimte natuurlijk, ze zijn toch een beetje bunzig van een reiger... en Baarvink kijkt me aan alsof hij zeggen wil: is het de bedoeling dat die reiger de hele plechtigheid bijwoont en ik maak zo'n gebaar van, ja ik weet ook niet wat ik hiermee aan moet, en de dragers leggen de kist op de draden van het toestel en die reiger staat daar maar te kleumen. Met van die opgetrokken schoudertjes. Alsof hij hevig meerouwde. Baarvink houdt z'n prevelement over psalm 103 en toen moesten we "Vaste rots van mijn behoud" zingen. Je had die reiger moeten zien toen we begonnen. Hij keek opeens vreselijk verschrikt om zich heen. Alsof hij wou zeggen: je denkt toch niet dat ik dat gezang uit m'n hoofd ken. Het was net alsof hij toen pas merkte dat er een begrafenis aan de gang was en dat hij er middenin stond. En hij slaat z'n vleugels uit en laat me daar toch een kreet horen! Iedereen kreeg er kippenvel van. Hij stijgt op en laat tegelijk een flinke hoop op de kist vallen. Het zag eruit als de drek van iemand die last heeft van racekak. En terwijl die reiger wegvloog, vond hij 't nodig om nog maar eens flink te schreeuwen, en toen hij op z'n vaste stekkie langs de spoorsloot was gearriveerd, liet hij nog twee keer horen dat hij hevig aangedaan was door die begrafenis. Zoals reigers kunnen schreeuwen... ik denk dat zelfs Rampenne hem horen kan, dus waarom hij die Delftenaren... enfin, ik had dat beest natuurlijk allang de nek moeten omdraaien, maar ja, daar kom je niet zo gauw toe. Echt veel last hebben we niet van hem, hij hoort daar gewoon thuis, z'n vaste adres is nou eenmaal: Spoorsloot, Algemene Begraafplaats, Boonersluis.'

'Dat hele verhaal kan Rampenne die Delftenaren niet verteld hebben.'

'Nee, allicht niet, Rampenne was helemaal niet bij die begrafenis. Maar hij heeft ze wel gezegd dat er een tamme reiger op 't graf huist. Tien tegen één hebben ze 'm nog gezien ook en heeft hij z'n rauwe krijs laten horen. En Rampenne heeft erbij gestaan en vergenoegd in zijn handen gewreven.'

Terwijl ik mijn vader van opzij even opnam, dacht ik: hij is niet echt boos. Een beetje verontwaardigd misschien, maar meer ook niet. Hij vindt het wel goed zo, hij wil helemaal niet naar Delft.

Mijn vader voelde blijkbaar dat ik hem opnam, hij keek me leep aan en zei: 'Je ziet, die mooie brief van je heeft toch gewerkt, ook al had je eruit weggelaten dat ik alektische fouten heb. Maar ja, Rampenne heeft nou alles verknoeid... tenminste... kijk, dit velletje vond ik daarnet nog, toen ik al op weg was naar huis. Weet je wat daar met koeienletters op staat: "Neem Ginus." Zo plukt Ginus d'r toch nog vruchten van dat hij, al heb ik hem honderd keer gezegd: "Geef Ramp toch een reuzeschop onder z'n hol," altijd zo aardig tegen die ouwe lamstraal is geweest. En Rampenne mag dan wel af en toe met 'm over de vergeving der zonden gediscussieerd hebben, maar d'r is, zover ik weet, geen sterveling die Rampenne ooit verteld heeft dat Ginus de kerk is uitgesmeten.'

'Hij weet toch altijd alles?'

'Ja, maar dit is veel te ingewikkeld om aan een doofstomme te vertellen. Hadden ze 't hem wel verteld, dan had hij, denk ik, niet zo gauw "Neem Ginus" geschreven.'

Mijn vader nam vergenoegd een trekje van zijn sigaret: 'Ik had dat velletje nog niet opgepakt of Ginus komt eraan. Ik zeg tegen hem: "Rampenne heeft reclame voor je gemaakt." "Ja," zegt hij, "die kerels hebben hier een hele tijd rondgelopen en op 't eind hebben ze een poosje met me zitten keuvelen in het baarhuisje en op 't lest hebben ze me gevraagd of ik er geen oren naar zou hebben om eens in Delft te komen praten."

"Nou, en? Voel je daarvoor?"

"Het zou wel een oplossing zijn. Hier moeten we weg, dat kan bijna niet anders. M'n vrouw kan zowat nergens meer terecht voor boodschappen. Mij spugen ze op straat soms zomaar in 't gezicht, en ze roepen me van alles na. Maar als ze mij nemen, en ik ga daarheen, sta jij weer overal alleen voor."

"Ja, ik zou je niet graag missen, maar ik denk toch dat je daar maar moet reflecteren. Je hebt hier nog maar één supporter, Rampenne, en verder word je zowat door iedereen met de nek aangekeken. Het is godgeklaagd, maar het is niet anders."

"Dus jij zou 't mij niet kwalijk nemen..."

"Hoor eens, je bent een moordknul, ik zal je heel erg missen, maar zowel jij als ik weten in dit geval maar al te goed aan welke kant jouw boterham gesmeerd is. Ik zou 't gewoon maar doen, 't enige is..."

"Het roomse kerkhof."

"Precies. Vanwege die dochter van jou heb jij van pure armoe de pastoor beloofd dat je zijn bedoeninkje zult ruimen en verhuizen. Alsof je daar trouwens wat mee bent opgeschoten, ik hoor van die en gene dat die schoonzoon... erg losse handen... nou ja, wat doet dat er op dit moment toe... Jij hebt ja tegen de pastoor gezegd, en ik heb toen tegen jou gezegd: 'Ik laat je daar niet alleen ploeteren.' Maar zo meteen ben jij leuk naar Delft verhuisd en zit ik er potdomme, terwijl ik van 't begin af aan gezegd heb dat ik het zonder dragline niet doe, toch nog aan vast. Zonder jou, zonder dragline, maar met een heeroom. Klaar ben je."

"Ik ben daar in Delft nog niet aangenomen."

"Ze hebben stront in hun ogen als ze jou daar niet nemen. Jij bent de beste die ze krijgen kunnen, 't enige wat er bij jou aan mankeert is dat je d'r zo verrot slecht tegen kan om samen met een dooie in het lijkenhuisje te bivakkeren. Dat zal Rampenne ze wel niet verteld hebben."

"Het gaat de laatste tijd al wel ietsje beter."

"O, ja, en die dronkelap dan die ze laatst uit de Waterweg hadden gevist? Je hebt op de vierde klas lopen kotsen."

"Ja, maar die was al minstens een week dood, die zag er vreselijk uit en zoals hij stonk..."

"Je mag blij zijn dat je daar in Delft ver bij een echte rivier vandaan zit. Maar reken maar dat de lijken daar ook bar en boos stinken, die stinken overal bar en boos. Alleen zullen ze zo'n soort drenkeling daar wel niet gauw hebben. Zo'n gasballon."

"Hopelijk niet. Maar Delft is helemaal niet zo ver weg. Als ze me daar zouden willen hebben, kan ik altijd, als er rooms geschud moeten worden, 's avonds hierheen komen fietsen om je te helpen."

"Dat is verrekte fideel van je. Laten we eerst maar eens kijken hoe het allemaal loopt. Erg veel schot zit er nog niet in bij die roomsen. Het lijkt wel of ze 't gewoon niet aandurven om dat kerkhofje te verhuizen. Ik weet al niet eens meer hoe lang 't geleden is dat de pastoor voor 't eerst bij me kwam om te vragen of ik dat wilde doen. Tegen de tijd dat we eraan kunnen beginnen, zit jij al hoog en breed in Delft. Nou, ik hou je eraan dat je dan 's avonds hierheen komt fietsen om flink mee te rapen. Mag je trouwens de trekkade wel nemen, kom je achterom binnen, ziet niemand je, hoef je ook niet bang te zijn dat ze je in je gezicht spuwen of naroepen." '

35

'Zou jij vanmorgen koffie bij je vader willen brengen?' vroeg mijn moeder.

'Waarom ga je zelf niet?'

'Het baarhuisje zit vast vol met kerels.'

'Kerels? Wat voor kerels?'

'Een commissie, een roomse commissie. Die komen kijken of je vader wel de juiste man is om dat kerkhofje te verhuizen.'

'Wie zegt dat ze op koffietijd komen?'

'O, vast. Doe je 't baarhuisje open, kijk je opeens in roomse tronies. Daar heb ik helemaal geen zin in.'

'Nou, best, dan ga ik wel.'

En ik klom even later met een thermoskan in een rieten tas tegen de afrol op. Het was de donderdag voor Pasen. Een lichte, jolige bries joeg door de boomkruinen. Half april was het, en dan is Nederland op z'n mooist. Dan zijn alle bomen voorzien van fris, jong halfblad. Dan geeft de zon al warmte, maar schroeit hij nog niet.

Op de begraafplaats zaten tientallen zangertjes door elkaar heen te fluiten. Her en der schalde de rondborstige vinkenslag, klonk schril het piepende liedje van de heggenmus en het onverstoorbare gezaag van de koolmees. En telkens lieten winterkoninkjes hun oorverdovend geschetter daarbovenuit schallen. Snerpend en schel vlijmde daar de ijle, hoge kreet van de sprinkhaanrietzanger doorheen die in de hoge rietpluimen langs de spoorsloot nestelde. Alleen de spotvogel ontbrak, die was blijkbaar nog niet terug. Ook de eentonige, wat zeurderige, oerzomerse tenor van de groenling liet zich nog niet horen. Wel klonk vanuit de toppen van de hoge coniferen die de graven van de eerste klas omzoomden reeds de krankzinnig hoge coloratuur van het goudhaantje. Zoveel leven op een dodenakker, dacht ik poëtisch en het grind knarste onder mijn schoenen en al dat jonge, liefelijke groen en het heldere zonlicht maakten me een beetje duizelig, en gelukkig, en overmoedig.

De deur van het baarhuisje stond half open. Een dikke blauwe walm golfde naar buiten. Daarbinnen werd driftig gerookt, dat was duidelijk. Met de koffietas gaf ik de deur een zet en hij zwaaide wijder open. Mijn moeder kreeg gelijk. Ik keek in de bleke, pafferige tronies van een drietal mannen in zwarte pakken die, zware sigaren rokend, op drie stoelen zaten die mijn vader blijkbaar voor de gelegenheid uit de kapel had gehaald. Omdat ik vanuit de zonnige Witte-Donderdagwereld het donkere, raamloze baarhuisje inkeek, duurde het even voor ik die drie mannen goed kon opnemen. Mijn vader zei: 'Kom binnen en doe de deur achter je dicht. De pokkenvogels maken buiten zo'n knetterherrie.' Hij nam de tas van mij over en riep vrolijk: 'Daar komt de koffie.'

Zich tot de drie mannen wendend, zei hij: 'Ik hoop dat m'n vrouw genoeg heeft meegegeven voor jullie alledrie. Anders spaar ik wel een bakkie uit mijn mond, en mijn zoon wil zich vast ook wel opofferen.'

'Doe geen moeite,' zei een van de commissieleden, 'wij zijn hier niet gekomen om koffie te leuten.'

'Nee, maar d'r is vast genoeg voor jullie allemaal,' zei mijn vader, 'mijn vrouw wist dat jullie zouden komen.'

Hij maakte een wegwerpgebaar mijn richting uit.

'Dit is overigens mijn zoon. Die leert door. Dus hij heeft nu vakantie. Op die hogere scholen hebben ze altijd vakantie.'

'Wat wil hij later worden?' vroeg een der commissieleden.

'Wat hij wil worden, weet hij nog niet, maar ik weet wel wat ik wil dat hij later zal worden. Liefst burgemeester en nog liever dokter. Kan hij later naar het oerwoud, net als Albert Schweitzer. Dat is pas een echt, een heel echt christenmens. Die brengt in praktijk wat Jezus ons heeft voorgeleefd. En een ding is zeker: hij is niet rooms.'

De drie heren antwoordden niet, trokken alleen maar aan hun grote sigaren en bliezen geweldige rookwolken uit. Mijn vader nam weer het woord, zei tegen mij: 'Vind je dit niet ongelofelijk? Zeuren ze eerst jarenlang je kop suf of je dat roomse kerkhofje wil verhuizen, en als je dan eindelijk min of meer tegen je zin, en alleen maar om je compagnon uit de nesten te helpen, ja hebt gezegd, sturen ze een brede commissie van omgekeerde boordjes op je af om te onderzoeken of je wel de juiste man ben om dat karweitje te klaren.'

'Het is slechts een formaliteit,' zei een van de rokers.

'Kan wel zijn,' zei mijn vader, 'en ik kan niet anders zeggen dan dat we het tot nu toe hier heel gezellig hebben gehad, en 't wordt nou nog gezelliger want er is koffie, maar 't is wel van de gekke. Eerst komt de pastoor hier smeken, dan komt m'n directe chef hier smeken, dan de directeur gemeentewerken, en op 't laatst de burgemeester zelf. Ik bedoel maar: stuur eerst een commissie om te kijken of ik wel de juiste man ben voor dat akkefietje en begin dan, als deze apostel goedgekeurd is, met smeken.'

'Ach ja,' zei het commissielid, 'natuurlijk, u hebt gelijk, maar de pastoor wist ook niet zo precies... ach, en u moet het zo zien: dit is enkel een formaliteit, maar zulke delicate werkzaamheden... wij kunnen toch niet over één nacht ijs gaan, en daarbij komt: u bent protestant...'

'Gereformeerd,' zei mijn vader.

'Dus protestant. Liever hadden wij, ik wil u dat niet verhelen, gezien dat de werkzaamheden zouden worden verricht door iemand uit deze parochie, of uit een naburige parochie...'

'O, maar ik zit er helemaal niet om te springen om daar avond aan avond graven te ruimen, zoek gerust een of ander blommig paaps doodgravertje van jullie eigen kerk, graag zelfs.'

'Nee, nee, nee, u bent...'

'Ik ben tweede keus omdat er nergens een graafpaap te vinden is die z'n handen vuil wil maken aan dit akelige karweitje. Nou, mooie boel, wacht ik schenk eerst eens even de koffie in, eens kijken of ik nog een paar schone kopjes heb.'

Mijn vader rommelde in de lichtblauwe kast. Hij keek me even aan en zei: 'Toen deze lui hier vanmorgen 't graf op kwamen, schrok ons reigertje zich een beroerte. Hij wist gewoon niet hoe gauw hij weg moest komen. We hadden vroeger op de Leeuwenwoning ook zo'n paard. Als hij een omgekeerd boordje zag, vluchtte hij meteen achter de hooischuur.'

Terwijl hij kopjes liet rinkelen, vroeg hij, zich weer tot de commissieleden wendend: 'En? Bij wie moeten jullie nu rapport uitbrengen? Bij de paus zelf? Dat zal dan wel moeten wachten tot na Pasen, want die moet zich nou warmlopen op z'n balkonnetje omdat hij daar aanstaande zondag moet urbiën en orbiën.'

De drie heren lieten zich niet provoceren. Twee van hen glimlachten minzaam. Het derde commissielid, dat helemaal achter in het baarhuisje zat en enigszins schuilging achter de zware baar die aan de muur hing, en zich bovendien voortdurend achter reusachtige, blauwe rookwolken verschanste, liet een geluid horen dat mij deed denken aan het luidruchtige gesnuif van de scharensliephit.

Terwijl mijn vader kopjes en lepeltjes uitdeelde en deze vervolgens vulde uit de door mij meegebrachte thermosfles, vroeg een der heren: 'Gaat u dit werk helemaal alleen doen?'

'De gemeente heeft me hulp toegezegd. Maar de twee mannetjes die ze daarvoor op 't oog hebben, kan ik niet gebruiken, ja, 't is jammer dat m'n compagnon weg is.'

'Ja, u zou het, heb ik van de pastoor begrepen, doen met ene Gilkinus van Diepenburch samen.'

'Ja, maar Ginus is in een vloek en een zucht naar Delft verhuisd. Ze zaten daar in Delft te springen om een verse grafmaker en toen zijn ze hier maar eens wezen kijken en omdat ik er die dag toevallig niet was, waren ze meteen helemaal weg van Ginus, en die is daar nou per één april aangesteld. Ja, da's geen grap, ik sta d'r hier nou weer helemaal alleen voor, maar mij is toegezegd dat ik er binnenkort een ander mannetje bij krijg, maar ik weet niet... ik denk niet dat we die meteen in het diepe moeten gooien, nee, 't zal er wel op neerkomen dat ik dat roomse akkefietje helemaal alleen zal moeten rooien... tenminste, Ginus heeft wel gezegd dat hij vanuit Delft 's avonds wil komen aanfietsen, maar ik betwijfel... hij is daar nieuw, 't moet allemaal nog wennen, hij moet een beetje ingewerkt raken. Komt 's avonds natuurlijk doodmoe thuis. En dan zeker meteen na de avondboterham vijftien kilometer op de fiets om lijken te ruimen... ik denk dat dat toch een beetje te veel gevraagd is.'

'Maar hij was, als ik goed ben ingelicht, toch degene die met de pastoor had afgesproken...'

'Ja, ja, hij had een deal gemaakt met de pastoor. Z'n dochter was in verwachting. En nog ongetrouwd, net als Maria! En wie de vader was... dat wist God alleen... ze had in ieder geval in een Nieuw Huys ter Lugtse hooiberg met... je snapt 't niet... een roomse wijwaterjongen liggen kroelen, en als Ginus wou toezeggen dat hij dat akkefietje zou opknappen, wou de pastoor van Nieuw Huys ter Lugt die roomse knul als vriendendienst voor de pastoor van hier wel de duimschroeven aandraaien. Zo zit het in elkaar, en die roomse jongen van Chardon is met de dochter van Ginus getrouwd en die twee hebben mekaar zo'n maand of drie, vier zo'n beetje elke dag helemaal verrot geslagen, en 't eind van 't liedje is dat ze weer bij Ginus en zijn vrouw is ingetrokken en nou ook meeverhuisd is naar Delft. Ja, die zijn we ook kwijt. Maar al met al heeft Ginus dus helemaal voor niks toegezegd dat hij dat akkefietje zou opknappen, hij heeft er niks niemendal mee gewonnen, zit nou met een dochter thuis die rooms getrouwd is en dus niet eens kan en mag scheiden van een ellendig paaps stuk vreten dat er elke dag als een beest op los timmerde, nee 't is een rare toestand, want uiteindelijk komt 't er nou op neer dat ik... ja, ja, ik ben toch ook straal mesjogge... en om het helemaal van eieren te maken komt er dan ook nog eens een keer een commissie kijken of ik wel de juiste man ben... terwijl ik hier helemaal tegen wil en dank aan vastzit... nou, nou, nou... zoek toch iemand van jullie eigen parochie.'

'Nee, nee, zo iemand is er niet.'

'Nou, waarom komen jullie dan hier? Als ik de enige ben die 't kan klaren, hoeven jullie toch niet eerst hier te komen om te kijken of ik er wel voor deug?'

'Het is slechts een formaliteit.'

'Ja, dat heb ik vandaag al eerder gehoord, nou ik hoop dat jullie nu genoeg weten. Het wordt zo langzamerhand tijd om weer eens aan 't werk te gaan. Ik wou jullie alleen nog één vraag stellen. Willen jullie begraven of gecremeerd worden?'

Voordat iemand kon antwoorden, zei hij: 'Wat ben ik toch een uilskuiken. Jullie roomsen cremeren niet, da's waar ook. Tenminste: jullie cremeren je eigen mensen niet. Jullie cremeren alleen maar protestanten. En die zelfs al voor hun dood!'

De man die steeds het woord had gevoerd, deed net of hij niets had gehoord, zei alleen maar: 'Wij zullen eens opstappen, heel erg bedankt voor de koffie.'

De drie heren kwamen overeind. Van achter uit het baarhuisje kwam het commissielid aanstappen dat al die tijd schuil was gegaan achter de grote baar. Toen hij vlug langs mij liep, keek hij me even aan. Ik geloof niet dat ik ooit in mijn leven iemand zo achterdochtig naar mij heb zien loeren. Pas toen hij al buiten was en zijn zware voetstappen wegstierven op de knarsende kiezelstenen, besefte ik wie daar zo snel langs mij was gestapt. Seedy eye.

36

Op een dag in de nazomer zei mijn vader na de avondboterham: 'We gaan vliegeren.'

'Nu? Vliegeren?'

'Ja, we gaan hem weer eens oplaten, hij ligt daar maar op de vliering te roesten.'

'Er staat veel te weinig wind.'

'Er staat een kittig briesje. Net genoeg om hem van de grond te krijgen en hogerop waait het steviger.'

'Hoe weet je dat?'

'Da's altijd zo.'

'Maar over een uur begint het al donker te worden, ik begrijp er niets van, vliegeren... zomaar opeens... wat raar.'

Ondanks al mijn protesten liepen we even later met de vlieger over de uitgestorven straten.

'Eerst even naar de Markt voor een harinkje,' zei mijn vader.

'Een harinkje?' vroeg ik verbaasd.

'Ja,' zei hij, 'daar krijg je nieuw licht van in je ogen. Dat hebben we vanavond wel nodig.'

We liepen naar het haringstalletje op de Markt, we verorberden snel een haring, mijn verbazing groeide.

'Waar gaan we vliegeren?' vroeg ik.

'In de sluispolder.'

'Die is helemaal volgebouwd, daar is nergens meer een kaal landje waar je hem kunt oplaten.'

'We hebben maar een heel klein hoekje nodig,' zei mijn vader, 'we zijn met z'n tweeën, we hebben dit vaker gedaan, een stukje grond ter grootte van een krant is genoeg.'

Mijn vader liep stevig door. Doelgericht doorkruiste hij de straten die binnenkort gesaneerd zouden worden. Na een minuut of tien liepen we tussen de eens zo begeerde galerijflats, die er inmiddels uitzagen alsof ze niet eens meer gesaneerd hoefden te worden maar vanzelf zouden instorten. Over de tochtige alleeën liep mijn vader in de richting van het oude roomse kerkhof. Toen we daar in de buurt kwamen, zei hij: 'Zo, hier gaan we maar eens uitkijken naar een blommig plekje om hem naar hogere sferen te tillen.'

We gingen een hoek om, we hoorden het ruisen van de ratelpopulieren die het kerkhof omzoomden en mijn vader zei: 'Hier is nog een lief klein stukje onbebouwd gebleven. Hier gaan we het proberen.'

Grenzend aan de kerkhofsloot was daar inderdaad nog een smalle strook van dat raadselachtige, kameleontische zand zichtbaar. Omdat de zomeravondlucht eruitzag alsof hij met indigo geverfd was, lag er over het zand een lijkkleurig blauwpaars waas. Er was doodgraversmoed voor nodig om erop te stappen. Mijn vader liep er onbekommerd overheen, maar ik bleef liever in de smalle grasstrook lopen die het zand scheidde van de straatweg. Op de grens van gras en zand had de tredeplant zilverschoon zowaar kans gezien zich te vestigen.

Halverwege de zandstrook zei mijn vader: 'Zo, en nu maar eens aan de slag.'

Hij pakte de vlieger en tilde hem boven zijn hoofd.

'Jij hebt jonge benen, jij holt, ik hou 'm op.'

Vlug rolde ik het vliegertouw een stukje uit.

'Doe toch niet alles zo schiftig,' zei mijn vader, 'het is geen aangenomen werk.'

Enigszins gepikeerd begon ik te hollen. Mijn vader liet de vlieger los. Omdat het tussen de flats en de ratelpopulieren blijkbaar bestendig tochtte, bleek er toch voldoende wind te staan om de vlieger althans zo'n twintig meter omhoog te krijgen. Toen hij echter boven de galerijflats uitsteeg, werd hij gegrepen door een verraderlijke bries die hem duizelingwekkend om zijn as liet pirouetteren. Daardoor kwam hij weer in de bestendige tochtstroom terecht tussen flats en populieren en stabiliseerde zijn toestand zich terstond. Dadelijk begon hij weer te stijgen, om vervolgens opnieuw getroffen te worden door de wilde winden in de hogere luchtlagen.

'Haal hem eens omlaag,' zei mijn vader, 'd'r moet meer staart aan z'n reet hangen.'

'Hij gaat goed omhoog,' zei ik.

'Ja, maar als hij boven die flats komt, wordt hij een beetje te veel gekieteld. Als hij meer staart heeft...'

'...krijg je hem waarschijnlijk niet van de grond, want lager staat lang zoveel wind niet.'

'Je krijgt hem heus wel omhoog. Gewoon een kwestie van wat harder hollen.'

We verlengden de staart. Ik rende wat harder, en de vlieger steeg waarachtig goed omhoog. Maar boven de daken en de boomkruinen werd hij weer gegrepen door die enerverende bries. Hij tolde, hij duikelde, hij steeg weer, hij draaide zwaar om zijn as, richtte zich weer op en mijn vader schreeuwde: 'Blijf hollen.'

'Ja, best,' riep ik, 'maar waarheen? Zo meteen kan ik niet verder.'

'Ren maar zo ver als je kunt.'

Ik rende zo ver als ik kon en toen ik gestuit werd door een hek dat een schoolplein omzoomde, kwam de vlieger omlaagdwarrelen uit de diepblauwe lucht.

'Dat zag er goed uit,' zei mijn vader, 'nog een beetje staart erbij en jij nog wat harder hollen, en hij gaat omhoog als het gebed van een vroom weduwvrouwtje.'

'Ik geloof er niks van.'

'Je hoeft niks te geloven, als je maar holt.'

En we bleven het proberen, ik holde telkens over de zilverschoongrens en mijn vader bleef optimistisch, hoewel de vlieger de barrière van de luchtlaag vlak boven de flatdaken vooralsnog niet wist te nemen. Na een belachelijk aantal pogingen ging de vlieger opeens kaarsrecht omhoog. Zelfs boven de boomkruinen bleef hij stijgen, en toen ik voorzichtig het nieuwe gemeentetouw ontrolde, versmolt hij langzaam met de diepblauwe avondhemel.

'Zie je nou wel,' zei mijn vader.

'Ik heb me anders wel gek moeten rennen,' zei ik, 'ik ben doodop.'

'Zo mag ik het horen, beter doodop dan doodgeboren.'

We stonden naast elkaar, ik met beide achter elkaar geplaatste voeten op de grasstrook, mijn vader op het lijkkleurige zand. Hij zei: 'Laat mij hem eens vasthouden.'

Hij nam de vlieger van mij over.

'Moet je voelen hoe heerlijk hij in de hand ligt. Je kan hem nog amper zien, maar wat staat hij daar stralend en rustig aan de hemel.

Ik wou dat ik er even bovenop kon zitten, dan kon ik beter zien of er al wat gebeurd is op het roomse graf.'

Hij gaf de vlieger weer aan mij over.

'Zo, nu eerst eens een sigaretje, dat heb ik wel verdiend.'

Terwijl hij zijn tabak te voorschijn haalde, zei hij: 'Nou hoop ik wel dat we vanavond nog wat te zien krijgen. Anders hebben we die vlieger helemaal voor niks opgelaten.'

'Wat te zien krijgen?' vroeg ik.

'Ja, wacht maar af, volgens mij zag ik daarnet al schimmen en schaduwen, en dat kan alleen maar meer worden. Het zou toch gek zijn als ze zo'n mooie stille avond ongebruikt voorbij zouden laten gaan. D'r staat een lief maantje, dus je hebt vrij licht, en voor eigen licht zullen ze wel een beetje bunzig zijn, dat valt meteen zo op.'

Hij stak zijn sigaretje op, en toen het brandend in een mondhoek bungelde, wilde hij de vlieger weer vasthouden.

'Het is toch een heel best vliegertje dat wij met z'n tweetjes gemaakt hebben van de verpakking van dat houten kruis van vrouw Kraaijenvanger. Dat was goed spul, net als trouwens dat Jezusje, je snapt het niet, het hangt er nog altijd terwijl die verrekte houtduiven het toch als hun privé-toilet beschouwen. Eerst denk je: dat Jezusje wil ik hier zo snel mogelijk weg hebben, maar ik moet zeggen dat ik er zo langzamerhand aan gehecht ben geraakt. Ik steek tegenwoordig altijd m'n hand ernaar op als ik er langskom. Hij kan er tenslotte ook niks aan doen dat die roomsen totaal geen smaak hebben. En als er te veel houtduivendrek van afdruipt, haal ik er soms een natte dweil overheen. Ik had alleen verwacht dat er ook wel kleine zangvogeltjes zouden nestelen in die doornenkroon, maar dat is me tegengevallen, nou ja, dat komt natuurlijk door die houtduiven, wie wil er nou nestelen in een poepdoos, wacht, nou gaat het geloof ik gebeuren, neem jij die vlieger weer eens over, ik moet m'n handen vrij hebben om beter te kunnen zien.'

Tussen de stammen der populieren door kon ik vaag een groot donker monster zien dat over het roomse kerkhof kroop.

'Moet je zien,' zei mijn vader, 'da's geen dragline, da's een dieplepel. Da's nog een hele stap verder, en tegen mij maar steeds zeggen: "Nee, niet met een dragline, het moet met de hand gebeuren." En wat doen ze nou zelf? Ze laten een dieplepel komen, nou, nou, ze durven.'

'Dus ze zijn nu bezig...'

'Je vergeet één woord, het woord stiekem. Ze zijn nu stiekem bezig. Ze hopen dat niemand er wat van zal zien. Met dat graafijzer lepelen ze die papen razendsnel uit de grond. Alsof je een bordje warme soep leegschept. En hebben ze die papen eenmaal opgelepeld, dan kieperen ze ze in een vrachtautootje. En dat lijkwagentje rijdt dan vliegensvlug naar 't nieuwe kerkhof en daar worden dan al die opgelepelde makkers in een waanzinnig diepe put gemieterd. Ze doen 't waarachtig vrijwel precies zoals ik 't in mijn gedachten had, d'r staat in de bijbel: "doch de hoofdman geloofde meer de stuurman en de schipper dan hetgeen van de apostel gezegd werd", maar in dit geval hebben ze wel degelijk naar me geluisterd. Wat ik alleen niet begrijp, waar ik nou met m'n pet niet bij kan...'

Hij zweeg, zei toen: 'Geef mij die vlieger eens, want ik geloof dat er daar een bijdehand ventje is dat deze kant uit staat te loeren. Hij moet niet denken dat ik hem in de gaten houd, hij moet denken: hé, daar staat waarachtig iemand vrolijk te vliegeren op de late avond.'

Hij nam de vlieger van mij over.

'Wat trekt hij fantastisch! Wat ligt hij heerlijk in de hand, vliegertje, vliegertje in de lucht, hoor jij wel hoe het grafmakertje zucht.'

En mijn vader zuchtte inderdaad, en hij zei: 'Een zucht geeft lucht aan een hart vol smart.'

'Is het zo erg?' vroeg ik.

'Nou,' zei hij, 'het is dat ik blijkbaar van datzelfde harde hout ben gemaakt als dat Jezusje op 't graf van vrouw Kraaijenvanger, want anders zou ik... ik heb de laatste tijd toch heel wat voor m'n kiezen gekregen... eerst al die sollicitatie... vinden ze mij blijkbaar in Delft niet goed genoeg, nemen ze zo'n onervaren jongen als Ginus...'

Hij gaf mij de vlieger weer.

'Dit vraagt om een sigaretje.' Terwijl hij dat begon te vervaardigden vervolgde hij: 'Komt er een dikke commissie van drie paapse hotemetoten op 't graf om een beetje af te tasten of je wel de juiste man bent om dat roomse kerkhof te verhuizen... ja, 't is enkel maar een formaliteit, zeggen ze, en je hebt natuurlijk helemaal geen reden om daaraan te twijfelen, want anders is 't toch wel heel raar dat ze je eerst jarenlang bidden en smeken of je dat nare karweitje eventjes voor ze op wil knappen... nou, in pais en vree gaan ze weg, en dan?

Dan hoor je verder nooit meer wat. Het is dat ik van niemand minder dan Rampenne gehoord heb dat ze nu min of meer in 't geniep 's avonds bezig zijn om de hele boel met een dieplepel en een vrachtwagentje over te zetten, anders had 't allemaal achter m'n rug om kunnen gebeuren zonder dat ik er ook maar iets van gemerkt had. Die roomse draaikonten... eerst smeken, dan straal negeren, eerst lokken, dan lozen... wat zou ik toch verkeerd gedaan hebben... jij was erbij toen ik die drie zwartrokken in 't baarhuisje had... deed ik iets stoms?'

'Je zat ze vreselijk te sarren.'

'Kom, kom, een beetje plagen, daar kunnen drie van zulke grote, stevige kerels toch wel tegen?'

'Je zat ze gewoon enorm uit te dagen. Je begon erover dat Albert Schweitzer...'

'Ze moesten om me lachen, en toch hebben ze me te licht bevonden, ik begrijp er niks van. Eerst kloppen ze met veel strijkages bij je aan, en dan nemen ze niet eens de moeite om je te laten weten dat ze bij nader inzien...'

'Je zou er blij om moeten zijn, ik heb je nooit anders horen zeggen dan dat je 't niet wilde doen.'

'Ach, toen ik eenmaal aan het idee gewend was... maar goed, ook al wou ik misschien niet... nee, ik wou wel, ik wou dolgraag, maar met een dragline, nou goed, misschien ook niet, maar zoveel is zeker: wat ik helemaal niet leuk vind is het idee dat die idiote commissie mij kennelijk niet de juiste man vond om dat karweitje te klaren. Waarom? Ik heb twee stevige werkmansknuisten, m'n handen staan nergens verkeerd voor, ik heb ervaring... goed, goed, ik ben niet rooms, en 't is waar, ik had 't erover dat Schweitzer protestant was, misschien is dat in 't verkeerde keelgat geschoten.'

'Je zei nog veel ergere dingen. Over de paus, over cremeren, je was er gewoon op uit om ze loeihard voor 't hoofd te stoten, je wou dit niet, en daarom...'

Mijn vader keek me aan, stond een poosje zwijgend te roken, zei toen: 'Het is niet dat ik het nou zo graag had willen doen, het is alleen maar dat mij nu zelfs de kans ontnomen is om trots de uitnodiging af te slaan. Je wilt wel afwijzen, maar niet afgewezen worden. Ik begrijp niet waarom die commissie een negatief advies over me heeft uitgebracht. Nou ja, houd je mond, want we moeten goed opletten wat er aan de overkant gebeurt.'

Hij fluisterde: 'Het is jammer dat je er vanwege die bomen zo slecht zicht op hebt, maar ik geloof al z'n leven dat ze eerst met een grote grijper de stenen eraf tillen, en dan een beetje met die dieplepel tekeergaan.'

Ik zag niet veel anders dan reusachtige, donkere monsters die zacht grommend over het kerkhof kropen. Soms leek het alsof je in touwen een witte grafsteen zag bungelen, soms hoorde je dat er geroepen werd, soms dook er vanachter die bomen een man op die dadelijk weer verdween, en of er nu echt sprake van was dat die dieplader hele graven vanuit de grond op een vrachtwagentje tilde, kon ik onmogelijk ontwaren. Ik vroeg mij af of ik mijn vader vertellen moest dat een van die drie commissieleden zwaar van achterdocht het baarhuisje was uitgestapt. Steeds had ik overwogen dat ik, als ik het zou vertellen, ook zou moeten onthullen dat ik lid was geworden van een rooms-katholieke bibliotheek. Dat zou mijn vader vast niet appreciëren. Ik had het dus voor mij gehouden en gedacht: er is geen reden waarom hij dat zou moeten weten. Maar nu was alles opeens anders, nu bleek plotseling dat mijn vader stilzwijgend gepasseerd was voor een karwei dat hij nooit had geambieerd. Daar had hij – zo goed kende ik mijn vader wel – wonderlijk veel last van. Ik tuurde weer naar die onduidelijke monsters, die zo steels heen en weer slopen over het roomse kerkhof, en dacht: het is niet te geloven dat je stilletjes op een paar donkere nazomeravonden een heel kerkhof verplaatsen kunt. Toen vroeg ik: 'Sturen we nog boodschappen naar omhoog?'

'Tja… ik zou kunnen vragen: leg me uit waarom ik voor dat roomse karweitje te licht bevonden ben. Ik heb m'n kop suf gepeinsd wat er in godsnaam achter zou kunnen zitten. Eerst liggen ze voor je op hun knieën, en dan zetten ze je opeens pontificaal bij de vuile was. Hoe kan dat nou? Ik heb nog een tijdje gedacht dat ze, al heb ik dan nergens velletjes gevonden, in de klauwen van Rampenne terecht waren gekomen. Maar laatst kwam Rampenne… die ouwe knekelkop is toch bepaald niet bang uitgevallen… waarachtig het graf weer op en schreef hij doodleuk voor me op dat ze hier binnenkort aan de slag zouden gaan… hoe zo'n man dat weet… je snapt het niet, hij is doofstom, hij hoort niks, maar weet alles... enfin, ik schrijf meteen op z'n blocnootje: "Heb jij soms met die roomse commissie gepraat", maar ik kon toen direct al aan z'n snuit zien dat dat niet het geval was...'

'Je had gezegd,' zei ik, 'dat je Rampenne drie torens in de rondte zou schelden als hij zich weer op het graf vertoonde.'

'Toen hij aan kwam hinkelen, dacht ik: het is eigenlijk niet kwaad wat hij gedaan heeft, hij heeft Ginus enorm geholpen, die kon hier echt niet meer blijven, en daar in Delft... ach, wie kent je gat in een vreemde stad. Ik wou dat ik eens hoorde hoe het met hem ging, en met z'n dochter, en met z'n Blijleventje... weet je wat Rampenne deed... hij kwam naar me toe, hij boog meters diep, hij greep z'n notitieblokje, hij schreef wat en even later drukte hij me een velletje onder ogen waarop met koeienletters stond: "Vergeving?"'

'En wat heb je toen gedaan?'

'Ik heb dat velletje uit z'n handen gepakt, ben op m'n hurken gaan zitten, heb het op de grond gelegd en toen heb ik er – d'r lag daar een hoop – ik had daar net een huurgraf gegraven, handenvol zand overheen geschept. Het is raar, maar die Ginus... dat hele geval is toch niet in m'n koude kleren gaan zitten. Vergeef ons onze schulden, gelijk ook wij vergeven onze schuldenaren... ik houd er sindsdien maar een beetje rekening mee dat Ginus wel eens gelijk zou kunnen hebben, zand erover, misschien was dat toch de boodschap van onze Here Jezus, eerst wij zand erover, dan God ook zand erover... 't is nog niet zo'n gekke gedachte, en zeker niet voor een grafmaker.'

Epiloog

Enige tijd geleden ontving ik een brief van Amnesty International. Tijdens de Furiade in mijn geboortestad wilde men de aandacht vestigen op de mensenrechten. In de buurt van het stadhuis, op de kop van haven, zou een kooi worden neergezet. Daarin wilde men, om het barre lot van politieke gevangenen aanschouwelijk te maken, iemand geboeid en geketend opsluiten. De vraag luidde of ik ter wille van het goede doel bereid was deze beproeving te ondergaan.

'Wat is dat, de Furiade?' vroeg mijn vrouw.

'Spektakel op de eerste zaterdag in oktober.'

'Wat gebeurt er dan?'

'Langs de haven en op de markt staan kraampjes. Er wordt vuurwerk afgestoken. Je mag de boten bezichtigen die in de haven liggen. Je kunt een ballonvaart maken. Met een helikopter kun je over de rivier vliegen. Je mag Dirkzwagers' Scheepsagentuur van binnen bekijken, je kunt...'

'En dat heet Furiade? Waarom?'

'Jaren terug lag er in de haven een boot die wegroestte, de Furie. Om geld in te zamelen voor de restauratie werd de middenstand benaderd. Die kwam toen met het plan om kraampjes langs de haven neer te zetten waar van alles verkocht zou worden. Een deel van de opbrengst zou voor de restauratie van de Furie bestemd worden. Het sloeg zo aan dat de middenstand het jaar daarop weer kraampjes neerzette. En daarmee was de Furiade geboren. Nu is het al zover dat ze overal in de stad op de vrijdagavond voorafgaande aan de Furiade brandende kaarsjes neerzetten in de raamkozijnen. De Furiade is een megaspektakel geworden.'

'Ga je dat doen? Geboeid in een kooi zitten?'

'Het is voor Amnesty International.'

'Waar je zin in hebt.'

Zin? Had ik er zin in? Toen ik de brief las, had ik dadelijk moeten denken aan de reclame van Van Rossums troost uit mijn jeugd. Met zijn armen en nek is een man vastgeketend in een schandblok. Niettemin kijkt hij, zijn pijpje rokend, monter de wereld in. Aanschouwde ik als kind die reclame dan schoot altijd door mij heen: als ik later groot ben, mag ik dan ook een poosje in zo'n schandblok staan?

Op de havenkade vastgeketend worden in een kooi, dat kwam in de buurt van dat griezelige, opwindende schandblok. Bij wijze van boetedoening voor het vertekende beeld dat ik in mijn boeken van de stad van mijn jeugd had gegeven, zou ik daar geketend te kijk gaan zitten.

Op die eerste zaterdag in oktober scheen gul de milde oktoberzon. Een halfuur voor het tijdstip waarop ik mij bij het kraampje van Amnesty International diende te melden, wandelde ik naar de kop van de haven. In de haven lagen de gepavoiseerde schepen dubbel afgemeerd. Op de kade en over de loopplanken drentelden reeds honderden mensen. Zelfs aan de overzijde van het water schuifelden Furia-de-gangers over de hellende kade.

Waarom is het een van de grootste genoegens van het bestaan om moederziel alleen tussen honderden pratende, lachende mensen doelloos rond te zwerven over straten, kades en pleinen? Al doe ik dat het liefst in een stad waar niemand mij kent.

Ter hoogte gekomen van de plaats waar ik het kraampje van Amnesty International vermoedde, sloeg ik af, een onooglijke zijstraat in. Daar bleef ik staan. Ik bespiedde de kop van de haven. Ofschoon de drentelaars mij het zicht op de kraampjes goeddeels ontnamen, zag ik toch dat er naast een van de stands een reusachtige muizenval was opgesteld. Dat moest de kooi zijn waarin ik zou worden opgesloten. De val was voorzien van rechtopstaande spijlen die zo ver uit elkaar stonden dat ik mij daar, in geval van nood, doorheen zou kunnen wringen. Toch schrok ik er opeens voor terug mij te laten opsluiten in die kooi. Niet ondenkbaar was dat er vele scheldende, spuwende stadgenoten langs zouden trekken.

Via de zijstraat liep ik naar een smalle laan. Daar sloeg ik af naar de dijk. Ik liep tot een sluis, keek uit over een laaggelegen grachtje en dacht: wat mij betreft is dit het mooiste plekje op aarde. Natuurlijk wist ik wel dat dat alleen voor mij gold, en misschien nog voor twee of drie andere oud-stadgenoten die verbannen waren uit het paradijs van hun jeugd. Ik snoof de geur op van de stad, de geur van meel en teer, ik bestudeerde de lichtval. Verbeeldde ik mij dat nou of was het licht hier inderdaad wonderlijker, zachter, helderder, warmer dan overal elders? Ik luisterde naar de vertrouwde geluiden, het geratel van ankerkettingen, het gedempte gekabbel van het met een dikke laag olie bedekte water, de zangerige tongval van de luidruchtige voorbijgangers.

Wat was er toch met mij aan de hand? Lang niet iedereen, misschien zelfs bijna niemand, hing zo met elke zenuwstreng aan de stad van zijn jeugd. Als je je elders zo ontheemd voelt, keer dan terug. Ja, maar als ik terugkeerde, zou ik één man uit mijn jeugd nog smartelijker missen dan nu reeds het geval was.

'Mijn vader, mijn vader! Wagens en ruiters van Israël.'

Toen ik op mijn schreden terugkeerde, dacht ik: hij is nu bijna een kwarteeuw dood. En dadelijk daarna besefte ik: in al die jaren is er geen dag voorbijgegaan waarop ik niet aan hem gedacht heb.

Ik was alweer bij de hoek van de dijk en de havenkade. Ik liep naar de stand van Amnesty International. Een lieftallig meisje zei: 'Goedemiddag, u bent mooi op tijd.'

Ik maakte kennis met een aantal plaatselijke leden van Amnesty International. Een bebrilde dame, die kennelijk niet echt bij de stand hoorde maar op de een of andere manier wel iets met de organisatie te maken had, en die er tamelijk oud en vooral erg verweerd uitzag, keek mij vol verwachting aan en zei: 'Herken je me niet?'

'Je bent wel een dagje ouder geworden,' zei ik om tijd te winnen.

'Dat zijn we allemaal,' zei ze snibbig.

'Je gezicht komt me heel bekend voor,' loog ik.

Ze keek me diep in de ogen, fronste haar wenkbrauwen, haalde schamper haar schouders op en zei: 'Ik geloof er geen barst van dat mijn gezicht jou bekend voorkomt.'

Reeds tekende de teleurstelling zich af op haar oude, vervallen gelaat. Kwaad dacht ik: jullie vrouwen kunnen zo ongelofelijk veranderen. Als jullie oud worden, knippen jullie je haar af. Meestal is bovendien de krul eruit, is het gezicht dikker en het figuur plomper geworden. Om eventuele herkenning te voorkomen wordt bovendien een bril opgezet. Kortom: het is geen doen, je kunt toch niet van mij verwachten dat ik elk meisje van vroeger, van wie er trouwens toen bijna niet één was die ook maar een beetje oog voor mij had, ogenblikkelijk herken.

In de teleurstelling mengde zich van haar kant nu ook misprijzen. Haar brillenglazen flikkerden nijdig in de laagstaande oktoberzon. Fel en met grote nadruk herhaalde ze vol gekrenkte trots twee woorden uit haar zinnetje: 'Geen barst.'

Dankzij die twee woorden, en dan vooral de bitse toon waarop ze gezegd werden, leek het opeens of een tochtvlaag speels vaalgele gordijnen optilde.

Ik keek haar weer aan, herkende haar nog steeds volstrekt niet, maar zei desondanks: 'Machteld, jij bent Machteld, jij bent Machteld van Diepenburch,' en op dat verweerde, stuurse gezicht verscheen een glimlach die warempel iets terugriep van de Machteld van vroeger. Toch schoten de tranen mij bijna in de ogen bij de aanblik van deze vrouw. Was dit Machteld? Hoe was het in vredesnaam mogelijk dat zo'n onuitsprekelijk mooi meisje had kunnen veranderen in zo'n krijgshaftige matrone.

'Doe je bril eens af,' zei ik.

Gehoorzaam deed ze haar bril af.

'Zie je wel,' zei ik, 'het kwam door die bril dat ik je niet meteen herkende. Verder ben je nauwelijks veranderd.'

'Maak dat een ander wijs,' zei ze bits.

'Ik herkende je toch,' zei ik, 'als je echt heel erg veranderd was, zou ik je toch niet herkend hebben?'

'Er is geen barst meer van me over,' zei ze, 'ik ben een oud, lelijk wijf geworden. Geen man die nog naar me omkijkt.'

'Daar staat tegenover dat elke man die vroeger naar je keek een brok in z'n keel kreeg.'

'Mannen die me vroeger gekend hebben, krijgen nu een brok in hun keel als ze zien hoe ik ben afgetakeld,' zei ze bitter.

'Je bent een cynische, oude dame geworden.'

'Cynisch was ik altijd al, en oud word je vanzelf.'

'Hoe kom je hier zo terecht? Of woon je hier weer?'

'Nee, goddank niet, ik woon tegenwoordig in Den Haag. We kregen het verzoek van Amnesty International of wij onze kooi een middagje wilden afstaan. Waarvoor, vroegen wij. Om daar iemand in op te sluiten, om aandacht op het lot van gevangenen te vestigen, zeiden ze. Ik ben meegekomen om een oogje te houden op onze kooi.'

'Van wie is de kooi dan?' vroeg ik.

'Van onze club.'

'Welke club?'

'Vertel ik je straks wel.'

'Ik kan haast niet geloven dat ik nu zomaar met je praat,' zei ik, 'vroeger keek je straal langs me heen, was ik lucht voor je.'

'Je was nog zo'n kind, zo'n melkmuil.'

'Heb je me daarom zo consequent genegeerd?'

'Daarom niet,' zei ze strak.

'Waarom dan wel?'

'Die eerste keer... je kwam aan de deur... we woonden toen nog op het Stronikaadje... waarom kwam je eigenlijk aan de deur?'

'Mijn weggeraakte vlieger stond bij jullie voor 't raam.'

'O, was het vanwege die rotvlieger? Nou, hoe dan ook, je klopte aan, ik deed de deur open, je keek me aan... ik dacht: zo meteen springt hij me naar de keel en verslindt hij me... zo keek je... als een kater die een muis ziet... en zo ben je maar steeds naar me blijven kijken... je ogen vielen zowat uit je hoofd als je me zag, ze zogen zich helemaal aan me vast... gedverdemme, wat eng, iemand die zo naar je kijkt... zo indringend, zo gebiologeerd... kijk je vaker zo naar vrouwen?'

'Ik weet het niet, zoals ik naar jou keek, zo heb ik een paar jaar gekeken naar een meisje dat op een singel woonde, ik was zo vreselijk verliefd op haar, ik geloof dat zij ook elke keer schrok van mijn blik.'

'Arm kind. Zoals jij kunt kijken! Op catechisatie zat je soms recht tegenover me... kwamen die ogen over de tafel heen naar me toe stuiteren... alsof er weerhaakjes aan zaten... alsof je vanuit die ogen harpoenen op me af kon schieten... ik hád het soms niet meer...'

'Had er dan iets van gezegd. Je zei nooit wat tegen me, je deed net alsof ik niet bestond.'

'Wat moest ik anders? Had ik wel wat tegen je gezegd, dan waren ogenblikkelijk grote inktvistentakels met zuignappen uit je ogen te voorschijn geschoten en had je je daarmee aan mij vastgezogen, huh.'

'Mag ik jullie gesprek even onderbreken,' zei het lieftallige Amnesty-meisje, 'het is twee uur, we moesten maar eens beginnen.'

'In je kooi,' zei Machteld dwingend, en bruusk trok ze de deur ervan open.

Ik betrad de kleine ruimte, nestelde mij op een laag krukje en Machteld ketende met twee handboeien mijn armen vast aan de spijlen. Vervolgens deed ze mij een brede leren halsband om die ze met twee gespjes vastmaakte. Aan de band was een lange ketting bevestigd en die werd eveneens, met behulp van een hangslot, vastgezet aan een spijl.

'Hoe komen jullie aan deze halsboei?' vroeg ik.

'Is van de club,' zei Machteld kortaf.

Ook mijn beide enkels werden met soortgelijke attributen vastgeketend aan de spijlen.

'Word ik zo af en toe ook gegeseld?'

'Zou je dat willen,' vroeg ze ongenaakbaar.

'Alleen als jij 't zou doen.'

Ze keek me grimmig en misprijzend aan, zei niets terug, waarop ik vertrouwelijk en verontschuldigend zei: 'Net zoals toen.'

'Zoals toen?' vroeg ze verbaasd.

'In het hofje,' zei ik, 'toen ik bij je aan de deur kwam met brood.'

'Heb ik jou toen... wat een onzin... ik heb je één of twee onschuldige tikjes gegeven met een mattenklopper, anders niet.'

'Je hebt toen bijna die hele mattenklopper total loss geslagen.'

'Kom, maak het nou... jij bent hier alleen maar gekomen omdat... ik maak je weer los... jij bent... jij wilt...'

'En jij dan? Van wat voor club is deze kooi en zijn al deze professionele boeien afkomstig?'

Ze keek me lang aan, ik keek terug, het gouden licht van de oktoberzon streelde haar gelaatstrekken en het was net of er stukje bij beetje iets terugkwam van dat verbijsterend mooie gezichtje van vroeger. Ze leek al wat jonger geworden. Het was net of het gezicht van haar vader onder handbereik kwam.

'Hoe gaat het eigenlijk met je vader?' vroeg ik.

'Die is een jaar of tien nadat wij naar Delft waren verhuisd aan kanker overleden,' zei ze kortaf.

'Nog vanwege al die jaren dat hij met teer had gewerkt?'

'Dat dacht de dokter in ieder geval.'

'En daarvoor?' vroeg ik, 'hoe ging 't vlak na de verhuizing?'

'Goed,' zei ze, 'm'n vader kwam via z'n werk al snel in contact met een doopsgezinde dominee. Die gaf hem in veel opzichten gelijk, die ving hem heel knap en heel goed op... m'n ouders zijn toen bij die man gaan kerken... ze zijn doopsgezind geworden... ja, Delft... dat was een verademing. Wat was ik blij dat ik uit dit rotgat weg was.'

'Nooit heimwee gehad?' vroeg ik.

'Naar hier? Naar deze gribus? Dit kutstadje? Deze negorij waar iedereen iedereen op de vingers keek en vast en zeker nog altijd kijkt. Af en toe lees ik zo'n boek van jou... nou, ik begrijp er niks van dat je... je bent hier al zo lang weg, maar in feite woon je hier nog, heb je je nooit ook maar een seconde los kunnen maken... muurvast zit je... ik begrijp er niets van. En dan al die kerkelijke aangelegenheden! Alsof 't een wond is die maar niet dicht wil gaan... ik snap het niet. Toen ik veertien was, wist ik: God en die hele snertzooi, dat is allemaal grote onzin. Klaar. Je laat het achter je. Je denkt er niet meer aan. Weg. Maar jij... je blijft er maar over dooremmeren...'

'Omdat het maar steeds blijft voortbestaan. Omdat de EO de grootste omroep van Nederland is. Omdat er in alle hoeken en gaten van dit kikkerland nog van die griezeldominees preken en catechiseren.'

'Ach, je kunt het volledig negeren, ik merk niets meer van dat geloof, helemaal niets meer.'

'Je hoeft de televisie of de radio maar aan te zetten...'

'Laat hem dan uit. Nee, dat is het niet bij jou... toen, indertijd... je ging op zondagmorgen om half negen naar een kerkdienst van de gereformeerd vrijgemaakten in dat witte varkensschuurtje van de Protestantenbond en als je daar om half tien uitkwam, rende je naar de Groote Kerk voor je tweede kerkdienst, en 's middags om half drie ging je weer naar die vrijgemaakten, en om half vijf ging je naar die klotekerk waar ze m'n vader uit weggejaagd hebben en dan ging je soms rustig om zeven uur nog weer naar de avonddienst in de Groote Kerk... vijf kerkdiensten op één zondag... ongelofelijk.'

'Hoe weet je dat?' vroeg ik stomverbaasd.

'Ik had veel vriendjes, heel veel vriendjes, en die vertelden me dat.'

'Vertelden je dat? Waarom?'

'Ik vroeg ernaar.'

'Je vroeg ernaar?'

Ik probeerde haar aan te kijken. Daarvoor moest ik mij echter – ze had de kooi verlaten, had het deurtje gesloten en was erachter gaan staan – helemaal omwenden. Vanwege de halsband kon ik mijn nek echter niet goed draaien.

'Kom hier opzij staan,' zei ik, 'het praat zo ongemakkelijk als je iemand niet kan zien.'

Ze stapte in mijn gezichtsveld en ik herhaalde: 'Je vroeg ernaar?'

'Wat is daar zo vreemd aan?'

'Nou ja... je negeerde me... je wilde nooit wat tegen me zeggen, en toch liet je je vriendjes blijkbaar al mijn gangen nagaan.'

'Overdrijf niet. Al je gangen! Ik hoorde alleen maar van die en gene dat je een soort kerkdienstjunk was, je kerkte ook in Oud en Nieuw Huys ter Lugt, je was gewoon zwaar verslaafd.'

'Ik snap er niks van dat je dat allemaal weet, ik snap er helemaal niks van.'

'Ik had vroeger overal vriendjes, dus overal ogen.'

'Ja, goed, maar je had toen helemaal geen belangstelling voor mij.'

'Wie zegt dat? Je was nog een broekje, maar ik kneep hem voor je blik, en daarom... daardoor... ik liet je gewoon heel goed in de gaten houden... ik was op alles voorbereid... en terecht, dat blijkt nu wel... je bent compleet geschift... vroeger een kerkjunk, een bijbelfetisjist, en nu... als je het mij vraagt...'

Ze dempte haar stem, keek naar de Furiade-gangers die onophoudelijk en merkwaardig ongeïnteresseerd voorbijdrentelden.

'...als je 't mij vraagt,' fluisterde ze, 'ook nog in voor SM... daarom wou je wel in deze kooi.'

'Ja, en wie is degeen die mij zo-even verlekkerd vastgeketend heeft en mij indertijd al woest heeft afgeranseld?'

'Schreeuw niet zo,' zei ze, 'iedereen kan ons hier horen. We zijn hier op 't achterlijkste plaatsje op de aardbol. Hier is nou werkelijk niemand die voor dit soort dingen ook maar enig begrip heeft.'

'Kom, kom, ze lezen er dagelijks over.'

'Jij bent gek.'

'Gek? Ze lezen dagelijks in de bijbel. Als er één boek is waarin mensen voortdurend gekneveld en gegeseld worden... één boek dat kan dienen als handboek SM, dan de bijbel, Markus 5: "want hij was dikwijls met voetboeien en ketenen gebonden geweest..." Mattheus 10: "pas op voor de mensen, ze zullen jullie in hun synagogen geselen..." Lucas 12 vers 47: "de slaaf zal veel slagen ontvangen... de slaaf die ze verdiend heeft, zal er weinig krijgen..." Ik bedoel maar: die arme slaaf. Wil zo graag slagen hebben, maar grijpt ernaast. En in Mattheus 18 zegt Jezus: "En zijn meester werd toornig en gaf hem in handen van de folteraars." En voorafgaande aan de kruisiging... die ultieme SM-handeling, wordt Jezus herhaaldelijk gegeseld; ik zou in die club van jullie de bijbel maar eens gaan lezen... komen jullie misschien nog eens op een idee. Richteren 8 vers 16: "En hij nam de oudsten dier stad, en doornen, en distelen, en deed het de lieden van Sukkoth door dezelve verstaan." Heb je in die club van jou ooit iemand met brandnetels afgeranseld?'

'Stil nou, niet zo hard.'

'Best, ik zal fluisteren, maar bedenk wel dat hier ongetwijfeld ook heel wat lieden uit Sukkoth voorbijkomen.'

Voordat ze daarop kon antwoorden, maakte zich uit de drentelende mensen een groepje mannen los. Doelgericht kwamen zij op de kooi afstappen. Een van de mannen, een vrij jonge knul, zei: 'U zult zich mij niet herinneren, ik was amper de windselen ontgroeid toen u hier wegging, maar mijn vader... misschien herinnert u zich mijn vader nog. Scharloo.'

'Ouderling Scharloo,' zei ik, 'natuurlijk herinner ik mij die nog.'

'Nou, dan kunt u mij ook een beetje plaatsen,' zei de jonge man, 'ik ben lid van het evangelisatiecomité Eben Haëzer. Wij wilden u een paar bijbelcursussen aanbieden op cassettebandjes.'

Hij diepte een torenhoge stapel bandjes op uit een lederen aktetasje, stond toen in het milde oktoberzonlicht hulpeloos naar mij te kijken en zei verbouwereerd: 'U bent geboeid, u kunt de bandjes niet aanpakken.'

De reuzenstapel bandjes balanceerde, lichtjes wiegend, op zijn rechterhand.

'Nee,' zei ik, 'mevrouw hier heeft me zodanig vastgeketend dat ik mijn handen niet meer vrij heb.'

'Wat doen we nou,' zei hij klagerig.

'Misschien wil mevrouw de bandjes wel van u aanpakken.'

'Ik?' zei Machteld, 'die rotzooi? Geen denken aan.'

'U hoort 't,' zei ik.

'U mag wel jij zeggen,' zei de jongeman, 'eh... wat nu... hoe pakken we dit aan...'

'Je kunt de hele stapel toch gewoon tussen z'n benen op die kooivloer neerzetten?' zei een andere, zeer stemmig geklede jongeman van Eben Haëzer.

'Natuurlijk, ik kan de stapel gewoon in z'n kooi zetten,' zei de jonge Scharloo.

Hij bukte zich al om de stapel, tussen de spijlen door, op de bodem van de kooi te deponeren, zei toen echter vol vertwijfeling: 'Maar als ik ze hier nu neerleg, neemt u ze dan straks wel mee?'

'Nou en of,' zei ik, 'bijbelcursussen op cassettebandjes, daar snak ik nu al jaren naar, die laat ik echt niet liggen.'

'Dan is het goed,' zei hij.

Met een warme, evangelische glimlach vlijde hij de cursussen tussen mijn geboeide voeten neer.

'En dan hebben we nog iets,' zei hij. 'Piet, geef me dat boekje eens aan.'

De aangesprokene haalde uit een zwart diplomatenkoffertje een boekwerkje met een eigenaardige, geelbruine omslag. Hij deponeerde het kleinood zorgvuldig naast de bandjes. De titel van het werkje luidde: *Is Satans val een misser?*

'We zouden het geweldig vinden,' zei de jonge Scharloo, 'als u dankzij deze cassettebandjes en het bijbehorende boekje de weg terug naar het heil weer zou weten te vinden. Dat zouden we echt geweldig vinden.'

Hij pauzeerde, keek me stralend aan, zei toen opeens bezorgd: 'U heeft thuis toch wel apparatuur om die bandjes te kunnen afspelen?'

'Nou en of.'

'Dan is het goed.'

De man die als Piet was aangesproken trad naar voren, zei: 'Ik ben Piet Zevenhuizen, aangenaam, m'n vader was indertijd huisjesmelker, u heeft hem allicht nog wel eens in functie gezien, hij ging altijd de daken op, dat is hem ook noodlottig geworden... ik wou maar zeggen: als u zich, als u straks thuis bent, in de diepste fauteuil die u heeft, laat wegzakken en u zet uw koptelefoon op... u heeft toch wel een koptelefoon?'

'Die heb ik.'
'Welk merk als ik vragen mag.'
'Een Sennheiser.'
'De HD 465?'
'Ik geloof de HD 265.'

'Is een stuk minder, maar voor gesproken woord goed genoeg, nou, gelukkig dat u een koptelefoon heeft, dat scheelt alles... dus u zet in de diepste fauteuil uw koptelefoon op en dan laat u de cursus op u inwerken. Als u 't zo aanpakt, heb ik... dan hebben wij er alle vertrouwen in dat 't met u wel weer goed komt, heus, de Satan is vreselijk machtig, is ontaard sterk. Hij lacht al jaren in z'n vuistje omdat hij u in de boeien heeft geslagen... maar als u via uw Sennheiser 't Woord op u laat inwerken, dan... dan...'

Hij zweeg een poosje, staarde naar de Groote Kerk aan de overkant van de havenkom, haalde toen diep adem en liet vervolgens zegevierend over de havenkade schallen: 'Dan smelten de ketenen waarmee Beëlzebul u gebonden heeft. Dan verbreekt u de banden, dan... dan slaakt u de kluisters.'

De vier leden van het evangelisatiecomité Eben Haëzer bogen voor mij, traden vervolgens terug en voegden zich weer tussen het publiek.

'Hoorde je dat?' vroeg ik Machteld.

'Nou en of.'

'Ja, maar hoorde je ook... christenen... en waar hebben ze 't over? Boeien, ketenen, banden, kluisters.'

'Het zijn onze beste klanten,' zei Machteld effen.

Op voorhand had ik gedacht dat een geboeide man in een kooi flink aandacht zou trekken. Dat bleek evenwel totaal niet het geval. Blijkbaar vond het gros van de Furiade-gangers het doodnormaal dat ik daar, vastgeklonken aan de spijlen, mijn vrije zaterdagmiddag doorbracht.

'Ga je al die bandjes afdraaien?' vroeg Machteld vol afgrijzen.

'Nee, natuurlijk niet, maar 't zijn hele goeie Maxell-bandjes, daar kan ik thuis hele symfonieën mee opnemen.'

'En dat boekje? Ga je dat lezen?'

'Daar zou ik nu wel eens even in willen bladeren.'

'Kan niet,' zei Machteld gedecideerd, 'en dat is maar goed ook.'

Ik keek haar monter aan, zei vrolijk: 'Zo, dus je werkt in zo'n club. Vast niet als slavin.'

'Nee,' zei ze.

'Die titel... *Is Satans val een misser?* Wie gelooft er nou nog in de Satan? In de bijbel komt hij amper voor. Als er een almachtige God was, en er waren engelen, zou elke engel die 't ook maar één ogenblik zou overwegen om tegen God in opstand te komen toch terstond beseffen dat hij tegen een almachtige God geen schijn van kans heeft. Het is zo idioot allemaal, zo onuitsprekelijk dwaas, zo totaal onzinnig, en toch zijn er nog miljoenen die geloven dat er een of ander wezen rondwaart dat, voortdurend in z'n vuistje lachend, alsmaar probeert om gelovigen te verneuken. Als er nou iets is wat ik niet begrijp... dat geloof, 't is zo adembenemend potsierlijk, zo oneindig ver verwijderd van de alledaagse realiteit... en toch... kijk naar die Groote Kerk, hij staat nog recht overeind, elke zondag wordt daar nog serieus gepreekt over een joodse God die z'n zoon zou hebben gestuurd... zo'n mal, belachelijk, onzinnig verhaal... heb je ooit gehoord over dominee Akermaat?'

'Nee, natuurlijk niet,' zei Machteld.

'Nou, dat was een Gereformeerde Bonder, die heeft daar een paar jaar gestaan. Was fel gekant tegen de vrouw in het ambt. Toen heeft op een zondag een vrouw een nette streepjesbroek aangetrokken en een wit overhemd. Ze heeft een zwart jasje aangedaan, en een grijze stropdas voor. Ze heeft haar haar naar achteren gekamd. Als ouderling vermomd is ze tussen de andere ouderlingen in de ouderlingenbank gaan zitten. Midden onder de preek had die Akermaat 't opeens door... hij heeft de dienst onderbroken... die vrouw moest de kerk uit. Als je 't opschrijft zeggen de gelovigen dat je overdrijft, dat je er een karikatuur van maakt... terwijl... je moet alles wat je gehoord en gezien hebt nota bene afzwakken om 't enigszins aanvaardbaar te kunnen weergeven. Neem nou dit: vier leden van het evangelisatiecomité Eben Haëzer treden aan. Ze brengen je bijbelcursussen op cassettebandjes en een geelbruin boekje: *Is Satans val een misser?*'

Terwijl ik de titel op mijn tong proefde, klonk, ver weg nog, het koperen gerucht van een fanfareorkest.

'Wat zou dat zijn?' vroeg ik Machteld. 'Kunst na Arbeid of de Harmonie.'

'Die zijn vast gefuseerd.'

'Zou je denken?'

Ik probeerde mij op te richten. Zo langzamerhand schrijnden al mijn ledematen. In mijn hals diende zich bovendien een zeurende pijn aan. Als ik, zoals Machteld blijkbaar dacht, 'in was voor SM' was ik daar bezwijmd van genot. In werkelijkheid leed ik. Toen kwam, om mijn pijn te verzachten, van ver, plechtig en droevig, verheven en statig door die warme, zonnige oktoberlucht, gespeeld door al dat gefuseerde koper, het koraal 'Wilt heden nu treden' aanwaaien. Zachtjes begon ik mee te zingen, maar ik moest weer ophouden omdat bij de tweede regel de tranen in mijn ogen schoten.

'Zou je mij misschien even los kunnen maken zodat ik kan gaan verzitten en m'n armen en benen eventjes kan masseren.'

'Geen sprake van.'

'Maar de cliënten in die club van jullie worden toch ook niet zo lang vastgebonden?'

'Zo lang als ze willen, soms heel lang.'

'Goh, dat zo'n eerbiedwaardige organisatie als Amnesty International een kooi huurt van een SM-club, plus een meesteres erbij.'

'Hoe zouden ze anders aan een kooi moeten komen?'

'Hoe zijn ze bij jullie terechtgekomen?'

'Wij hebben klanten uit alle kringen.'

Ze keek me strak aan. Een eigenaardig lachje vertrok haar mondhoeken. Ze wilde iets gaan zeggen, maar uit de onophoudelijk voorbijdrentelende Furiade-gangers trad een opmerkelijk tenger mannetje naar voren dat zich krijgshaftig vlak voor mijn kooi posteerde en plechtig zei: 'Mag ik een ogenblikje van uw welwillende aandacht.'

Hij keek mij scherp aan, richtte zich toen zo hoog mogelijk op, trok vervolgens alsof hij naar een wapen greep, bliksemsnel een bijbeltje uit de rechterzak van zijn minicolbertje en sloeg het open. Even bladerde hij, toen begon hij gepassioneerd te lezen: 'Gij zult uw broeders os of klein vee niet zien afgedreven, en u van die verbergen; gij zult ze uwen broeder ganschelijk weder toesturen. En indien uw broeder niet nabij is, of gij hem niet kent, zo zult gij ze binnen in uw huis vergaderen, dat zij bij u zijn, totdat uw broeder die zoeke, en gij ze hem wedergeeft. Alzo zult gij ook doen aan zijn ezel, en alzo zult gij doen aan zijn kleding, ja, alzo zult gij doen aan al het verlorene uws broeders, dat van hem verloren zal zijn, en dat gij zult hebben gevonden; gij zult u niet mogen verbergen. Gij zult uws broeders ezel of zijn os niet zien, vallende op de weg, en u van die verbergen; gij zult ze met hem ganschelijk oprichten. Het kleed eens mans zal niet zijn aan een vrouw, en een man zal geen vrouwenkleed aantrekken; want al wie zulks doet, is den Heere, uwen God, een gruwel. Wanneer voor uw aangezicht een vogelnest op de weg voorkomt, in enige boom, of op de aarde, met jongen of eieren, en de moeder zittende op de jongen of op de eieren, zo zult gij de moeder met de jongen niet nemen. Gij zult de moeder ganschelijk vrijlaten, maar de jongen zult gij voor u nemen; opdat het u welga, en gij de dagen verlengt. Wanneer gij een nieuw huis zult bouwen, zo zult gij op uw dak een leuning maken; opdat gij geen bloedschuld op uw huis legt, wanneer iemand, vallende, daarvan afviele. Gij zult uwen wijngaard niet met tweeërlei bezaaien; opdat de volheid des zaads, dat gij zult gezaaid hebben, en de inkomst des wijngaards niet ontheiligd worde. Gij zult niet ploegen met een os en een ezel tegelijk. Gij zult geen kleed van gemengde stof aantrekken, wollen en linnen tegelijk. Snoeren zult gij u maken aan de vier hoeken uws opperkleeds, waarmee gij u bedekt.'

Hij sloeg het bijbeltje dicht en zei: 'Nu kunt u niet meer zeggen dat u het niet geweten hebt.'

'Ik zal een leuning op m'n dak maken.'

Het mannetje keek me heel leep aan.

'U weet best welke perikoop voor u bedoeld is.'

'Waarom heeft u dan zo'n heel stuk voorgelezen? U had dan toch met dat ene vers kunnen volstaan?'

'Omdat ik u wou sparen. De meeste mensen die hier langslopen weten niet dat u... zoiets gruwelijks... ze weten het niet, ze hoeven het ook niet te weten.'

'Ja, maar die mensen denken nu dat ik geen leuning op m'n dak heb of dat ik wel eens ploeg met een os en een ezel tegelijk.'

'Dat denken ze heus niet,' zei hij sussend, 'dat zal best loslopen. Ik wou het u, met zoveel mensen in de buurt, niet onverhuld voor de voeten werpen. Waardeer dat.'

'Dat waardeer ik.'

'Maar u heeft 't hopelijk wel gehoord.'

Hij boog zich ver naar mij voorover, kwam zowat helemaal tussen de spijlen door en fluisterde: 'Het vijfde vers, het gaat om het vijfde vers.'

'Over die vogeltjes en die eieren?' vroeg ik.

'Nee, nee,' zei hij geërgerd, 'moet ik het nou nog een keer lezen? Het vijfde vers. Over die vogels is het zesde vers.'

'Nou ja, goed, maar geldt dat ook? Ik heb een flinke tuin. Daarin nestelt van alles. Moet ik dan de jongen nemen?'

Het mannetje raakte van streek. Op zijn smalle voorhoofd verschenen fijne zweetdruppeltjes. Hij slikte een paar maal, kuchte, zei toen: 'Die vogeltjes... ik zou die vogeltjes... ik zou die jongen maar gewoon laten zitten.'

'Ja, maar u las net dat je die jongen moet nemen "opdat het u welga en gij de dagen verlengt".'

'Het gaat niet om die vogeltjes,' zei hij, en er sloop een huilerige, verongelijkte toon in zijn stem, 'het gaat om het vijfde vers... het vijfde vers.'

'Wat stond daar dan?'

Het mannetje bladerde weer in zijn bijbel. Hij zocht naar Deuteronomium 22. Toen hij dat hoofdstuk gevonden had, zei hij: 'Ik zal het nog een keer lezen.'

Bij vers vijf begon zijn stem te haperen. Er waren inmiddels tal van drentelaars blijven stilstaan die aandachtig en nieuwsgierig volgden wat er gebeurde. Het zweet stroomde nu in straaltjes over het smalle gezicht van het kereltje. Hij duwde het bijbeltje tussen de spijlen door, zei huilerig: 'Lees dan zelf, het vijfde vers.'

Luidop las ik: 'Het kleed eens mans zal niet zijn aan ene vrouw, en een man zal geen vrouwenkleed aantrekken, want al wie zulks doet is den Heere uwen God een gruwel.'

'Niet zo hard,' kermde het mannetje.

'Kijk nou eens rond,' zei ik, 'hier, m'n zeer strenge bewaakster. Heeft een spijkerbroek aan. En een leren mannenjack. En haast alle vrouwen en meisjes die langskomen hebben een broek, een spijkerbroek aan, zijn zij dan...'

Het kereltje griste zijn bijbeltje uit mijn handen. Hij glipte razendsnel weg tussen de omstanders. Een van hen 'fixed me with a seedy eye' en zei lijzig: 'Pas op, nestbevuiler, we houen je scherp in de gaten.' Kalm liep hij vervolgens weg in de richting van de Taanstraat.

Ook de andere omstanders verspreidden zich en zachtjes zong ik: 'Sur la place, chacun passe, chacun vient, chacun va, drôles de gens que ces gens là.' Echt ongelukkig was ik bepaald niet, maar zo langzamerhand deed mijn hele lichaam pijn, en daarom monterde het me op een stukje uit die wonderopera te zingen. En ik dacht eraan dat Tsjaikovski ook verzot was geweest op die opera en 't begin ervan doodgemoedereerd had geïmiteerd in *Schoppenvrouw*. Toen keek ik naar mijn Carmencita, mijn *Schoppenvrouw*, en ze keek terug, ze glimlachte waarachtig naar me en ik vroeg gekscherend: 'Zou je alsnog met me willen trouwen?'

'Voorzover ik weet ben je al getrouwd,' zei ze.

'En jij?'

'Ik heb drie huwelijken achter de rug. Ik ben totaal ongeschikt voor echtgenote.'

'Waarom?'

'Ik ben niet aardig, ik ben doodgewoon niet aardig.'

'Dat zal goed van pas komen in je werkkring.'

'Daar gaat het niet om aardig of niet aardig.'

'Aardig of niet, toch zou ik, als je met mij was getrouwd, je op handen gedragen hebben,' zei ik.

'Ik heb te doen met jouw vrouw,' zei ze, 'het lijkt me vreselijk om met jou getrouwd te zijn. Het is niet alleen dat je nergens voor terugdeinst, maar je hangt 't ook allemaal aan de grote klok. Maar waarom...'

Voor ze haar zin kon afmaken, maakte zich opeens een al wat oudere man uit de passanten los. Hij stevende op de kooi af en riep: 'Als u ooit 't lef zou hebben om over m'n vader te schrijven, spoor ik op waar u woont en kom ik u persoonlijk de poten breken.'

'Wie zegt dat ik over uw vader zou willen schrijven? Ik weet niet eens wie uw vader is.'

'Da's maar goed ook.'

'Nou, waar maakt u zich dan druk over?'

'Als u... ik herhaal... als u het gore lef hebt om ook maar een letter over m'n vader te schrijven... ik weet u te vinden.'

'Zolang ik niet weet wie uw vader is, kan ik ook niet zeggen of ik misschien van plan ben over hem te schrijven.'

'U hoeft helemaal niet te weten wie mijn vader is. Sterker, God verhoede dat u dat zou weten. Ik wil u alleen maar waarschuwen. Knoop 't goed in uw oren, één letter... gvd, ik weet u te vinden.'

'Zegt u dan alstublieft wie uw vader is. Zolang ik 't niet weet kan ik per ongeluk over hem beginnen.'

'U bent gewaarschuwd,' zei hij.

'Ja, maar waarvoor? Als ik weet om wie 't gaat kan ik m'n pen in tweeën breken zodra ik aandrang voel om over hem te schrijven. Weet ik niet om wie het gaat, dan heeft een waarschuwing geen zin.'

De man snoof luidruchtig, wendde zich naar zijn deemoedige echtgenote die schuin achter hem stond, zei: 'Wat vind jij? Moet ik dat stuk sekreet zeggen om wie 't gaat?'

'Nou ja,' zei ze behoedzaam, 'd'r zit natuurlijk wat in.'

'Waarin?'

'In wat hij zegt.'

'Wat zegt hij dan?'

'Dat hij, als hij niet weet dat het om do... als hij niet weet om wie 't gaat d'r per ongeluk over kan schrijven.'

'Dan breek ik hem per ongeluk allebei z'n benen.'

'Ja, maar...'

'Niks maar.'

'Toch zit er wat in.'

'Houd je kop.'

Hij keek mij weer vuil aan, zei grimmig: 'U bent nu gewaarschuwd. En denk erom: ik weet u te vinden.'

Hij trok zijn vrouw mee en liep met kordate passen in de richting van de Hoogstraat. Machteld zei: 'Wat merkwaardig! Ik wou net vragen: waarom heb je nooit over mijn vader geschreven, en juist op dat moment komt er iemand zeggen dat je, als je over zijn vader schrijft... maar goed, ik wil 't toch graag weten: waarom heb je nooit over mijn vader geschreven?'

'Het is een verhaal zonder afloop,' zei ik, 'jullie waren opeens verhuisd. Wat ontbreekt is een dramatisch einde.'

'Dan verzin je dat toch?'

'Ik kan niks verzinnen, ik heb geen fantasie.'

'Toch zou je... het was toch niet niks zoals mijn vader uit de kerk werd gezet.'

'Ja, maar schrijf ik dat op, dan zegt iedereen: heb je hem weer met z'n gereformeerde verleden. Dat kennen we nou wel.'

'Je hebt nog nooit geschreven over iemand die zo merkwaardig in etappes uit de kerk werd gegooid.'

'Misschien zou ik er een lang kort verhaal van kunnen maken. Maar mag ik dan ook over jou schrijven, en over al je slapers, en over je huidige werkkring?'

'Je doet maar.'

'Het is alleen... ik krijg nog steeds een nare smaak in mijn mond als ik aan die hele geschiedenis terugdenk... m'n vader en ik... we waren van die gluurders, we zaten hele avonden bij jullie naar binnen te loeren.'

'Nooit iets van gemerkt.'

'Nee, allicht niet, jij was nooit thuis.'

Vanuit het naast de kooi gelegen kraampje van Amnesty International stapte het lieftallige meisje in onze richting.

'Gaat het nog een beetje,' vroeg ze bezorgd.

'Nee,' zei ik, 'alles doet pijn.'

'Maak hem dan los,' zei het meisje tegen Machteld.

'Waarom,' stoof ze op, 'wat is dat beetje pijn vergeleken met de pijn van al die stakkers die om politieke redenen soms jarenlang in de meest erbarmelijke omstandigheden gevangen worden gehouden.'

'Nou ja, maar hij... hij is hier toch niet om pijn te lijden. Het ging er toch alleen maar om om met een opvallende actie de aandacht te vestigen op Amnesty International?'

'Laat hem nog maar een poosje zitten,' zei Machteld, 'van mij mag hij nog niet los.'

Ze keek me nijdig aan.

'Houd 't nog maar een poosje vol, weet je nog... catechisatie... verrader.'

'Jij vroeg daarna of je, als je joden verborgen hield, daarover tegen de Duitsers mocht liegen.'

'Probeer me nou niet van mijn apropos te brengen.'

'O, dat probeer ik helemaal niet, jij vroeg...'

'Daar herinner ik mij niets meer van, ik herinner me alleen dat jij het zo nodig vond om dat antwoord op te dreunen toen ik het liet afweten.'

'En daar moet ik nu nog voor boeten?'

'Je moet niet alleen daarvoor boeten maar ook voor al die keren dat je me aankeek alsof je me wou verslinden, en dat mede namens dat singelmeisje.'

'Jammer dat je je niets meer herinnert van die vraag over de verborgen joden.'

'Hoe ging dat dan?'

'Jij vroeg dominee Hindervoet of je, als de Duitsers aan de deur kwamen, de waarheid moest spreken als ze vroegen of je joden verborgen hield.'

'En wat zei die malloot met z'n griezelogen toen?'

'Toen zei hij dat je tegen die Duitsers naar waarheid moest zeggen: "Ja, ik heb joden verborgen in het keukenkastje." '

'Nou je 't zegt... heel vaag komt er iets terug... ach, wat doet het ertoe, die man was geschift. Die vond dat je zelfs onder zulke omstandigheden niet mocht liegen.'

'Daar was ik toen minder verbaasd over dan over dat keukenkastje. Waarom kwam hij opeens aan met dat keukenkastje? Alsof dat bij uitstek de plaats is waar je joden verborgen houdt.'

'Mevrouw Van Diepenburch,' zei het lieftallige meisje, 'maak hem nou los, ik kan het niet langer aanzien, het heeft nu toch wel lang genoeg geduurd.'

'Bovendien is niemand geïnteresseerd,' zei ik.

'Daarom zitten zoveel onschuldige mensen vast. Omdat het bijna niemand iets interesseert,' zei Machteld verbeten.

De torenklok begon kalm vier uur te slaan. Het lage zonlicht zette de achtergevels van het Oude Raadhuis in gloed, van het Delflandhuis, van het huis van Jan Koppelstock en van een tiental andere, eeuwenoude gevels. Het was net of ik, drijvend op de alomtegenwoordige, maar nog allerminst ondraaglijke pijn, terug kon keren naar de jaren 1775 en 1776. Toen was er, omdat er niet alleen een nieuwe zangberijming maar vooral ook een nieuwe manier van zingen was ingevoerd, in de stad een formidabel oproer uitgebroken. Al jaren verlangde ik ernaar om over die spectaculaire opstand een historische roman te schrijven. Wat mij weerhield was dat ik 't ongelofelijk moeilijk vond mij naar die tijd te verplaatsen. Gelouterd door de pijn staarde ik naar de in de zonnegloed schitterende gevels en ik probeerde mij uit alle macht voor te stellen hoe het geweest moest zijn om toen in een van die liefelijke panden te wonen en, aldaar, aan den lijve te ervaren dat arme vissers opstonden tegen reders en regenten.

Een poosje nadat de laatste slag van vier uur verklonken was, zei een mannenstem achter mij: 'Zo, dat was het dan.'

'Slaak mijn kluisters,' zei ik tegen Machteld.

Ze bevrijdde mij, zei bits: 'Ik had je graag nog een poosje vastgehouden.'

'Waarom?' vroeg ik.

'Weet ik niet. Blijkbaar moet er nog een uitstaande rekening vereffend worden.'

'Is hij nu voldaan?'

'Nog lang niet.'

'Ik begrijp er niets van.'

'Ik evenmin.'

'Wat ga je nu doen?'

'Zo meteen komt een bestelwagen de kooi en mij halen. O, daar zijn ze al, nou, ik hoop dat ik je nog eens zie... kom eens langs bij de club, we staan gewoon in 't telefoonboek, er hoeft niets, je kunt aan de bar wat drinken.'

'Wie weet,' zei ik tegen beter weten in, 'en ben je bij mij in de buurt, schroom niet aan te bellen. En je mag altijd brandnetels komen plukken om daarmee de inwoners van Sukkoth een gevoelige les te leren.'

Ik gaf haar een hand, we keken elkaar strak aan en toen liep ik bruusk weg. Dat kwam mij even verderop duur te staan. Mijn verkrampte ledematen weigerden dienst. Ik zakte zomaar door mijn knieën, lag op straat, werd door allerlei handen weer overeind geholpen en bij een rond tafeltje op een rieten stoel van een geïmproviseerd terrasje gezet. Aan het tafeltje zaten twee stokoude mannetjes die mij nieuwsgierig opnamen. Voorzichtig masseerde ik mijn benen. Een van de mannetjes vroeg: 'Jij bent er toch een van de grafmaker?'

'Ja,' bromde ik.

'Ik zal je eens wat vertellen over je vader,' zei hij. 'In november '44 werd er hier 's morgens vroeg een grote razzia gehouden. De rotmoffen hebben de hele stad haarfijn uitgekamd op zoek naar elke man die nog een beetje werken kon. Moesten allemaal naar Moffrika. Op 't lest stonden we met z'n allen op de mart. Zouden we afgevoerd worden. Werden we bewaakt door een stelletje tuig. Enfin, we staan daar te wachten... komt daar opeens je vader aanfietsen. Hoe die 't voor mekaar had gekregen dat ze 'm over 't hoofd hadden gezien... ik weet 't niet... maar daar kwam die. Hij was op weg naar z'n werk. Anders ging hij altijd over de dijk, maar nou reed hij om over de mart. Sjaak hier naast me hadden ze ook opgepakt, stond ook te wachten, kan 't zich ook nog wel herinneren.'

'Nou en of, Stijn,' zei Sjaak, 'z'n vader reed in een treiterig gangetje over de mart.'

'Waarom?' vroeg ik verbaasd.

'Hij was nieuwsgierig,' zei Sjaak, 'hij wou gewoon een beetje koekeloeren wie d'r afgevoerd zouen worden.'

'Je had 'm moeten zien rijden,' zei de man die mij als eerste had aangesproken, 'hij reed zo kalmpies, hij had echt helemaal geen haast, hij wou 't op z'n dooie gemak eens rustig aanzien. Hij had er ook schik in, ja, dat had hij, waar Sjaak?'

'Nou en of, hij zat gewoonweg op z'n fiets met houten bandjes te glunderen.'

'En toen riep Rampenne...'

'Rampenne?' vroeg ik.

'Ja, die hadden ze ook gegrepen, stond ook klaar om afgevoerd te worden, had naderhand in Duitsland nog steeds ongelofelijk de smoor in over je vader, ik heb 'm d'r ik weet niet hoe vaak over gehoord... zat overigens in Hamburg bij een bombardement net op de verkeerde plek... kreeg bij die gelegenheid een dwarsbalk op z'n kop. Daarna was hij stokdoof en heeft hij nooit meer een stom woord uitgebracht... maar wat ik zeggen wou: toen riep Rampenne tegen zo'n rotmof: "Die vent daar moet ook met ons mee." Nou, die rotmof richt meteen z'n spuit op je vader en je vader stopt en die rotmof stapt op 'm af en je vader zegt iets tegen die mof en of je 't nou geloven kan of niet... die rotmof schiet meteen in de lach... o, wat stond die knul te schateren... en toen liep hij naar twee andere moffen en hij wees op je vader en hij zei wat en toen begonnen die twee andere moffen ook te schateren... en je zal 't geloven of niet, maar in no time stonden al die moffen te schateren... en daardoor hebben d'r nog een stuk of wat van ons... want ze letten helemaal niet meer op, die moffen, ze hadden de schoonste lol... door 't steegje bij de apotheek weg kunnen komen... ja, ik jammer genoeg niet, en Sjaak ook niet, wij stonden te veel in 't zicht... maar wat ik nou wel eens zou willen weten: wat kan je vader nou toch gezegd hebben? Terwijl al die moffen zo vreselijk stonden te lachen dat ze d'r de hik van kregen, bracht je vader z'n hand aan z'n pet, hij salueerde zogezeid... en hij fietste doodkalm de mart af... die vader van je... wat kan hij nou tegen die mof gezegd hebben... meer dan een mondjevol Duits kon hij toch niet spreken, dus wat kan hij nou gezegd hebben... wat kan hij nou gezegd hebben... al meer dan vijftig jaar peins ik m'n kop suf... wat kan hij nou gezegd hebben?'

'Heeft hij 't jou nooit verteld?' vroeg Sjaak aan mij.

'Nee,' zei ik.

'Straks ben ik dood, en dan weet ik het nog niet,' zei Stijn.

'We komen er nooit achter,' zei Sjaak dof.

'Nee, zeg dat wel, we komen er nooit achter. Nou, een ding is zeker, je vader... dat was me d'r een... komt kalmpies op z'n houten bandjes de mart opfietsen om eens te kijken wie d'r zoal de pineut zijn... brengt al die rotmoffen aan 't lachen en fietst dan kalmpies op z'n houten bandjes de mart weer af... je vader... dat was me d'r een.'

Van Maarten 't Hart verschenen bij De Arbeiderspers:

ROMANS

Stenen voor een ransuil
Een vlucht regenwulpen
De aansprekers
De droomkoningin
De kroongetuige
De jacobsladder
Het uur tussen hond en wolf
De steile helling
Onder de korenmaat
Het woeden der gehele wereld
De nakomer
De vlieger

VERHALENBUNDELS

Het vrome volk
Mammoet op zondag
De zaterdagvliegers
De huismeester
De unster
Verzamelde verhalen

NOVELLE

Laatste zomernacht

ESSAYS

De vrouw bestaat niet
De kritische afstand
De som van misverstanden
Ongewenste zeereis
Het eeuwige moment
Een dasspeld uit Toela
Een havik onder Delft

Du holde Kunst
Wie God verlaat heeft niets te vrezen

AUTOBIOGRAFIE

Het roer kan nog zesmaal om

WETENSCHAPPELIJKE STUDIE

Ratten